CHONGGUI

LIANGHE

WAN

重归两河湾

梁慧贤 著

陕西新华出版
陕西人民出版社

目录

夏

秋

冬

春

夏

重归两河湾

两河湾

　　那时候，六月的两河湾是洋烟的海。

　　刘保定抓着他妈张月仙的袄襟头一回看见两河湾，正是洋烟开花时节。他们站在苍乌山北麓艾儿河入五谷河河口处，两河湾像一张天大的大花毯子铺在那里，六岁的刘保定啊啊叫了两声，一阵扎耳的香气迎头滚过，他顿时尿了一裤子。打那以后，刘保定每看到开花的洋烟地，就会穿着一条尿湿的裤子回家。听说在洋烟地里学割洋烟孢子能治这毛病，张月仙便打发刘保定跟王艾儿去学。王艾儿比刘保定大一岁。当年刘保定高亢的叫声在两河湾半空炸开，第一个从洋烟地里跑出来的就是她。刘保定裤裆热腾腾地站在那里，听到王艾儿问张月仙，你们从哪儿来？张月仙瞪大两眼说，这是哪儿？住在通浪港的年月，张月仙没一天不念叨两河湾,常说她闭上眼睛也能走回两河湾,当真站到它面前,她却不知道自己走到了什么地方。王艾儿叫来她妈张桂桂。刘保定当时并没看出,身穿补丁衣裳、脸上沾满汗渍的张桂桂是本地财主王酉金的大老婆,那片占了大半个两河湾的洋烟地,多半都是他家的。张桂桂问他们找谁家。张月仙说我来两河湾安个家。张桂桂再没问半句,全都明白了似的,逆着艾儿河的河水向西指了指。太阳正当头,刘保定越过他妈张月仙阴影浓重的脸,在一片微微起浪漫漫远去的庄稼地尽头,看到了五德庙的尖阁楼。

割洋烟是个细发活儿,下手轻也不成重也不成,使刀深也不成浅也不成,须得十分专注专心,用个巧劲儿,才能恰好割出孢子里的白汁儿。刘保定和王艾儿并排站在洋烟地,只学了一天,他尿裤子的毛病就治好了,也练成一把割洋烟的好手。以后每年洋烟开割,王艾儿都去刘保定家,叫他帮忙割洋烟。刘保定没让她落空一回,工钱自然不要,竟连饭都不吃水都不喝。王酉金家的活儿每天都要从天麻麻亮做到天麻麻黑。张月仙心疼儿子,太阳一偏到五德庙那边,就在门口扯开嗓子喊:

"保定,回家吃饭!"

刘保定抬起头,张月仙的声音抢在一只孤雁前头飞来,在他头顶的云山上撞了撞,耀眼地洒了下来。

刘保定把双刃洋烟割刀往王艾儿捧着的四耳瓷罐上一搁,扭头就走。"哎!"王艾儿在背后叫他。刘保定转过脸,王艾儿抿嘴笑，洋烟花的影子在她脸上摇曳。"吃过饭，你还到柳林去？"她问。他狠狠瞅了她一眼。

刘保定抄近路从洋烟地里往外走，王酉金新剃的半拉光脑壳儿在洋烟梢子上转动。"谁？当心踏倒我的洋烟。"刘保定猫下腰藏在那里。"谁？"王酉金又问了一遍，往地这头走来。刘保定拨开洋烟秆子慌忙往地畔上跑，始终不敢直起身子。洋烟的嫩枝残花在他身后落下一地，香气浓得让他脚下趔趔趄趄。

"狗日的，"王酉金认出了刘保定，"挨刀货！"

刘保定的心情霎时变成王酉金后脑勺上的癞疤。他跑出洋烟地，解开裤子便尿。尿水直端冲向一块墓碑，在祭桌上溅起一片水花。尿臊味儿像被人捅破了巢的蜂群，绕着坟墓哄闹不散。刘保定舒坦地打了个哆嗦，扎了裤腰，目光习惯地盯着墓碑上的"王"字看了两眼。

艾儿河河水汤汤，空气里多出一层凉爽的气味。刘保定舔舔嘴唇，往河边走去。晌午，王艾儿家厨娘毛婶领着小丫头盆儿往地头送来几桶小米稀饭、几盆腌猪肉洋芋粉条烩豆腐和酸拌干菜，另外还有十来筛子两面卷子和黄米干饭。

刘保定躲开饭摊，坐在众人看不见的地垴上。饭摊上传出一阵敲碗声，接着听到党春喜说，柳匡，你敲碗敲筷子，讨吃一辈子。有人立刻笑道，柳匡敲烂饭碗也不会讨吃，你看他来王大掌柜家才一年，就当了工头。闭上你的烂嘴，党在福骂党春喜，你个坏东西，念书不张嘴，干活耍嘴皮。党在福从小就在王家揽长工，今年把儿子党春喜也搭进来了，可父子两人的工钱还没柳匦一人多。党春喜嘟哝了一句什么，话音未落便开始嗷嗷叫，像是被党在福揪住了耳朵。

刘保定想站起来看看，却见王艾儿端着一大碗饭向他走来，她弟弟王荣华跟在后面。刘保定低下头。王艾儿不说话，只把饭碗往他手里递。刘保定背起双手。王荣华夺过饭碗，对王艾儿说他不吃咱喂狗去。王艾儿让王荣华赶紧走。要走你也走。王荣华说咱大给我安顿了，这几天我一步都不能离你，要像有根绳子把我拴在你身上一样。

王艾儿站了一会儿，领着王荣华走了。刘保定站起来往饭摊子那边看。午间饭后停工半个时辰，割洋烟的工人们坐着说笑。嗵！不知谁倒在地上，抱着头打滚儿，裤子被人扒在腿弯里。几个外地女人的笑声蹿上天。党春喜曾经对刘保定说，有些外地女人本事大着呢，白天割洋烟挣钱，晚上睡在洋烟地里挣钱。她们看人眼是斜的，一眼就能认出。党春喜说完又学，向下瞪出两个白眼仁儿。

六月的河水青得发黑，能看见寸把长的小鱼咚咚跳。刘保定蹲在河边喝了半肚水，抬头看见两河湾的那棵老槐树在艾儿河对岸芦苇海子后面露出巨大的绿伞盖。刘保定的鼻子很顽固，即便是冬天正下着雪，一走近老槐树便能闻到槐花香。王艾儿喜欢槐花，常把槐花放在锅里蒸一蒸，阴干了，捣成粉末儿掺进猪胰子里。她用这种胰子洗脸，身上便留着一股槐花味儿。

就像年年在她家地里割洋烟一样，每年槐花一开，刘保定就上树给王艾儿摘槐花，王艾儿撩着祅襟在树下接。有时候想起来，刘保定和王艾儿就像在满树的白槐花中间一起长大的。

老槐树的树荫里坐着几个女人，一边做针线一边扯闲话。风把她们的声音吹得很薄很亮。她们探长脖子往学堂那里看，许是哪位的唾沫星儿溅在一位穿蓝裙的脸上，她撩起袖子揩了揩，跟着也看。那是教书先生董明贤的家，她们大约又在说他家的旧事：洋烟割过，洋烟孢子扁了，董明贤女儿的肚子大了，又不说谁的种。董明贤惯常拿圣贤书的手先后搬来两合磨扇压在女儿肚皮上。柴房地上流出一摊血水，他问只剩一口游丝气的女儿，谁的？女儿说，我的。

两河湾的学堂原是一座土地庙。董明贤来到两河湾那年，一场大风刮塌了土地庙，压毁了泥塑像。王酉金上报县里，要将土地庙修做学堂。县里想趁这个机会在两河湾开办新学，只要他们同意，一切费用由县里支出。人人都知道王酉金爱钱，偏偏那回竟不爱了，自己出一半费用修学堂，剩下的一半摊给两河湾各家。也有户主得知王酉金放着便宜新学不办，不肯凑份子的，王酉金二话不说，把他们缺下的那份儿也垫了。王艾儿想念书，王酉金听了，没说不许，张桂桂便把她跟儿子王荣华一块儿领到学堂报名。董明贤收下王荣华，却不收王艾儿。张桂桂不知听谁说凡做先生的都喜好干牛肉，便背转王酉金，悄悄弄了两大卷牛里脊肉阴干了，亲自往董明贤家送。董明贤正在院子里垒鸡窝，看见张桂桂一个女人家独自朝他走来，就像看见狼似的，跑回家关上门，用肩顶着。张桂桂在门外说你女儿也坐在学堂后面念书哩。让我女儿也去，给你女儿做个伴儿。董明贤说，我女儿是给学生烧水做饭的，不要伴儿。张桂桂再说什么，董明贤都不说话了。

王艾儿每天把王荣华送到学堂，就站在外面听学生们念书。有一回党春喜发现了，打开窗子给她做鬼脸。董明贤两眼盯着书本没看见，学生们就你一言我一语告发他。董明贤把书放在桌子上。桌子是城砖垒的一个四方台，城砖是从边墙上现成扒下来的，又大又厚青渍渍光溜溜像被水冲刷了千年万年的青石头。听说很多年前谁要是扒了城砖会被官府杖杀，眼下没人管了，两河湾人就用城砖砌小房垒猪圈，替代茅厕的垫脚石，还都说好用，下雨天不打滑。

董明贤很奇怪，曾经挡在边墙前不许王酉金扒砖。王酉金问他还想不想在两河湾教书吃饭，董明贤说边墙事大，吃饭事小。王酉金叫人把他推开，那些人顺势就把他扔在一边的芦苇海子里。董明贤从海子里爬出来，浑身泥湿，抱住王酉金的腿说我们不能亏了先人。王酉金瞪起他的三角眼问董明贤，边墙是你先人修的？董明贤说是咱们共同的先人修的。王酉金说我用咱先人留下的东西给咱后人盖学堂，有甚不对？董明贤站起来，好像打点出满肚子话要跟王酉金讲，却被人照嘴一砖拍晕在地。

董明贤把书放在用城砖垒的桌上，对党春喜说你搬上条凳，到我这儿来。党春喜搬不动，条凳也是用城砖垒的。董明贤环视土地庙，梦醒似的摇摇头，叫党春喜上来。党春喜走上去，自己褪下裤子，趴在孔圣人的牌位前，请先生打他的屁股。董明贤手中的戒尺啪啪响，党春喜的同学们包括刘保定，都从一数到四十九。党春喜站起来提起裤子，给孔圣人作了揖，站着不走。董明贤拿起书本，问他哪句不解。党春喜问如何才能不来念书。董明贤让他回家去问他大。党春喜果真去问了，他大骂他，说你做了土匪强盗就不用念书了。党春喜便在学堂里说他想做土匪强盗。学生们又告给董明贤。董明贤问清事由便去家访，斥责党在福教子无方。党在福把党春喜捆在大槐树上鞭打，两河湾的娃儿们几乎都去看了。刘保定坐在树杈的浓荫里，庆幸自己没有这样一个大。党在福打够了，叫党春喜当众悔过，说只要悔改了，以后好好念书，不捣蛋，不胡说八道，就饶过他。党春喜说我不活了，你打死我。党在福骂骂咧咧解开绳子。党春喜跪下给他磕了一头，说我最后叫你一声大，这辈子咱就算了了，谁也不欠谁。然后抱起一块石头，往五谷河走去。党在福急得跳脚喊，最后把绳子挽到树上要上吊，党春喜才作罢。董明贤听了这出闹剧，拍了拍手中的书，又说党在福教子无方。没过多久，他女儿便做出了那事。

董明贤要回老家。两河湾那么多人只有刘保定和党春喜前去送他，而且还是党春喜的主意。刘保定事先告诉了张月仙，张月仙给董先生烙了两张锅盔，炒了一碗黑豆。党春喜家不宽余，他大打小儿就在王家揽长工，他妈缠脚缠废了，除了简单做个饭，什么活儿都干不了，走路还要扶着墙。党春喜也不想空手去，就偷偷在王酉金家果园里摘了十来颗苹果，剪了一串葡萄。苹果凑合能吃，葡萄硬得像个瓷弹子，刘保定尝了一颗，酸到脑仁儿里。董明贤提一根红柳棍，背个褡裢上了两河湾大路。前不久下了一场大雨，一连又晴了几天，两河湾的大路看上去又光又硬，像被泥水匠抹过；十几里之外的苍乌山铁牙交错，披一身阳光，山上的大树隐约可见。过了五谷河，董明贤转过身，向党春喜抱拳告别，那样郑重，如同对一个体面的大人。党春喜叫了一声先生，跪在了路畔上。路畔上顺长长一片蒲公英，顶上的白绒花像一个个雪丸子。党春喜一跪，那些雪丸子猝然散了。刘保定跟着也跪下来。党春喜说他眼下拿不出好东西送先生，将来一定补上。又说他对不起董先生，他曾伙同其他同学五次三番偷出学堂里的戒尺用醋蚀、用碱泡，想把它弄脆了，等先生拿它往他们身上一打就折掉。还说他们动过让狗去偷咬先生的心思。刘保定戳了一把党春喜，说咱只是想让它偷咬一下先生的脚后跟。不管咬哪里，不是没咬成吗？党春喜说，咱没办法把肉片粘在先生的鞋上。那天好容易想起用针缝，半夜偷出先生的鞋把肉缝上去，不料天不亮就让老鼠吃了。董明贤没说话，目光始终追着飞散的蒲公英。他大老远领着女儿奔两河湾求生，最后孤身一人转回老家，辛辛苦苦兜了一个大圈子，好像就为在两河湾给女儿寻个死地。

　　两河湾人说，洋烟地通着阎王殿。洋烟花一开，香味飘到了阎王殿，小鬼们跟着香味儿溜出来，一不留神，就把你的脑袋变成一个大洋烟孢子，脑瓜子里只有一包洋烟汁儿，什么傻话都能说出来，什么疯事都能做出来。就像王艾儿的姑舅哥包生，今天洋烟开割不到一个时辰，他就疯魔了，把一罐洋烟汁摔在树上，拿着洋烟割刀，又喊又叫，到处找王艾儿的小妈春柳。据说包生和春柳从前相好，包生家穷，本来想借亲姑夫王酉金的大面子到春柳家给他保个媒，谁知王酉金一去，竟看上了春柳，贵贱不说，跟她父母买来做了小。春柳听到包生叫她，失手打翻了洋烟罐儿，跟她一起做活儿的张桂桂打了她一耳光。包生还在春柳春柳地叫。他全身肿胀，舌头大得在嘴里打不过转儿，工人们都说他中了毒。王酉金问张桂桂谁叫包生来的？丢人现眼。张桂桂说，丢人现眼的事你早做在前面了。王酉金叫工头柳匡把包生撵走。柳匡一人哪是包生的对手，他叫了五六个后生，才把包生捉住。后生们剥光包生的衣裳，将他四仰八叉绑在四根丈把高的木桩上。所有的味气都往上走，包生如同被架在一口洋烟蒸锅上，狂躁得又喊又骂，后生们就砍下沙柳棍打他。张桂桂得到消息跑来，他已昏死过去。后生们都跑了，跑前把他放下了木桩，在河里打了些水，连泥带草浇在他身上。

　　坐在老槐树下做针线的女人里，有一个头梳得格外俏，看见刘保定，便搡了一把身边正给娃儿喂奶的年轻女人说："保定，来尝尝。"那女人虽然做了母亲却比刘保定大不了几岁。她先

11

是愣了一下,接着便掩了袄襟,顾不上娃儿哭闹,抓住水连嫂,又撕又打。刘保定匆匆走开。女人们笑成一团,大槐树下的空气变得混浊不清,不知哪个说:"刘保定,王艾儿怀里有两个大棉桃。"

刘保定推开院门,猫子从窗洞里钻出来,跳上他的臂弯。家里的香火气呛人的嗓,张月仙又在给观音菩萨上香,供桌上面贴着两张画像,被她长年累月献给观音菩萨的虔诚熏得面目模糊。刘保定撂开猫子转身出去,一扑爬上墙,又跳上房顶。猫子悄悄跟过来,和他一块站着。

两河湾平整辽阔的土地扑面而来,太阳落在五德庙尖耸的顶阁上,把那条向南通往天桥镇的大路照出一种水波粼粼的感觉。这条路就叫两河湾大路。张月仙说,两河湾大路二百年前就有了。二百年前没有张月仙,也没有把这事说给张月仙听的那个人,但是两河湾的土地却在那里,一如此刻在刘保定眼前,在苍乌山脚下五谷河右岸。艾儿河从边墙北边流入,几曲几回,最后向东流进五谷河,把这里养育成一片种什么成什么的肥沃田地。两河湾大路又将它从中间分开,划成了东西两滩。眼下东滩是王酉金的,年年种洋烟。西滩不种洋烟,只种粮食。听说西滩的地主叫路怀仁,生意做得很大,不仅有地上的驼队,还有水上的船队。路怀仁是外地人,两河湾人从没见过他,也不知道他具体生在哪省哪县,只知道他在两河湾的土地全托五德庙里的五德和尚管理,就连那座怪里怪气的五德庙也是他出

钱盖的。几年前，五德和尚到处张贴告示，替路怀仁出租他经
管的两河湾土地，免三年租子，每家每户每一男子可租两亩，
女子一亩，另外租给土房两间。三年以后可以续租，也可按时
价购买土地和房屋。条件是不能种洋烟。于是刘保定和张月仙
来了，高水连和水连嫂来了。后来又来了不少人，各州各县，
口音杂乱，两河湾打那时起就变得比从前热闹了，王酉金的黑
长脸也比从前拉得更长，颜色也更黑。

刘保定靠烟洞坐下，闭上眼睛挃着猫儿的后背。阳光刺在
他眼皮上，刺得他眼里的黑暗稀薄透明。王家大院的三道门在
这异样的黑暗里依次打开。仿佛是早晨的光景，一道光柱从上
院正房东侧投到一张黑漆的木桌上，桌上放着一个白瓷盘，瓷
盘里堆着煮熟又凉冷的大块羊肉，瓷盘边搁着两把铜把儿小刀，
配套的白瓷碗里盛着炒米、酥油、乳酪，另有两个带盖儿的瓷
杯里盛着白糖和盐。桌旁火架上的铜茶壶里冒出砖茶的香气。
王酉金穿着他的补丁衣裳坐在桌前，取了一只茶碗，往里面放
了一勺炒米一块乳酪，拿起小刀，薄薄削了三片冷肉摆在乳酪上，
提起火架上的茶壶，慢慢把滚烫的茶水浇在肉片上，端起茶碗，
轻轻摇了一圈，又摇了一圈，把涮过的茶水喝掉，往肉片上放
了一勺酥油一点盐，又拿滚烫的茶水冲开。圆圆的酥油花儿在
茶水里星星点点地漂起。王酉金端起茶碗喝了一口，瞪起他的
三角眼说，狗日的刘保定，挨刀货。

刘保定睁开眼，王酉金家的洋烟地一望无际。

土地不是人，却和人一样有姓氏。张月仙说，两河湾的土地曾跟刘保定的先人一起姓刘。刘保定出生那年，一拨儿贼兵杀进了苍乌县，山南山北几十个村村镇镇几乎全都被他们洗刷了。肥富的两河湾最惨，百十余户就活下张月仙一人，肚里怀着刘保定。

刘保定曾经认定这件事写在苍乌县县志里。十几年后的一天，他在天桥镇镇长的书架上发现了一本《苍乌县志》，突然就开始发抖，站在那里半天抬不起手，抬起来又半天抽不出那本县志。他满头虚汗坐下来打开那本县志，翻到大事记一栏查询他出生的那一年，不料竟是空白。他又翻到军事志，在重大兵事一章近代兵事一节里，终于看到了有关记载，总共只有一行，不足二十字，根本没提两河湾。他又分别翻到农业志、商业志、人物志，最后翻到附录，看完了逸闻逸事，也没看到有关两河湾的只字片言，没找到他刘家先人在两河湾生活过的蛛丝马迹。

妈还能哄你？张月仙对刘保定说这些话的时候，他们还住在几百里外的通浪港。城里起六月会，张月仙带着刘保定上街去看戏，戏场里人很多，他们刚进去就被挤散了。刘保定大声叫妈，却发现叫也没用，台上的戏还没开唱，戏场里喊的叫的说的笑的，声音搅成一片，他的声音发出去，像一滴水掉进河里。于是他闭上嘴巴，张开耳朵，接着便听到他妈叫他，声音就像一根丝线穿入他耳里。他跟着那根丝线，在人群中穿来绕去，最后在他们进来的地方找到了张月仙。他告诉她，如何在人群里听到了她的声音，又如何找到她。张月仙抱住他说我的好儿子，你长一对灵灵儿的狗耳朵哩。娘儿俩再没心思看戏。走出戏场，见一群人围在墙边，看一张告示。念告示的人呕呕哑哑，刘保定听到苍乌县，两河湾，水地两亩，房屋两间。张月仙说，保定啊，观音菩萨恩赐咱母子回乡哩！回去收拾起包裹，领着他过沙翻山搭车坐船，几天几夜走了几百里，来到两河湾。

有人在王酉金家的洋烟地里向刘保定招手，连带身子一起摇摆。是王艾儿。刘保定跳下房顶，回家吃了两碗洋芋黏饭，拿了鸟网往柳林里走。

大槐树下的女人们散了，党春喜领着一伙男娃在那儿打铜钱。王荣华在一旁观看，盆儿站在他跟前。党春喜弓着腿，将手里的砖头向后抡了一圈儿抛出去，一摞铜钱飞出事先画好的圆圈。

"春喜哥又赢了。"盆儿尖声尖气地说。盆儿跟党春喜说话总是尖声尖气的，就像她变成了一只鸟。

"党春喜不是你哥，"王荣华踢盆儿的腿，"你没哥，你哥叫狼吃了。"

"你哥才叫狼吃了呢。"盆儿小声说。

"趴下！"王荣华拽住盆儿的袄襟，想让她趴在地上。盆儿不肯。王荣华掐她的胳膊，她痛得叫了一声，跪在地上，两手着地。王荣华骑到了她背上。

"刘保定，来打几砖。"党春喜跟刘保定说着话，眼睛却在盆儿和王荣华身上来回扫。

"不打，没钱。"刘保定边说边走。

"你就知道没钱。"党春喜说，"你套的鸟儿叫声怪——哎，哎！"

"哎，哎！"男娃们学党春喜的样子叫起来。

"我知道你们在学谁。"盆儿在地上抬起头，脸笑得红盈盈的。

"不准你笑！"王荣华龇出两颗新长的大门牙，揪住盆儿的头发，叫她往前爬。盆儿扭头看党春喜，像一头奇怪的牲口。党春喜低头踩住一只沙和尚。沙和尚是哑巴，疼死不叫一声，它扭来扭去挣脱了，尖脑袋拖着长尾巴四下窜。党春喜追着踩。

"爬！"王荣华扯住盆儿的裤腰带，"不爬解你裤带。"

盆儿驮着王荣华往前爬。王荣华的两只小手熟惯地伸进她的袄襟揪住胸前的两小团肉。男娃们呆呆看着。党春喜一脚踩死了那只沙和尚，顺尾巴提起扔进了芦苇海子。

王艾儿站在艾儿河对面冲刘保定笑。刘保定轻轻一跳，蹦了过去。王艾儿刚洗过脸，胰子里槐花的气味比平常更浓。刘保定想跟她说几句平常话，比如吃饭没有啊，累不累啊，偏偏想起王荣华伸向盆儿袄襟里的那双手，又想起水连嫂她们在槐树下说的话，两眼便落在她胸前，发现那里果真与先前大不同了。刘保定嘴巴发紧，迈开双腿往前走。

"哎！"王艾儿在他背后叫。

刘保定没回头，脚下走得更快。"明日还帮你家割洋烟。"他说，"你大骂我我也去。"

"我大又骂你了？"王艾儿说，"他就长一张骂人的嘴。"

刘保定走到平常捕鸟的柳林，扔下鸟网，找到一个树墩坐下。王艾儿穿过一片洋烟地，一扭一扭地走来，夕阳照在她身前身后的小道上，光闪闪的。

"以后你不要下地干活。"刘保定站起来，让王艾儿坐在树墩上。

"我大不让嘛。"她拿着一朵才开的白洋烟花拨弄着。

"我说以后。"

"嗯？"她忽地一笑，"你妈也下地干活哩。"

"我妈跟你不一样。"他往她脚上看。

"眼下不兴这个了，哪天我也放了它。"她把脚往宽裤脚里缩了缩，"你妈为甚没缠脚？"

"我妈说，她不愿受那份儿罪。"

"这个能由她？"

"她有她的办法，硬是没缠。"

"那件事我大如果硬性做主，我也有我的办法。"

"哪件事？"

"我家来了媒婆，天桥镇的。"

林子里响起一片鸟叫声。刘保定甩了甩头，耳朵稍稍清净了一下，又听到王荣华喊："王艾儿！"艾儿连忙站起来藏在一棵大树后面。

"贼女子，我一会儿不在，你就胡跑。"王荣华边走边说，"咱大叫你回家哩。"

"她是你姐姐，不要总是大名小字地叫她。"盆儿跟在王荣华后面说。

"臧干大不让我叫她姐姐嘛，"王荣华冲盆儿吼，"前两年我管我大也叫王大伯哩。"

"去年正月，你的那个脏干大不是让你改口了吗？"盆儿说。

"臧干大，不是脏干大。他说我只要改口管我大叫大就行。"王荣华说着，跟盆儿走了过来。这时艾儿已经弯弯绕绕往家跑了。

"不准你再跟王艾儿说话。"王荣华掏出一把石子，照刘保定身上扔来，学他大的样子骂道，"狗日的，挨刀货。"

刘保定起身往柳林深处走去。他举起鸟网，只挥了一下，便捕住一只鸟。刚收紧鸟网，就听到猫子叫。猫子每回都这么准时。它挨过来，在他裤腿上蹭了蹭。捕住的竟是一只百灵子。他犹豫了一下，打开鸟网。百灵子缩在网底，不叫也不飞。他捉起它，摊开掌心向上一扬，百灵子飞走了，留下一串叫声。猫子在地上打了个滚儿，冲着百灵子飞走的方向叫了一声。

"回家！"刘保定扛起鸟网。猫子待在原地，不情愿地叫。他向前走了几步，猫子撵上来，顺他的背爬上去，有些失望又

18

有些招摇地卧在鸟网上。

水连嫂横在刘保定家的炕上抽水烟。刘保定进门咳了几声，水连嫂欠了欠身子，招手让他上炕来。

"又不是你家，要你招呼！"刘保定上了炕，还没坐稳，水连嫂便从自己的嘴巴里抽出烟杆儿往他嘴里塞。他躲她，她的手从桌下伸过来，捏了一把。他又羞又惊地叫了一声，接着就被自己的叫声激怒了，诅咒水连嫂下地狱。

水连嫂笑道："有地狱人人都得下，一个都少不了。"

"你快去死，省得水连哥回来打你。"

"嫩瓜儿，"水连嫂朝刘保定脸上吐了一口烟，"你还不晓事，没我，世上少一半颜色。"

刘保定扇了扇眼前的烟雾，问道："我妈呢？"

"找张桂桂去了。"水连嫂坐直了身子，在炕栏上磕尽烟灰，又把烟灰徐徐吹在地上，"我真服了你妈，竟跟那个鬼不挨的货拜成了干姊妹。"

"她们都姓张嘛。"

"张飞还被张达杀了呢。"水连嫂又装了一杆烟，点着抽了一口，"你又跟王艾儿去了柳林？鬼精的王酉金，不定哪天吃了你的暗口亏。"

"他咋会吃我的亏？我年年给他家割洋烟，连他家水都没喝过。"

水连嫂把烟杆放在腮边瞅着刘保定："你谋得大，你谋着王家的活宝哩。"

"天桥镇的媒人去艾儿家了。"刘保定说。

"所以你妈着急忙慌找张桂桂去了。"

刘保定笑了。

"你莫做美梦，"水连嫂斜了他一眼，"王艾儿这辈子跟你隔着好几座山呢。想让她进你家门，不是你们娘儿俩铁了心就能做成。以后你把脑子放灵活点儿，不要只知道给他们做活儿，到头儿来甚光都没沾上，你还是你，她还是她。"

刘保定不解地望着水连嫂。水连嫂用拇指拧灭了烟，把烟杆塞进烟袋里，下了炕便往回走，细长的影子在月儿地里左一跳右一跳。路上有一个男人问候她，唬她有鬼，她咯咯笑："我不怕鬼。我就是个装鬼的口袋。"

"你的口袋里能装多大鬼？"男人问她。

水连嫂压低了声音，不知说了句什么，接着听到她开门，又关门。两河湾的夜晚糅合着风声水声，悠远静寂。王艾儿家磨坊里传出磨豆子的声音，夹杂着一男一女说话声。

"我迟早要教那狼崽子知道我的厉害。"

"我谅你不敢。"

"我咋不敢？"

"你怕王掌柜，怕你大。"

"盆儿，我甚事都敢做。不信，今夜你跟我去洋烟地。"

"我不敢。"

"你怕甚？"

"我怕鬼。"

"我在大门外等你。"

"我开不开门。"

"我在墙根底等你。"

"我走不动路。"

"那我不走了，就在这儿……"

磨豆子的声音停了。

这时，张月仙回来了。

天桥镇

地里的活一忙起来，天上的日头也跑快了，小半月的光景不觉就过去了。刘保定跟王艾儿自打割洋烟头一日在柳林分手后，再没见面。她没来家叫他去割洋烟，他自己又不好去。眼看地里的洋烟就要割完了，早上起来，刘保定问张月仙："妈，我今儿做甚？"

"今儿咱收麦。"张月仙说，"你先往地里走，我拾掇完就来。"

刘保定出了门又返回去，想问问他跟王艾儿的事。张月仙把洗好的碗扣进一个空筛子，用笼布盖好，又去她住的耳房换下地的衣服，一眼都没看他。

刘保定抱着镰刀走走停停，前看看后看看。往常他在路上有时就能遇见王艾儿，提一个半大柳筐，要去他家地里掘苦菜。有时，她就在他家地里，蹲着掘苦菜。她说麦地里的苦菜好吃。就像作为补偿，她会给他一双绣花鞋垫儿什么的，前些日子给了一双鞋。两河湾的女子里，王艾儿的针线活是有名的，近两年村里不论谁家娶嫁，簇新的绣品里都少不了她的活计。她把鞋塞给刘保定，说做针线不难，少睡一会儿就行，只是布料子不好弄，我妈看得紧。他冒失地说，你妈不像拿针扎人的人嘛！她瞟了他一眼，立刻就明白了，说我妈最恨偷偷摸摸的人。春柳会偷一块布头儿？他问。不关春柳的事，是我拿的。你给你妈说清楚没有？我不敢说，也不能说。她把春柳骂也骂了打也打了，我再说个丁丁卯卯，还有甚用哩。春柳是够冤的，也怪她嘴不饶人，说我妈是干油灯，一夜一夜干熬着。也不知甚意思，我妈一听就着火，让毛婶按住，扎了她的嘴。说到这里，王艾儿好像有些后悔，咬住嘴唇盯着刘保定，说你长那么尖一对耳朵有甚用，当心惹事。刘保定说，天生的，又不是我花钱买的。又说，这世上除了我妈和你，再没人知道。

大路前后没一个人影。地里麦子熟得金黄，风从麦头压过，地塄一道接一道从麦林里露出来又藏进去。猫子在中间的地塄上逆风走着，黑油油的毛皮被太阳照得一半雪白。刘保定不知道它刚才从哪儿来，现在又要上哪儿去。猫子总是这样，你以为它跟你很亲，它其实离你很远，谁也休想摸透它。

王艾儿不在麦地里。麦地里藏不下人。刘保定想起高水连说，天桥镇叶士诚叶掌柜的糕点铺藏过一个人，头一天藏在柜台下面，第二天伙计打开铺子，发现他趴在油麻花的抽屉上，肚子胀成一根木桩，却还活着。他说水。叶掌柜给水救他，一喝竟死了。高水连还说，幸亏是无亲无故的外地人，死了就埋，相安无事，不然叶掌柜就得破财。

高水连这话不假。有一年五德庙前跌倒一个老汉，数九天赤脚光头，舌根已经僵直，全身只有眼珠还会动。五德和尚把他背进庙里，烧水喂药服侍了两天，结果还是死了。五德和尚买了一张席，把他埋了。第二年，青杏刚能尝出甜味儿的时候，来了十几个外地人，说是老汉的亲人，把老汉的尸首从坟里挖出，抬进五德庙，吹号放炮，恸哭嘶喊，说老汉死得不明不白。五德和尚上前说理，他们轮番上阵，把他推来搡去，不让吃不让睡，叫他把事情说清楚。五德和尚也想把事情说清楚，可无论他说什么怎么说，他们都说他说得不对。最后经县里调解，他给他们端出一簸箕响洋，他们才架火烧了老汉的尸首，背着干骨走了。

事后一天，刘保定看见五德和尚穿着他的长袍子曲曲弯弯从苍乌山的山路上下来，光脚提着两只鞋，穿过出穗的席棘林。刘保定早听说五德和尚走远路不穿鞋，宁肯磨破脚也不愿磨坏鞋，那回算是眼见为实。太阳从他背后照下来，席棘花细如尘埃眯眼飞扬，五德和尚走到从前埋过老汉的小土丘前，把一双鞋齐齐摆在地上，拍拍身上的土，扭头看准鞋慢慢坐到上面，一坟一人相对无言。

两河湾大路那边，王家洋烟地里传出一阵说笑声。洋烟大数割尽，就等收了洋烟秆儿了。刘保定把割好的一行麦子整好了放在地头，往王艾儿家地里瞅，王艾儿也正往他家地里瞅，两人相视一笑。王家的短工一个都不见了，地里只有王艾儿一家跟几个长工搜罗还能割出汁儿的孢子。王荣华学王酉金的样子背着手，催王艾儿手上再快些儿。王艾儿说："还没轮到你当家做掌柜，就拿我当长工。"

王荣华说："长工归柳匡管。我管柳匡，还管你。"

柳匡扬起脸冲王荣华笑，两只眼睛却放在王艾儿身上。刘保定皱起眉头瞪了王艾儿一眼，王艾儿身子一闪，往别处去了。

大路南头骆驼铃子响。有人喊："嗬，二掌柜回来了！"王家地里的人全都放下手中的活跑到路畔上看。刘保定早他们一步站在了路畔上，王艾儿也跑出来了，站在他对面。她的脸晒黑了，一双大眼显得更明亮了，憨憨地望着刘保定。刘保定因为又蹿高的缘故，更瘦了些。

驼铃悠扬。王家的二掌柜王酉宝骑着他名叫白桃的骆驼慢慢悠悠走来，两河湾眼下忙乱的日子在叮咚叮咚的驼铃声里，打了一个闲散的哈欠。王酉金在地里佯装咳嗽，低声说："嗤，扎势。"柳匡和其他的伙计们钻回地里，王艾儿又看了一眼刘保定，也跟他们一起走了。

王酉宝戴着一副金边水晶眼镜骑在骆驼上，肥圆的脸上露出佛爷似的笑容。

"王二掌柜，白桃的铃子又换了一副大的啊？比上次那个还大。"刘保定拉住骆驼，伸出小胳膊比了比铃子里的锤摆，"难怪声音那么响。"

王酉宝拍了一下骆驼，等它跪低了，他跳下来，用手中的鞭杆敲了敲刘保定的肩："长得真欢，比我都高了。"

刘保定央告王酉宝让他骑骑白桃。王酉宝把他扶上驼背，拉着缰绳在大路上溜达，洋烟地里探出一颗又一颗人头，一声接一声问二掌柜好。

"哥，我回来了。"王酉宝往洋烟地里喊。

"回来好，上家去。"王酉金话往王酉宝耳朵里送，人往洋烟林深处走。

"我买了你打小爱吃的糖瓜子和酱耳朵。"王酉宝敲敲褡裢，"放在我家，忘了带了。"

王酉金叫王艾儿和王荣华踏实做活，不要耍嘴皮。

"二宝子，二掌柜！"党在福跑到了路畔上，"有段日子没见你了。今儿有工夫回来，天桥镇生意不忙？"

"忙归忙，家还是要回的。"王酉宝说。

"王二掌柜，两河湾有你的家？"刘保定诧异地问。

"两河湾是我的老家，常想回来走走嘛。"王酉宝说。

"听说你把烟馆推了，是不是要做正经生意了？"党在福问。

王酉宝咧了咧嘴，笑容僵在了脸上。

党在福尴尬地笑了笑，说："二掌柜，你在这里等等，我给你打口水喝。"

"你忙你的，"王酉宝说，"我跟五德和尚下棋去。"

党在福头一低，钻进了洋烟地。王酉宝拉着白桃继续走，一边用鞭杆指着路旁的麦田，问刘保定这是谁家的好庄稼。

"刘保定家的。"刘保定答得干脆有力。

"知道这是你家的。"王酉宝笑，又问，"几亩？"

"三亩。"

"好好说，几亩？"

刘保定展开一只手，伸出五指。王酉宝展出两只手："前年腊月高水连在天桥镇赌了两天三夜，输得精光，给你家转了三亩。去年秋底，你们东边那户回了湖北老家，又给你家转了四亩。对不对？你妈花了钱把地全兑一块儿了。一半种麦子，一半种玉米。你们还在山里租种八亩旱地，租我哥家的。"

"那八亩旱地我们去年也买下了，便宜。"

"我哥把山里的地卖了？"

"山里薄产，地租也少，王大掌柜看不上。我们买下种了荞麦，这两年收成还好。五德和尚说，世事乱乱儿的，天不定哪天又变了，让我们多攒点粮食，不要见钱就卖。"

"攒粮可要小心。"王酉宝抬起眼睛看着刘保定，像是有什么话要告诉他，又噏了噏嘴，笑了一下说，"你们母子该有头牛了。"

"牛多贵的，不是谁家想有就有。"

"牛一定要有。"

"我也想有一头，没办法。"

"办法都是人想出来的嘛！"王酉宝拍了一下白桃的耳朵，白桃的步子放大了些，刘保定在它背上舒服地摇来晃去。

"二掌柜，我想出办法来了。"

"甚办法？"王酉宝仰头望着刘保定。

刘保定拍拍自己的胸脯："我就是一头牛。"

"人不能是牛。"王酉宝说，"在地里使出牛的力气，人就变成了牛，一辈子就会跟土地缠搅在一起，再没精力去做别的事情了。"

"还要做甚事？只要把地种好就好了。"

"保定你记住我的话：遍地都是钱，就看你会捡不会捡。"

"我记下了。"刘保定笑着说，"可二掌柜的意思，还是说钱在地里。"

"钱在世上。只要你脑子活眼睛尖，世上到处都能抓来钱。"王酉宝顺刘保定后腰上轻轻打了一鞭，"莫只往地里瞅，地里种不出真金白银。"

刘保定指了指王酉金家的洋烟地："王大掌柜的地里就长着真金白银哩。"

王酉宝拉住了骆驼："保定，地里能种甚不能种甚，你可要听五德和尚的话。你若不听，你家的那块地恐怕就不是你家的了。"

"地是我们花钱买的。只要我们不卖，谁也拿不走。"

"你还小，不懂世事。你记牢我的话，日后定会用上。"

"我妈来了！"刘保定看见张月仙下地来了。他跳下骆驼，谢过王酉宝。王酉宝摸了摸他的头，拉转骆驼往五德庙去了。

洋烟收尽之后，贩洋烟的马队来了，一拨接一拨，有的从天桥镇到两河湾，再过边墙到后沟湾，一直到通浪港，有的反方向来。两河湾的大路被踩踏得稀松，干燥的黄土在马蹄下飞溅，马肚膛都被染成了土黄色。

刚爬上山顶的太阳斜斜照下，红彤彤的。刘保定用衫子蒙着头，坐在一辆三驾马车的车辕杆上，吊在半空的两条腿随着马蹄嘚嘚儿晃动。另一侧坐着赶车人，留一部大胡子，戴一顶破席棘草帽。车厢里拉十几头大胖生猪，用大绳绑在车厢里。猪们的身子懒得动，嘴巴却不停地哼叫着，一路嘹亮。

刘保定瞄见水连嫂扎着一块花头巾站在路畔。对面过来一行马队，马队队长骑在乌溜溜的头马上。

"队长，带枪了呀，"水连嫂跟他搭讪，"路上有狼？"

"狼，当然有。"马队队长挺挺腰，亮出袍襟间的洋枪盒子。

"今儿，你们住两河湾，还是往别的地方去？"水连嫂又问。

队长已经从水连嫂面前走过去了，马队队长揿转腰说："那要看我们的雇主跟王大掌柜的生意能不能成。"

几个商人模样的人随后赶过来，也骑着马，其中一个骑红马的看了水连嫂几眼，接上马队队长的话茬儿说："你们两河湾的王酉金大掌柜，一肚子鬼主意。口里的话就像腿裆的活儿，随软随硬，全没个定相。"

"全不像个生意人。"另一个骑白马的商人说，"你看这么多来两河湾跟他商话的，几家成了？白白踩踏了两河湾。"

"王大掌柜攒货等高价哩。"水连嫂说。

"我看他是攒祸水，等抢客哩。"不知哪个说。

"这种年头还有抢客？"水连嫂问。

"哪种年头没有抢客？"骑红马的说，"世上少了甚也不会少了抢客，不是明抢的就是暗抢的。"

"我看王大掌柜就是个大抢客。"骑白马的说。

"你不会也是个大抢客吧？"水连嫂笑道。

"你说对了，他活活儿就是个大抢客。"骑红马的在马鞍上往后挪了挪屁股，对水连嫂说，"你当心，莫让他抢走。"

"我站这儿端等他抢哩。"水连嫂说，"抢去了省钱省粮省灶火。"

一行人哈哈大笑。水连嫂又问天桥镇的夏市。

"今儿晌午在东街老爷庙唱戏起市。"骑红马的抢着说，"我们在这儿打个转儿就回，捎上你。"

"那我就在这儿等着。"水连嫂说。

"你就在这儿等着。"骑红马的说，"我跟王大掌柜的那桩生意不管成不成，一定要让咱俩的这桩生意成。"

水连嫂笑得扭腰摆胯，刘保定坐的贩猪马车从她身后经过，她也没看见。

刘保定临出门那会儿，张月仙正在炕上缝被子，红丝绸被面儿，绣的鸳鸯牡丹，一看就知道是给他娶亲用的。于是挑起话头，问她缝这个做甚。张月仙说，迟早要用。刘保定正盘算如何把话题引到他跟王艾儿的事上，水连嫂拿个空碗来借盐，抱怨高水连在西地捞盐，她却吃得一颗盐都没了。张月仙叫刘保定给她舀了一碗盐，问高水连甚时回来。水连嫂说，他一回来我就给你还。张月仙笑道，我不问这个，我是说水连走了也有小半年了，能回来歇歇了。水连嫂叹了口气，说谁知道他是不是真在西地捞盐，不定已经回老家了。接着又说，回去也好，我和他好一个算一个，不必守在一起活受罪。锅里还剩些红薯稀饭，张月仙问水连嫂吃不吃。水连嫂不吃。她挨近炕，一条腿站地上，另一条腿屈在炕上，侧身摸着被面，说好多年没见过这种货色了。保定三岁那年我备下的。你那会儿就有钱弄这个？水连嫂异样地问。张月仙笑笑，把线头放嘴上抿了抿，专心纫起针来。水连嫂提起天桥镇的夏市，说王艾儿昨天就去了天桥镇。王酉金这几日忙着卖洋烟，谁也信不过，搞价算账数钱一手过。张桂桂趁他忙乱，悄悄打发王艾儿去天桥镇赶夏市，住在王酉宝家。王酉金得知，气得昨儿晚上没吃饭。刘保定问水连嫂，王酉金跟王酉宝亲兄弟，为甚就像有仇似的。还不是因为王酉宝在天桥镇春风巷里开烟馆，并且做那种生意，水连嫂说，王酉金嫌他给他王家先人丢人哩。种洋烟就给先人争光了？张月仙插了一句。刘保定往水连嫂跟前凑了凑，还想问一些别的，张月仙皱了一下眉头，叫他去五德庙帮忙挑水，不要坐在家里净听两个女人说话。

刘保定出了门，看见宋义抱一摞砖头在大路上跑。宋义是五德庙收养的孤儿，住在庙里。刘保定便问他跑什么，想叫他跟自己一起去挑水。党春喜在大槐树下等我哩，宋义边跑边说，今儿天不亮他就打发人叫我打铜钱，说要完了领我去天桥镇逛夏市。刘保定疑惑，天不亮，聋子刘让他们进去？聋子刘是看庙门的，平日非常谨慎。他们从狗洞里爬进来的。宋义站定说，我打输了，输了庙里的打醋钱。党春喜要我捡一百块砖头，捡够了就把钱还我。你跟他要好，帮我去说说，让我少捡几块吧。刘宝定说不成，我要去给庙里挑水。别去了，五德和尚去了天桥镇，庙里除了聋子刘就剩小五德和卧虎。宋义说完又跑了。

刘保定屏住气，听到党春喜在大槐树那里跟娃们说话：

宋义捡来多少块了？

六十九块。

党春喜说往海子里扔。一阵水花飞溅之后，他又说，宋义这趟来了，让他挨个儿钻咱的裤裆。

钻了裤裆，钱给不给他？娃们问。

不给！党春喜说。

不给，不给。娃们大叫，要让宋义跟蛤蟆亲嘴，捉沙和尚钻他的屁股眼儿。

刘保定想去给宋义求个情，又觉得明明不能做的事宋义偏偏要做，自作自受。五德庙是去不成了。望着庙里被朝阳映红的尖阁楼，他想起小五德那张窄小的白脸和卧虎身上白森森的长毛。

刘保定相信人与人之间是有眼缘的。有的人你天生就有些喜欢，比如五德和尚和王酉宝。有的人你天生就不那么喜欢，甚至有些讨厌，比如王酉金和小五德。如果一定要追问缘由，大概就要问到自己不甚明了的前世了。

小五德应该是五德和尚的徒弟，大家都这么认为，但是谁也没听过他叫五德和尚一声师父，但是看得出他非常尊敬五德和尚。小五德多半儿时间都不住在五德庙里，听说是在外地上学，还听说他将来要代替五德和尚接管五德庙。直到去年夏天，刘保定才头一回见他，拉着一条和狼一个模样的白狗，从五德庙出来，顺着那道又长又陡的斜坡往下跑。刘保定正往庙里走，白狗眼睛蓝哇哇地瞪他，他下意识地靠在墙边，白狗便站在那里凶狠狠地哼哼。卧虎！小五德喝了一声，然后对刘保定点了点头，脚下一步没停，往坡下跑去。卧虎忠实地跟在他后面跑。刘保定望着他瘦而灵活的背影，想起他的眼睛也蓝哇哇的，看人的时候眼仁僵直，像寒冬腊月铁门上的铁锁头。

刘保定百无聊赖地在大路上走了一会儿，远处驶来一辆贩猪车，有人用衫子蒙着头坐在车侧板上大声叫保定，上来。刘保定听出是党春喜的声音，正诧异他刚才还在大槐树下，怎么就在马车上，又听见他说，跟我到天桥镇去。刘保定说不去，我没钱。你上来再说。党春喜露出眼睛，指了指他对面的车侧板。猪们在车厢里吱哇乱叫，不住地扑腾着。刘保定不想上去。你坐那儿，党春喜又指前面的车辕杆，赶快！马车驶到刘保定身边，他不由自主跳了上去，像是在炫耀自己的身手。刚坐稳了，党春喜又叫他也用衫子蒙住头。他照着做好，扭头想问宋义的事，却见党春喜不见了，接着便发现他趴在车厢里。猪们嫌弃地拱着他，他在猪身上翻来滚去。刘保定想拉他一把没够着，便叫赶车的停下。不敢停！党春喜说，当心让我大看见了。原来党在福站在路畔上。

给老子下来！党在福指着刘保定喊道，地里的活堆得一山高，你上哪儿死去？刘保定揭开衣衫。党在福笑了，说保定，你见没见我那仇人小子？刘保定瞅了他一眼，又蒙住了头。党在福小声骂道，和尚儿子。刘保定在党春喜身上狠狠踩了一脚。

贩猪车走到五谷河边，猪们不知为什么安静下来，睡着了似的。党春喜抓着车侧板爬起身，说咱到河里洗洗，游到天桥镇去。刘保定说我又没跟猪睡。党春喜笑笑，掏出怀里的铜钱数了数，往刘保定手里放了五个，把自己手里的掂了掂，又拈起一个给他，说我的也不多了。刘保定说我没钱还你。党春喜嗨了一声，跳下车耸着肩膀往河湾走，一边说，没指望叫你还。

贩猪车吱吱呀呀，上了天桥镇北桥，一会儿就进了城。隔着一条五谷河，天桥镇的早晨便与两河湾大不相同，此刻它正锁在一片雾蓝的烟气里，像是一个沉沉入梦的人。十字交错的青石板路上，人们脚步匆匆，各种叫卖声此起彼伏。走过城门洞，刘保定跳下贩猪车，谢过赶车的，逛到头道街上。街道两旁的铺面正在开张，临街的杂货摊子一家接一家摆出来，说书的卖唱的剃头的钉鞋的忙乱着各自占地儿，拿出吃饭的家伙拉开了做生意的架势。

一个算命的老先生在街对面招手叫刘保定过来算算。刘保定没理他。一个壮年男子拉着一个瘦干猴儿路过，猴儿边走边给刘保定作揖，刘保定往它爪里塞了一个钱。

算命的穿街走过来，拉住刘保定，定要给他算一算。猴儿拽着主人退回来，跳起一把揪下算命先生面上的胡须，原来是个假老头儿。"给我！"算命先生追着猴子要他的假胡须，刘保定赶紧走了。

当铺对面羊杂馆的半挂羊皮帘儿一揭一甩，羊杂的腻腥味儿夹一股酒香撞过来。王酉宝站在羊杂馆门前挑牙。刘保定眼一亮，走过去。王酉宝握住他的手。刘保定的手顿时油腻腻的，鼻里钻进一股醋和蒜的味道。王酉宝叫他上家去。刘保定心里想去，想起王艾儿在那里，又不敢去。

"走，认个门。"王酉宝顺胳膊拉起他就走，一边问他家麦子打了没有，又问他妈可好，五德和尚可好。刘保定想起宋义说过的话，告诉他五德和尚也到天桥镇来了。

"那你更该去我家了，"王酉宝越发使劲地拉着他说，"他每来天桥镇必定会上我家绕一圈。"

"那我就跟你去，略坐坐就走。"刘保定说。

经过一家饭馆门口，正擦桌子的小伙计抬头看见王酉宝，高唱了一声："刚出笼的羊肉包子，流油了哎！"王酉宝问刘保定要不要先吃一个羊肉包子，刘保定说不饿，在家吃过饭才起身。肉铺里，掌案的拿一把宽背细刃儿切刀剁牛肉馅儿，门口站一个女人，破衣烂衫，背上背一个男娃，手里牵一个女娃。一个伙计推了她一把说："走开，要饭上饭馆要去。"女人背上的男娃哭了起来。王酉宝摸出一个钱给了女人。刘保定也想给一个，药铺里冲出一人将他撞在一边。药铺伙计追出来，大喊捉贼。街上行人都喊捉贼，四面围住那人，压在当街一顿烂打。

叶士诚叶掌柜撑死人的糕点铺就在旁边，门楣上挂一块大红招牌写着黑字：永兴昌。下面三个字更大：糕点铺。

糕点铺门前站着一个半大蒙人小子，拉着一匹马，马鞍上搭一条半旧二蓝羊毛毯子，骑马的是一位大胖蒙人，扶着腰间沉甸甸的荷包进了糕点铺。刘保定和王酉宝也跟进去。糕点铺没有想象中的大，油麻花，枣果饯，马蹄酥，开花酥，芝麻糖，各样摆在铮亮的玻璃格子里，香甜的味道静悄悄溢出来，满铺子都是。刘保定不由得露出笑容，王酉宝和那蒙人也满脸喜色。

吃食真是个怪东西，刘保定想，人也是个怪东西。

柜台里站着一个十五六岁的俊女子，一双大花眼忽闪闪的。刘保定往她脸上看了一眼，又看了一眼。蒙人走到柜前，没说话，用手指了几样糕点，然后伸出两个指头，刘保定看出他的意思，各样两斤。那女子也没说话，一一称了两斤包好。收过钱，找了零。蒙人满意地点点头走了。刘保定发现这个人的左胳膊半截儿袖筒儿空着，王酉宝小声告诉他，这是有名的断臂王爷，王府在大沙漠北面的一片绿洲里，连着通浪港。刘保定发现王爷的马鞭子忘在柜台上，跑了几步殷勤地送出去。王爷接过鞭子，用生硬的汉话说："好。你叫什么？"

刘保定报上姓名，王爷点了点头，骑上马往前走了几步，回过头看了他一眼。刘保定向他告了一揖，目送他走远了，回到糕点铺。

"芙蓉，你当掌柜了？"王酉宝对站柜台的女子说。

"哪里呀！伙计刘林子去杂货店帮我买头绳去了，我替他看会儿。"女子说，"我大去绸布店了，管账的吕先生叫他喝茶，顺便核账。"

"叶掌柜，能行着哩。"王酉宝伸出大拇指，"天桥镇另外还有他一家绸布店、一家瓷器店。"

"王二掌柜，你也能行着哩。"刘保定顺口说。

"王二掌柜？"叶芙蓉小声重复着，瞟了一眼刘保定，"哪有这样称呼长辈的。"

"那怎么称呼？"刘保定笑着，眼睛在叶芙蓉脸上转了个圈儿。这是他有生以来第一次和一个城里女子说话。

"保定是我两河湾的乡亲。两河湾的乡亲都这么称呼我。"王酉宝说。

"王老爹，天桥镇有天桥镇的规矩。"叶芙蓉气恼地噘起嘴，模样儿却越发好看了。刘保定想起了王艾儿，她跟叶芙蓉不一样，她稳稳的，像地里的庄稼，叶芙蓉却像一只随时都会飞到天上的鸟儿。

"你让我叫他老爹啊，"刘保定露出油滑的笑容，"在我们两河湾，女婿叫丈人才叫老爹哩。我怕王二掌柜不准我这么叫。"

"准！"王酉宝笑着说，"以后你就叫我王老爹，跟芙蓉一样。"

"准了我也不敢。"刘保定对王酉宝说，然后向叶芙蓉告了个揖，"我叫刘保定，你莫忘记了。"

"这话说得，我记住你的名字做甚！"叶芙蓉又恼了，拿起桌上的算盘哗啦摇了一下。

王酉宝连忙拉着刘保定走出了糕点铺。走到街角拐弯的地方，他对刘保定说："别看芙蓉长得柔弱，性子比她大叶掌柜还硬气哩。"

刘保定回头又看糕点铺。

"你不是看上芙蓉了吧？"王酉宝扳正他的头，"看上的话，我给你问叶掌柜去。"

"我?"刘保定讪讪的,"人家是谁,我是谁。"

"别把自己看低了。世事都是人闹下的嘛!叶掌柜当年来天桥镇,也分文没有,三十好几才问了个本地女子,生下了芙蓉。没想到这芙蓉不仅模样好,命里还带着财,她一年年长大,她大的生意也一年年做大了。只可惜她命里妨弟兄妨姐妹。"

刘保定不解地望着王酉宝。

"叶掌柜夫妇结婚十三四年就生芙蓉一个娃。"王酉宝擤了一把鼻涕,搓了搓手说,"芙蓉就是将来的叶掌柜,谁要是娶了她,就等于重新投了一回好胎。"

"我不想这种好事。"刘保定说,"我就思谋着把家里的那几亩地种好。"

"你不要整天低着头尽在地里掏腾。世界大着哩,挺直腰杆往长远里看。"王酉宝说着,和刘保定穿过了一条细长扭曲的土巷,往东一拐进了天桥镇二道街。

二道街是手艺人一条街,人们背地里常说的春风巷就在这条街的最东头,紧挨着五谷河。刘保定尽目一眺,五谷河的水气罩住东边半块天,光影迷蒙。

"老李,"王酉宝高声向铁匠铺那边叫道,"正忙着哩?"

刘保定在头道街那会儿就隐隐约约听到一阵打铁声,声音一清一浊,像两人轮唱着一首好曲儿。眼前在铁匠炉边打铁的真有两个人,头发一青一花。花发的是李铁匠,两河湾几乎每家使的菜刀剪子锄头犁铧上都打着他的李字。

"好力道,"王酉宝赞道,"老李,我看你这辈子老不了了。"

"老不成嘛!"李铁匠擦了擦汗,炉火映在脸上,一下明一下暗。

"咋就老不成,你莫不是还想再进几回洞房哩。"王酉宝说。

"嗨,铁匠是出力营生,老了就只能吃风匣屁了。"李铁匠说。

"曹元娃,你出师了?"王酉宝问李铁匠的徒弟。

"我今年八月出师,"李铁匠的徒弟抬起黝黑的脸笑,"到时候请王老爹喝酒。"

李铁匠问:"王掌柜,你领谁家的小伙子?好标致人样儿。"

刘保定见李铁匠问他,连忙作揖。

"你若看上,我牵线给你做女婿。"王酉宝跟李铁匠逗笑儿,刘保定不好意思,低下头假装看那块铁砧。李铁匠扫了一眼炉下拉风箱的女子,呵呵笑。拉风箱的声音猛地大起来,像狂风摔打着破门扇。

王酉宝拉了一把刘保定,三步并作两步往前走,在他耳边小声说:"这铁匠女子谁敢要,哪天恼了还不把家拆了!"

"王掌柜,你吃饭了?"毡匠铺的师傅停下手里的弹毛弓,摘下白布蒙嘴儿跟王酉宝打招呼,金黄的牛毛在他眼前乱飞。

"吃了。你把擀毡架子挪出来了哇!夏天了,房里太热,应该挪出来。"

这个毡匠师傅刘保定在两河湾见过，领一大一小两个徒弟给五德庙的大殿里擀过铺地毡，姓油，大家都叫他油毛毛。

油毛毛说："有人问我订了一条黄牛毛毡，一根杂毛都不要。还叫我亲手擀。"

"价钱不低吧？"王酉宝问。

"手艺人挣钱就是挣命哩！不同你们生意人，只要会算计就行。"

"有手艺比做生意保险嘛，旱涝保收。"

"比种地强点儿。"油毛毛露出笑容。

"比种地强得多了！"一个跟刘保定年纪相仿的后生双膝跪在竹箅子上，正在洗一条织好的白棉毡，他是油毛毛的大徒弟，见师傅对王酉宝笑，也跟着笑，一边说，"王老爹我上月出师了。"

"李毛四，你出师了？"王酉宝很意外，"为甚不请我喝酒？我又不是那种舍不得包红包的人。"

"我请你了，你不在家。你们家人说你去包头城了。"

"完后你到我家，我把红包给你补上。"

"不用了王老爹。"油毛毛的大徒弟嘿嘿一笑说，"王老爹，你刚才吃甚好的了，嘴明光光的，像抹了油。"

王酉宝赶紧用手背擦了一把嘴。

"呵呵！"坐在一旁织毛布的年轻婆姨笑出声，她可能是油毛毛的婆姨，双手飞梭，毛布黑黄相间，十分抢眼。

"仔细做你的活儿。"油毛毛骂道，"驴槽里钻出一个夹嘴子！"

提着开水壶在大盆前烫羊毛的小徒弟见师兄挨了骂，缩着脖子偷偷笑。

鞋匠铺门面上挂了一连儿不同尺码的鞋楦子，门口只坐一个十一二岁的男娃，耳朵上架个鞋锥，手里拿着粗针麻钱正上大底。他低头做几针，抬头往街上扫几眼，时不时地还探出身子往春风巷那边瞅。

"啪！"鞋匠师傅在他头上扣了一鞋。男娃扭头看他，伸了伸舌。鞋匠师傅笑了，一脸忠厚地露出他的铜镶牙。

"嗵！"铁匠铺那边一声巨响，整条街摇了几摇，刘保定跟众人一齐往后看，是铁匠徒弟把大锤扔在了生铁堆上，李师傅揪着徒弟身上的布褂子打他。拉风箱的女子站在炉边幽怨地望着自己的父亲。

"刘保定，你了不得。"王酉宝佯装吃惊地说，"才到天桥镇就弄出这么大的响动。"

刘保定没听懂王酉宝话里的意思。王酉宝笑了，往前面指了指说："我家在那儿，快到了。"

王酉宝家在春风巷斜对面，院门外蹲了老大一对石狮子，显得他家的两扇院门十分小势。刘保定摸了摸石狮子。"通浪港张石匠的手艺，四省有名。"王酉宝说，"苍乌县只有两对，要看另一对你得上县政府。"

王酉宝家的院墙很高，院子浅浅的，正午的太阳也只能照到正房半墙上。王艾儿在院子里喂鹅，身上穿一件土布蓝格子新袄，手里端着半碗黄豆走着叫着撒着，两只白鹅咕噜咕噜，撅着肥大的屁股吃着叫着。它们是工酉宝当鸟儿养着的看家鹅，一个叫大白，一个叫小白。

"掌柜的回来了？"王酉宝婆姨从偏厦子里出来，手上沾着面，看见刘保定，愣了一下，把两只面手藏在围裙底下。

"五谷妈，他是刘保定，"王酉宝说，"我以前给你说过。"

刘保定向五谷妈行礼问好。五谷妈笑着说："上房里坐，等一会儿吃饭。"接着转向上房，提高声音说，"五谷，五谷莫看书了，你大回来了。有客人，烧茶。"

上房里没人答应。五谷是王艾儿的堂妹。几年前刘保定就听说她在包头上学，不知眼下看的什么书。他往上房窗户上瞅，那里安一小块四方玻璃，被太阳照得明晃晃的，王艾儿的脸映在上面，对他笑。

"艾儿，快揭门帘。"王酉宝说。

王艾儿走来揭起门帘。刘保定扫见一个女子往西边耳房去了。

"当心门槛。"王艾儿说。

刘保定红了脸，站在那里。

"保定回家坐啊，"王酉宝说，"艾儿又不是外人，怕什么。"

刘保定正要进门，王艾儿放下了门帘，问道："你妈托我给你扯件袄面子。你知道不？"

刘保定答不出话，低头去看门槛。

"你既然来了，就跟我去店里挑一挑。免得扯回去你不满意。"王艾儿说。

"不论做甚，吃完饭再说嘛。"王酉宝说。

"不敢走，"五谷妈也在偏厦子里说，"面下锅里了。"

"要走就快走，"王艾儿说，"赶黑咱还能回两河湾。"

"艾儿你不帮着留客，咋还反着来呢？"王酉宝说着，刘保定已经走出了大门，王艾儿在门后面提起她在两河湾常提的那个柳筐，跟了出去。

"保定，保定你不等五德和尚了？"王酉宝站在大门口说，"艾儿你上哪儿？艾儿你不能走！"

刘保定和王艾儿几乎跑着，眨眼就出了巷口。

"去哪儿？"刘保定问。

"戏场，"王艾儿说，"咱看戏去。"

头道街上冒出许多人，也不知从哪儿来的，一个都不认识。王艾儿一手挽紧筐子，另一手塞进刘保定手心里，说："走慢点。"一股软绵绵的暖意直传到刘保定的心窝。他牢牢抓着她的手，走到老爷庙。戏场里人更多，他们挤到戏台前，看到一男一女穿着鲜艳的戏服在台上扭捏，也不说也不唱，男的手里拿个玉镯想给女的又不给，女的跑前退后想要又不要，边上拉胡琴的师傅猫着腰拉着琴弓一个劲儿地催。刘保定半天看不进心里，于是拉着王艾儿出了戏场，又问："去哪儿？"

王艾儿说："山里的野杏儿熟了，咱摘野杏去。"

刘保定和王艾儿从山上摘了一筐杏下来，天桥镇街上的人更多了。

"咱用山杏换凉粉去。"王艾儿说，"一筐换两碗，昨儿我跟五谷换过。"

"野杏不甜，谁稀罕。"刘保定说。

"他们要杏仁哩。用杏仁熬水洗头，又黑又亮。"

"那咱不换，留着你自己洗。"刘保定捏了一把怀里的钱，"你想吃凉粉我给你买。"

"花你的钱，还不到时候哩。"王艾儿从刘保定手里接过杏筐子，走到一家凉粉摊上。

"艾儿！"胖墩墩的摊主婆热情笑着，头上包一块黑灰色的粗布巾子，"五谷呢，那个俊女子今儿咋没来？"

"来了，"艾儿不慌不忙说，"去绸布店给我二婶扯袄面子去了。"说完，抬起下巴往斜对面的绸布店指了一下。

刘保定愣愣地看着王艾儿，就像看见一个陌生人。

"今儿这筐野杏也换两碗凉粉？"摊主婆的脸晒得黑红，抬手擦了一把汗，问道，"换不换？"

"今儿的杏多。"王艾儿说。

"我给你把凉粉打冒尖，"摊主婆说，"再给你加一根油麻花。"

"我不吃凉粉。"刘保定小声对王艾儿说,"你要一碗就行了。"

"你不吃,把我这碗算上。"有人脆生生地说。原来是水连嫂,坐在树荫下面的小凳上,端一碗凉粉,斜眼看着他俩。

王艾儿掏出一把野杏给水连嫂,说:"我们刚摘的,你尝。"

"酸,我不吃。"水连嫂推开艾儿的手,咂了咂舌,指着绸布店说,"你们听,里面吵起来了。"

刘保定怔了怔,听到有人说他出了一等的价钱,买了次等的布料。

"好像是米二在嚷。"水连嫂说。

的确是米二在嚷。米二是个光棍,去年春上才搬到两河湾,五德庙再没有土地和房子租给他,便留他在庙里打杂。米二说自己原有婆姨娃娃,娃娃在逃难路上抽风死了,婆姨吞了洋烟土,也死了。有人问他一个逃难的哪儿来的洋烟土,不是把婆姨卖窑子里了吧?米二骂他们狗眼看人低,说他家原有二十三垧地,被水推了。有人问他可知道一垧是多少亩,他黑着脸不答话。于是两河湾的娃娃们一见他就唱:

地呢?水推了。

水呢?和泥了。

泥呢?上墙了。

墙呢?老母猪拱塌了。

老母猪呢？米二打死了。

米二呢？喧谎笑死了。

米二每次听了都火冒三丈，追着打那群娃娃。

"米二是头犟驴。"刘保定说。

"我刚看见党春喜也进去了，"水连嫂说，"别惹出事来。"

"我去看看。"刘保定说。

王艾儿瞅了他一眼，转身把一半山杏倒进摊主婆搁在地上的篓子里，对摊主婆说："我不吃了。这些顶水连嫂的凉粉钱。"

"再倒些，再倒些。"摊主婆抓着筐沿子，用劲儿往低压。

王艾儿掀转筐底，把山杏尽数倒进篓子里。摊主婆张大嘴巴笑着，乐得就像满口不长一颗牙。王艾儿拿起案上的一根麻花，递给刘保定说："咱走。"

刘保定把麻花放进柳筐子里，说："你在这儿等等我。"然后往绸布店走去。

"莫去！"王艾儿说，"咱回两河湾。十几里路哩，想赶天黑前回去，还得走快点。"

刘保定站了站，仍然往绸布店去了。

"保定！"王艾儿失望地站在那里。

绸布店里米二还在嚷，党春喜拉着他的胳膊，劝他走。看见刘保定进来，米二说："这是一个亏人店。"

柜台后面的小门上有人揭起门帘走了进来，说："我不亏人。

做生意就讲诚信两字。我叶士诚是怎样的人，你在天桥镇打听打听。"

原来他就是叶掌柜，小个头，梆子脸，穿戴得十分整齐。刘保定仔细看了他一眼，竟在他眉眼处寻出了一些叶芙蓉的影子。他忍不住想，同样的眉眼生在叶芙蓉的脸上咋就那么好看，生在叶掌柜的脸上看着却只显得精明，还带几分大生意人都有的傲气。

"叶掌柜，咱们喝茶走。"小门里走进一人，留分头戴眼镜，穿白长衫黑皮鞋，对叶掌柜说，"这种小事叫学徒们处理去。"

"吕定一，吕先生，你不要走！"米二竟认得那人，"咱俩是老乡。我眼下倒运了，你成了天桥镇数一数二的管账先生文墨人，学会说蒙话藏话，听说过年求你一副对联要出半块大洋，你给我评评这个理。"

"我实在告诉你，这里的布都是好布。"吕先生板着脸说，"你若不喜欢，我叫叶掌柜给你换一块。"

"你说这话好像我讹人。"米二拿起手中的布对着吕先生扬了几下，"这个能算好布？我婆姨活着的时候织得一手好布。你当我不识货？"

"按吕先生说的，给他换上一块，再多打发他半尺。"叶掌柜嘱咐小伙计，一边抬脚准备和吕先生走。

"打发？你打发谁！"米二拉开柜台旁边的小门，进去揪住叶掌柜的衣领说，"你给我退钱！"

叶掌柜忙说："我说错了。我的意思是多打你半尺，不要让你吃亏。"

"算了，好布赖布都一样穿。"党春喜想劝米二离开绸布店。

"走吧！"刘保定上前拉他。

"走开！"米二想甩开刘保定，不料扯开了叶掌柜的衣领。

"外来狗还想欺负坐地虎！"柜台里的伙计一拳打在米二脸上。

米二捂着脸后退了几步，靠在柜台上。

"不敢打，不敢打！"吕先生急红了脸，摆着手说。

"和气生财，店铺不是打人的地方。"叶掌柜说。

伙计倒像被他们提醒，拿起铜算盘在米二头上猛砸。党春喜的脸忽地黑了，斜着眼盯着那伙计看。

学徒轻蔑地扫了党春喜一眼，手中的算盘隔着柜台便向他砸去。党春喜找打似的，身子往前一送，让算盘重重敲在自己肩上，然后翻进柜台，将学徒推在货架上，说："你敢打我！"提起膝盖便在他肚子上一顶。货架摇晃了几下，架子上的布卷眼看掉下来了，叶士诚和吕定一一块用力撑住。几乎同时，门外闯进一群人，用黑布蒙着脸，掀翻柜台，按住米二和党春喜就打。刘保定以为他们是来帮叶掌柜他们的，正不知该怎么办，他们中另一些人却抢起了布匹。

"放下，放下！"叶掌柜高喊，手仍然撑着货架。

"青天白日，抢人哩！"吕先生也喊，手也没从货架上松开。

　　一个穿蓝背心的蒙面人掏出两个布袋分别套住了叶掌柜和吕先生的头，几下打蒙了他们。绸布店里黄尘乱窜，蒙面人来得快去得更快。店铺里紧接着又跑进一些人，趁乱也抢。有的大概是怕整匹布抱着显眼，便又揪又扯，扯坏了扔在地上。有的拿走了算盘，有的拿走了剪刀、尺子。党春喜从柜台底下钻出来，有人正好砸开了店里的钱匣，他从中抓了一把，钱匣便被另外几个人夺去。

　　"快跑！"党春喜扭头对刘保定喊了一声，爬到已经被抢空的货架顶上，从后窗钻了出去，两只鞋前后掉在了柜台上。

　　"保定，刘保定！"王艾儿跑了进来，胳膊上挽着空筐子。

　　刘保定这才发现自己藏在店铺的门背后，他也不知自己是什么时候藏在那儿的。

　　"你来做甚！"他顺肩膀搂住王艾儿想往外走，可门口已经被一群看热闹的人堵住，里三层外三层。一个叫花子模样的老汉拾起党春喜的鞋，低头从人群里往外钻，人群像竹帘一样左右晃了晃，叫花子摔在了地上，被众人踩在脚底，起先哀叫着，不一会儿便安生了。党春喜在店铺外面的墙根底叫刘保定快跑。王艾儿哭，几个男人轻薄挤她，她把柳筐死死抱在怀里，他们便近不到她跟前了。柳筐真结实真好。刘保定和王艾儿被挤到柜台一角，叶掌柜脸朝下趴在那里，米二血糊糊瘫在他旁边。王艾儿弯下腰想扶起米二。米二摇了摇头，眼里浮出一丝令人惊奇的笑容，看上去一点都不痛苦，反而很舒畅的样子，就像刚刚吃饱喝足晒在太阳下面。

"你和土匪是一伙的！"叶掌柜的学徒从柜台下面爬起来，手里握着一根顶门的铁棍，瞪视着刘保定。刘保定想起常来两河湾的一个打狗人，见到无主的野狗，就用这种眼光瞪视，野狗被这眼光扫到腿就软了，夹起尾巴塌了脊梁哀鸣，然而无论它如何求饶，棒子一定会从打狗人身后抡出，打得狗头开花。想到这里，刘保定觉得躲是躲不过了，暗暗攥紧拳头，却又觉得浑身发软。

学徒带着一股黄尘向刘保定走来，额头上脖颈上手背上血管暴起。

"大爷，你饶过他。"王艾儿哭着，还要跪下，刘保定想拉住她，却被她轻轻一拽，一起跪倒了。

王艾儿挡在刘保定身前，像一尊跪着的菩萨。学徒脸上的肉抖了抖，转身在米二头上敲了一棍。一股咸热的血气在绸布店里炸开锅，一冲到了街对面。

"啊哟！"门口围观的人们又齐齐儿转头往对面看，那里有人喊："绸布店里杀人了。"

丢丑

　　新月如眉。一辆驴车咯吱咯吱往两河湾走来，车辕上挂了一盏南瓜大小的四方灯笼，微弱的亮光照出车上王酉宝、王艾儿和刘保定各自发呆的脸。路旁的五谷河哗啦哗啦，摇荡着三人一路的沉默。过了桥走进两河湾地界，地里的庄稼随风起浪，搅起一层苦中带甜的味气。是荞麦，荞麦开花了。

　　王家大院前面亮起一个灯影。王酉宝老远就叫："哥，哥，我回来了。"

　　"王二？"王酉金的声音在路中央响起，惊醒了歇在树上的几只乌鸦，吱哇乱叫。王艾儿慌忙将刘保定推下驴车。刘保定在地上打了个滚儿，滚进了庄稼地，屏住气趴在那里。

　　"哥，是我。"

"王二，你咋半夜三更偷偷摸摸回来了？你是两河湾王家的二掌柜，又不是个贼。你骑着你的骆驼，大白天大模大样走回来，多威风。"

"哥呀！自己人回自己家嘛，还要选日子挑时辰？甚时方便甚时回，甚时方便甚时走嘛。"王酉宝卖力笑着，"艾儿也回来了，我家吃得不赖，艾儿这些天一点儿没瘦，还白了。艾儿，快叫大。"

"大！"王艾儿叫道。

"我没你这种女子。"王酉金跺了跺脚，把王艾儿扯下车，用绳捆起往家拉。

"哥呀，你放开艾儿，看在我脸面上。"

"王二！我王家死的活的老的小的都没脸面了，就你还有。你侄女一个女子家，大堂也过了，班房也坐了，可把你的脸面撑大了。"

"哥，你莫听人瞎扯。叶掌柜被土匪抢了，米二被土匪打死，艾儿命不好遇上了嘛，出面做了个证。案子大，不好审，多耽搁了几天。"

王酉金踢了王艾儿几脚，踢打的回声从苍乌山传回，捣碓一样响。"王艾儿，你去天桥镇凑热闹赶夏市，住在你亲亲儿的亲二叔家，刘家那个挨刀小子咋就跟你在一块哩？"

"艾儿跟五谷和她二婶一块儿上街，人多挤散了嘛。"王酉宝替王艾儿圆场，"幸亏她遇上刘保定，不然，谁知还会出什么事。夏市里年年都出怪事情嘛。"

"啊？"王酉金噎了半天，"王二，照你的意思，我还要感谢刘家那个挨刀货呀！"

王家的狗咬了一阵，大门轰地关上，又听到二门吱呀响。

刘保定跑到王家墙底站着。

"老党，老党！"王酉金叫道，"把我让你泡在水桶里的湿井绳拿来。"

"大掌柜，湿井绳打人，后生也撑不定。"党在福说。

"掌柜的，当心把女儿打坏了。"张桂桂哭起来。

"打死也强如她跟着刘家那个挨刀货到处丢丑。"王酉金说。

"你打她还有甚用，"张桂桂说，"她跟刘保定的事这两天扬下一河滩，聋子都听见了。咱不如跟刘家多多要上些彩礼，让她碰她的命去。"

"你眼瞎，"王酉金说，"刘家穷得有甚给你？"

"刘家在西滩有十来亩水地哩。"王酉宝说。

"王二，你莫跟我提西滩。我是咱大的儿，不忘咱大的话。"

王酉宝冷笑："咱大的儿也要吃要喝哩，不能活活饿死。"

"你没忘咱大的话，咋就能卖掉几十亩山地去讨小？"张桂桂说，"咱大要是活着，准定又要被气死一回。"

"死婆娘！"王酉金打了张桂桂。张桂桂小脚一歪，碰倒了椅子打碎了茶壶茶杯，叮里咣啷响了一阵。

"你莫打我妈，"王艾儿说，"再打我跟你拼命。"

"仇人女子，"王酉金拿起湿井绳抽王艾儿，"你甚话也敢说，甚事也敢做哩。"

王艾儿咬牙尖叫。夏末乡村的夜晚冷气侵心，刘保定站在那里浑身打战。

"哥，不敢打，不敢打了呀，"王酉宝说，"你看咱艾儿，弱得像个树秧。"

"起开，我知道你也想看我的笑话。"王酉金说。

"你说的是你自己心里的话，"王酉宝说，"我的心没那么坏。"

"我叫你起开！"王酉金抽了王酉宝一绳。

"疼死我了！老党，你站着做甚，快拉住我哥！"

"大掌柜，大掌柜你就这一个女儿。"党在福说。

"你们不要拉，让他打。"王艾儿说，"他要是把我打死就算了，要是打不死，我就跟刘保定走。"

"仇人女子，你快快去死，让刘家那个挨刀货跟你一块儿去死。"

"死就死，谁怕哩。"艾儿说。

"小小年纪，不要张口死闭口死的。"王酉宝说，"死有甚难？方的有井长的有绳，尖的有刀高的有崖，自己对自己狠狠心，这辈子就完了。要我说，再难也活着，最终过上高人一头的好光景才算有能耐有悍性哩。"

"谁都不要劝。让她去死,看刘家那挨刀小子会不会跟她一起死。"王酉金有些伤心地说。

"那咋会嘛。"王酉宝接着说起大沟湾李家的女子跟人相好,因父母阻挡成不了婚,两人在一棵树上搭了绳,一人一头儿套了脖子,女子身轻,蹬腿就翻了白眼,男子跌在地上,缓过气解脱绳子跑了。人们找到女子的尸首,已经被野狗啃了大半儿。

"吓死人。"张桂桂说,"老古人早就说了,痴心女子负心汉。"

"我信得过刘保定。"王艾儿说。

刘保定在墙外哽咽起来。他想,如果艾儿死了,他也不活了。接着感到一阵窒息,好像水没过头顶,又像脖子被绳勒住。他捂着嘴小声咳了几声,又听到王酉金问艾儿:"你凭甚信他,凭甚?"

"是呀,"王酉宝插话说,"刘保定也是个人嘛,是人哪有不怕死的?就算他不怕死,他还有个寡妇娘,将来靠谁养活?"

"我为甚要拉他去死?我要跟他好好活哩。"艾儿说。

"我放你去他家,看他有胆留你!"王酉金说。

"你不要后悔。"王艾儿声音不高,但字字有力。

"艾儿,不敢胡来。"王酉宝说。

"那个狗日的刘保定,我从第一天见他,就觉得他不是个好东西,一对眼睛两把刀。你以为他看上你了?两河湾的好东西他都看上了。还有他那个来路不明的妈，脑袋抬得比我还高，就像两河湾的好东西原本都是他家的，被我们抢了一样。她来咱两河湾，才十来年时间，又不种洋烟又不做买卖，也不知哪儿来的钱就能买下十来亩水地，又买那么些旱地。"

"地里种的嘛。"王酉宝说。

"种地？"王酉金说，"老党种了几十年，他咋一亩地都买不起？"

"人家靠的是五德那个老和尚，"党在福说，"我靠的是你，大掌柜。"

"嗯？"王酉金愣了一下。

"荣华呢？"王酉金像是有意打岔，给自己台阶下，"这半天没见他。"

"问盆儿，叫盆儿来。"张桂桂说。

盆儿慌里慌张地跑了进来，说晚饭后见王荣华跟小妈在西屋炕上耍牌，过后她就不知道了，她帮党春喜推磨去了。

"贱皮子！"张桂桂骂道，"当我不知道你那点儿鬼心思。荣华一个小娃，不就爱摸摸你吗？你若肯了，他怎么会黏着她？"

工头柳匡走进来，说："家里的小太太不见了。"

"她在自己的西屋里，你咋晓得她不在？"王酉金问。

"西屋一直黑着，没点灯。"柳匡说。

"你盯着西屋做甚？"王酉金气狠狠地问。

"嫂子许是早睡了。"王酉宝说。

57

"我去看看。"王酉金走了出去。

不一会儿，王家的狗又咬起来，院子里响起一片寻找王荣华的吵闹声。张桂桂边哭边骂："王秃子，你小老婆拐带我儿跑了。"

张月仙叫着刘保定的名字朝他走来。刘保定扑通跪下，一连叫了三声妈，多少天的惊慌委屈哽在喉头，泣不成声。

"起来，跟妈回家。"张月仙扶起他，替他拍身上的土，"五德和尚打发宋义捎话说你今天回来。我在家等了半天不见，猜你就在这儿。"

"这些天你咋不来天桥镇看我？"

"家里走不开。"张月仙说。

"天大的事发了，还管家里的事？"

"不就上堂做个证嘛，你都扛过来了。我在家甚活儿也没耽误。再说，你那边有五德和尚和王二掌柜陪着，他们比我强十倍。"

回到家，张月仙从大锅里端出一碗肉，揭开小锅，五个新麦馍挤在笼屉上，刘保定抓起馍咬了一口，心里舒坦了许多。

"保定回来了？"水连嫂的声音在栅栏外响起。刘保定抬起头，她已走到家门前，手里端一个蓝沿子粗瓷碗，进了门，把碗放在炕桌上，在刘保定肩膀摸了摸，又摸胳膊。"没瘦。"她说。

刘保定往碗里瞟了一眼。是红枣莲子汤，上面还漂几颗枸杞。水连嫂催他喝一口，说她用慢火煨了半后晌。刘保定正吃得噎喉，端起便喝了少半碗。水连嫂问他香不香。刘保定搁下碗，对她笑了笑。自打水连嫂在他家隔壁住下，他就没少吃她做的饭。水连嫂做的饭闻起来有一股清淡香甜的味道，这种味道张月仙做的饭里没有，王酉金家的饭里也没有，天桥镇的饭馆里也没有。尝着这些味道，刘保定就想到两河湾天桥镇以外的世界里看一看。

水连嫂坐在炕栏边儿上，问起那日绸布店里发生的事。刘保定详细说了一遍，水连嫂听到米二被人一棍打死，腿一软坐在了灶台上，在锅边打盹儿的猫儿"喵"的一声跳到炕上，钻进刘保定怀里。

"这些年，人活得越来越不像人了。"水连嫂说，"前些天宋义被一群孩子按倒，竟把沙和尚塞进他肠子里。"

"我不信。"刘保定说，"沙和尚会听他们的话，叫它往哪儿钻它就往哪儿钻？"

"起初我也不信。孩子们说，他们把沙和尚的头塞进宋义的肠门，然后点火烧它的尾巴。它疼啊，死命往前一钻，就钻进宋义肠子里了。"

刘保定先是扑哧一笑，想了想，脸上出现不忍之意。黑猫跳出他的怀，在灯影下追咬自己的尾巴。张月仙到院里照看鸡笼。正是黄鼠狼下崽季节，老黄鼠狼不要命地胆大，有时大白天就来村里拖鸡拉鸭。

栅栏门上的铜铃子响，张桂桂站在门外问张月仙看见她家荣华没有，党春喜打着灯笼为张桂桂照亮儿。刘保定跑出去。党春喜见了，挤眼伸舌，算是问候他。张月仙叫张桂桂不要急，她说荣华一个男娃子，不定上哪儿耍去了，不定一会儿自己就回来了。党春喜趁机用刘保定才能听到的声音嘀咕着说："感谢你了。"

张桂桂和党春喜走后，水连嫂也回去了。张月仙关了门，上炕盘腿坐定。刘保定也上了炕，说："王酉金打艾儿哩。"

"那是王家自己的事。"油灯闪了闪，张月仙印在墙上的影子摇了摇。

"水连嫂说，你问过艾儿妈。"

"问过甚？"

"我和艾儿的事。"

"问过。人家说了这个数，"张月仙伸出一个巴掌，"咱典房子卖地都不够。"

"短多少？"

"全都典了卖了，咱不吃了不喝了？"

"我扛活去。"

"扛活的有几个能养活好自己的婆姨娃娃？你看他们吃的甚穿的甚！"

"知道这样，我就不去天桥镇了。"

"去就去了，又没少什么，还长了见识长了胆。"

"我害了艾儿了。"刘保定抱住头缩在炕角里。

"你把她咋了？"张月仙绷起脸，口气平平地说，"你没把她怎样。"

刘保定听到王艾儿的脚步声，脚步声离他家越来越近。

"艾儿来了。"刘保定说着跳下炕，便要开门。

"不准！"张月仙一声喝住他，"我们收留了她，他大告你拐卖人口怎么办？你可是老刘家唯一的根苗。"

"我带艾儿离开两河湾。"

"离开两河湾，你们上哪儿寻吃寻穿？你看看隔墙的高水连和水连嫂，他们就是现成的例子。"

张月仙吹谢了灯。

"保定，保定开门。"王艾儿拍着门说。

刘保定按着门闩，用力屏着气，就像那会儿趴在庄稼地里，一动不动。张月仙端坐在炕上，数着手里的念珠。

"保定，是我，艾儿。"

"保定，我知道你听见了。"

"你说话，保定，你说句话。"

王艾儿靠在门外哭。刘保定靠在门里，全身僵直。一股槐花胰子的香气从门缝里钻进来。他想起苍乌山上的野杏林，树叶上太阳耀眼的光斑，穿林而过的懒洋洋的风。他上树给艾儿采下向南的一枝野杏，枝头的杏子红得像在咯咯笑。王艾儿用杏枝轻轻敲他的头，说越红的野杏越酸，只能看不能吃。说完却摘了一颗最红的放进嘴里，一边酸得淌眼泪，一边笑。他咽了一口口水，说她傻了，不能吃还要吃。你给的嘛。王艾儿歪着头看他。我给的，毒药也吃？吃。王艾儿拿起杏枝又敲他一下，只要你敢给，我就敢吃。他瞪了她一眼，说那不就死了。王艾儿从枝上揪下几颗杏子扔进筐里说，死就死，谁怕哩。想到这里，刘保定按着门闩的手抖了一下，又想起王酉宝说，死有甚难，狠一狠心，这辈子就完了。活着，过上高人一头的好光景才不容易，才算有本事有斗性。

"刘保定，我听见你出着活人气哩。"王艾儿在外面用劲拍了几下门，"没想到我大认你比我认得准。从今儿起，我就不认得你了。"

王艾儿说完，一路小跑走了。刘保定打开门，王酉金家的灯笼火把映红天，村子里狗咬连片，王酉金的声音穿插其间：

"荣华，荣华！"

"我儿荣华，大寻你回家哩。荣华，荣华！"

其他人的声音就像王酉金的回声："荣华，荣华！"

刘保定再没听到王艾儿的一点声音。

"我先睡了。"张月仙摸黑下了炕往耳房走，一边说，"保定，你莫怪妈心狠。人在世上没股子狠劲儿活不成。"

刘保定后来常常想起这句话，有时竟会流下泪来。平头老百姓，无权无钱，狠什么狠？无非是在自己和自己亲近的人身上狠，狠得心里千疮百孔。

后半夜，所有的声音都静了下来。刘保定躺在院里的石床上，一颗大星当头亮着，云影丝丝缕缕横在天上，看久了就像自己也飘在空中。

刘保定往王酉金家那边听——

王家下院伙计房里一盘长炕，伙计们都睡了，黑沉沉的夜晚黑沉沉的睡梦里，累了一天的男人们发出各种呢喃，有的像婴儿哼，有的像鸟儿叫。二道院马棚里，马们正吃夜草，井台上有人摇着辘轳咯吱咯吱绞水。王酉金站在上院里问：“谁在那里？”井台上的人咳嗽了两声。是党在福。王酉金转身又回去了。

王酉宝拿起火剪往茶炉里夹了一块炭。王酉金接过火剪，拨了拨火苗说：“你睡去。”

“睡不着。”王酉宝说，“咱王家人稀，咱两弟兄只有荣华一棵根芽。”

“不为这个，我也不花那么大价钱娶小。藏巫神看过春柳，说她命里多子。”

“我盘算荣华不会有事。等天亮了，咱再想办法。”王酉宝说完，停了停又说，“咱兄弟俩，有些年头没在一起说说话了。”

“听说五谷回来了？”王酉金问，“一个女子家，你让她去包头城上学，丢人现眼不说，能有甚用。”

“五谷她妈生了五个娃，眼下就存她一个，我拿她当儿子

63

养哩。"王酉宝说，"我的娃一个一个都不好养活。到了五谷，我找人算了算，说过了十二岁就得把她送出去。我舍不得。后来有人给我出了个主意，让她到包头城上洋学。我到包头城的洋学堂里看了看，一群女子，年纪都跟五谷不相上下，十分有钱有势人家的女子占了多一半儿。我想，那样的人家都能舍得，我这样的有甚舍不得。"

"你不会是想让她进洋庙当洋尼姑吧？"王酉金说，"二宝子，咱事先把话说明了，你敢胡闹，我就敢把你从咱王家豁出去。以后咱就不姓同一个王。"

"那不会。我还指望五谷给我养老送终哩。"

王酉金再没答话。弟兄二人咝咝地喝着茶。

刘保定仍然听不到王艾儿的声音。

厨房后面的小炕上，盆儿不在，只睡厨娘毛婶一人。盆儿和刘保定母子同一年来到两河湾。跟刘保定母子不同，盆儿她大带着她到处讨吃，路过两河湾，要卖盆儿。张桂桂可怜她，花一块钱买下来，给她和王酉金端洗脚水倒尿盆儿。盆儿现在什么活都干，还能帮毛婶做饭。毛婶也是外地人，起初也在西滩租五德庙的地种，后来又在王酉金家做了厨子。毛婶饭做得好，还会武功。有一回，她上树抓一只公鸡，公鸡一纵飞到另一棵树上，她也一纵跳过去，一手抓着树杈，一手掐住了鸡脖子。小时候，刘保定总想学学她，可每次爬在树上望着另一棵树，心里都直打鼓。他不敢跳。他问党春喜敢不敢。党春喜说敢，但他不能跳。他跟刘保定商量，如果他摔死了，他大他妈将来就由刘保定养活。刘保定不干。

盆儿在磨房里像老鼠一样小声叫。

"盆儿，咱走。"党春喜也在磨房里。

"去哪里？"

"咱走得远远的，再不受他们的欺侮。"

"我从小卖给了王家，逮住就活不成。"

"今夜他们丢了王荣华，顾不上咱。墙外我备了马。"

"你作死，偷了掌柜的马？"

"五德和尚的马。"

"路上会饿死人。先前我妈就在路上饿死了，我大为了让我活命，才把我卖了。"

"咱有钱，饿不死。"

"你哪儿来的钱？"盆儿的笨脑袋突然机灵起来，"你有事瞒着我。荣华在哪里？他是我哄大的，我心焦他哩。"

"想跟我走就赶紧起身。"

"你把荣华弄哪儿了？"

刘保定听出盆儿不跟党春喜一心，他深感意外。

"不关我的事。"党春喜一定也感到惊奇了，也许他还觉得害怕。"我不知道那个小王八羔子在哪儿。"他系紧裤腰带说，"你不走算了，我可要走了。"

"春喜哥，咱先帮东家找到荣华，再让你大去求东家，把我给了你。咱俩一辈子就在王家做活，有房子住，有饱饭吃，甚都不用发愁了。"

党春喜用开门和关门的声音回答了她。

"党春喜跑了。"盆儿大喊起来。

刘保定吓了一跳。幸亏磨房离上房远，而且门已被党春喜关上，不然就吵醒一院人了。党春喜小声地清晰地叫了一声盆儿。刘保定还没辨出他是怨是恨，就听到他跳过墙骑马往北走了，临走还没忘把门从外面扣上。

"党春喜跑了。"盆儿一边喊，一边拍门。

毛婶在盆儿喊第二声的时候就跑去了。"你怎么在这里？"她打开门小声问盆儿。

"党春喜跑了，"盆儿不觉也放低了声音，抽噎着说，"他偷了五德和尚的马。"

"你梦游了？"毛婶责备盆儿，"前几日我见你睡在麦秸堆上，今儿又睡在磨房里。"

盆儿立刻止住哭，像刚刚从梦中醒来，改口说她是梦游了。

"王东家好吃好喝把你养大了，你学会梦游了。"毛婶嘀咕着，领盆儿进到厨房后边的小房里说，"快睡。"

盆儿上了炕，捂着头哭。

"你还让不让我活？"毛婶说，"半夜睡不下，天不亮又要起。一大家人都等着我做饭吃哩。"

上房那边，王酉宝对王酉金说："哥，我刚才听到后面那边马蹄响。"

"我也听到了。马蹄声往边墙方向去了，像是过路的。"王西金说着，起身走到门口问，"老党，咱的马少没少？"

"没少。"党在福走到上院说。

"你也睡不着？"王西金对党在福说，"进来喝茶。"

"我来找我家春喜。"党在福站在院子里说，"已经后半夜了，该睡觉了。"

"我早就打发他走了。"王西金说。

"他不在伙计房里。"党在福说，"我以为他在上房给你们烧茶哩。"

"他大概回你们家去了。"王西金说。

党在福嗯了一声，又走到下院。

"党叔，"柳匦说，"你把钱准备好没有？"

"甚钱？"党在福说，"我又不短你的。"

"我是说你能给我春喜兄弟娶媳妇了。"

"春喜还小哩，甚都不懂。"

"不懂的是你。党叔是个老实人，这辈子大概没跳过墙，没钻过窗。我春喜兄弟比你能行。"

"儿子没老子能行，家就败了。"党在福上炕躺下，舒爽地哼一声说，"明儿早上我迟起一会儿，天亮你帮我往马槽里添一把草。"

"行，你多睡会儿。"柳匦说。

"艾儿呢？"张桂桂从耳房出来，对王酉金弟兄俩说，"半天不见艾儿。"

"不好。"王酉宝说，"莫不是真想不开，做傻事了吧？"

"让她死去。"王酉金话狠，声音却软软的，说完打发张桂桂去王艾儿大嫂的房里看看。

张桂桂走到西房前，隔窗问："大媳妇，艾儿在不在你房里？"

"妈，我在嫂子这儿哩。"

刘保定听出是王艾儿的声音，长出了一口气。

土匪

　　王荣华跟他小妈被土匪绑了票。后来，有人说那天天黑之前，鸡蒙眼那会儿，看到苍乌山上下来两匹大马，直奔王酉金家。还有人说，也是那天天黑之前，鸡蒙眼那会儿，看到两匹大马从王酉金家后墙跳出，直奔苍乌山而去。总之，王荣华和他小妈就驮在那两匹大马背上，上了苍乌山，而那帮土匪就扎在苍乌山上。

　　苍乌山上扎着土匪，是个老故事。老故事年年都添新内容。去年割洋烟时节，王酉宝骑着骆驼回来，王酉金正好拉肚子在家将养，王酉宝便坐在王家的地畔上，讲起天桥镇的新鲜事，说他遇见了土匪。他去羊杂馆里啃羊头，旁边坐了一位膀大腰圆的汉子，里外穿得簇新，要了一大盘水氽羊眼、一大盘油泼羊舌、半斤天桥镇自产的五谷酒。羊眼仁又叫杏花油，热水锅里一过就熟，厨子将它们捞进盘子，拌了一小碗醋蒜蘸汁，亲手端上桌，问那食客羊舌薄切厚切。他说薄切，越薄越好。厨子意外地看了他一眼，像是会唱的终于碰上了一个会听的，旋即将羊舌薄薄儿切了端上来，又将半勺麻油烧热了，站在那人面前，搁上葱花蒜末儿和阴干的摘蒙花往羊舌上一浇，香气"汪"的一声跳上房顶，扑簌簌满房撒下。羊杂馆里立刻响起一阵吞咽馋唾的声音。窗下一人不小心被自己的唾沫噎住，咳了起来。他是掌柜的舅舅，没事就来外甥的馆子里转悠。掌柜的孝顺，在窗下靠门的地方给舅舅摆了一张躺椅，舅舅喝过杂碎汤，便躺在上面歇着，身闲心不闲，熟客来了，他就跟人家打个招呼拉几句家常，生客来了，他就给人家介绍饭馆的特色饭菜，偶尔还盘问客人的来历。

掌柜的舅舅咳停以后，问那人哪里人。那人简短答了一声苍乌山，便专心吃菜喝酒，再不理谁。

一头羊两只眼，丸药大小，一条舌，寸把来长，各点一大盘子下酒，可知这人会吃嘴也会花钱。羊杂馆里喝汤嚼馍的客人全都觉得自己格外寒碜，一概用眼角扫着那人。只见那人吃完喝净，抹嘴就走。掌柜说，大哥，你还没给钱哩。那人把手放进袍襟里，隔着袍子向外顶出一把洋盒子，叫他过来拿。

羊杂馆里消了声，大家都晓得遇上了土匪。掌柜的头上冒出几缕汗气，拱手作揖请他走。那人哼了一声，从袍襟里抽出手，大步往外走，却被掌柜的舅舅拦腰抱定。那人说，松手，不然要你老命。掌柜的舅舅说，不准备活了，我今儿拿我这张老羊皮换你这张小羊皮。那人突然想跑，跑堂的伙计起脚把他绊倒，从他袍襟里搜出一副老羊的牙岔骨，原来是个假盒子。

苍乌山上当真扎下一伙土匪，去年冬天就有传闻。

据说是在一个午后，天桥镇老杨家羊肉馆进来一个穿羊皮短袄戴狐皮帽子的胖子，领个精瘦小伙儿，戴黑棉帽，穿黑棉大氅，两人都绑着裤脚儿，露出脚上的翻毛靴子，黢黑污烂。那胖子自称是吴大爷，小伙儿是他的护兵，他们有百十号人，几十条枪。掌柜老杨卖饭开店，见的有趣人多了，呵呵笑。吴大爷恼了，掏出一把盒子，真家伙，叫老杨给他和护兵各上两海碗羊肉，两头生蒜。两人羊肉就蒜，吃得满头大汗，空出碗又叫老杨倒上烫嘴的滚水烫蒜臭，告诉老杨，他们初到苍乌山，缺衣少粮。天黑人定之后，他们要在老杨家街对面的米店弄点过冬的米面，要老杨给他们备饭，后门上拍手为号，不许走漏风声。

吴大爷他们走后，老杨坐在收钱的椅子上盯着算盘珠子出汗。太阳落了，对门的粮店关窗上门，粮店掌柜站在门台上端着一把拳头大的紫砂壶喝茶，隔街叫老杨下棋。老杨不敢答声儿，他也关窗上门，进进出出，努嘴撅眼，向粮店老板暗暗示意。粮店掌柜觉得老杨反常，走过街敲门，说老杨，上我家下棋走。今夜你要小心，千万要小心！老杨趴在门缝上小声说，土匪盯上你家了。粮店掌柜昨日跟老杨下棋，因老杨悔棋恼了，骂了他的祖宗，见他行为怪异，以为他小气记仇，笑了一声走了。

夜里果然有几十人从羊肉馆后门进来吃羊肉，完后抢了米店。

今年夏市期间，土匪大白天就抢了叶掌柜的绸布店，还打死了米二，接着又绑走了王酉金的小老婆春柳和儿子王荣华。

两河湾人风传，刘保定和王艾儿跟着王酉宝回到两河湾的第二天，天亮以后，王酉金的老婆上茅厕，发现茅厕墙上写了几行字，她认字不多，只念出：想要你儿，拿钱来赎。她叫来王酉金，王酉金细看了茅厕上的字，背了手回到上房里。王酉宝正坐在炕桌前喝茶，茶香溶在青灰的晨光里，一派祥和光景。王酉金一看就生气，叫他回天桥镇去。王酉宝说这个节骨眼儿上，我咋能回。打虎亲兄弟嘛。王酉金说你走你的，不要以为我不知道，你恨不得让土匪把我跟荣华一块撕了，你好接老先人留下的摊子。王酉宝说哥，你咋能说这话嘛。去年荣耀殁了，我伤心成甚样了，你不是没看见。

提起王荣耀，王酉金突然全身抖晃起来，上下牙磕得咯咯响，接着两眼翻白，往地上倒去。王酉宝一把抱住他，张桂桂掐住他的人中。不一会儿，王酉金蹬了蹬腿醒了过来，嘴里不停地叫着荣耀。

王荣耀是王酉金的大儿子，死前刚平二十岁。大前年初冬一个后晌，王家的羊群回来了，不见放羊小子。点了点，羊也少了两只。王酉金便说放羊小子偷羊跑了。放羊的是王荣耀媳妇的弟弟，王荣耀知道他诚实，不会做那种事情，便独自出门去找，结果遇上狼群。王酉金带人找到他时，只看到一堆被狼咬过的烂衣裳。

王酉宝和张桂桂把王酉金抬到炕上，想回天桥镇请医家来医他大哥。张桂桂让他先管小的，又问他，土匪要在苍乌山野杏林子商价，谁去。王酉宝说我去。

王酉宝从苍乌山下来说王荣华好好的，跟两个小土匪在树林里打钱，他小嫂子情况不好，病了，哭着要回。张桂桂问她的裙子破没破，有没有穿大红大紫的新衣裳。王酉宝说土匪要咱拿出今年和去年两年的洋烟土换人。王酉金一听，从炕上坐起来说，你告诉他们，洋烟土全都卖了，没有。王酉宝传土匪的话：银子也行，这个数。然后把手放进袍襟里。王酉金伸进手捏了一把，问能不能少。王酉宝说能少，一年的洋烟土，只换荣华。这个数。王酉宝又把手放进袍襟里，王酉金又去捏了一把，说能成能成。说完往地上啐了一口，又说我早知道那个小不要脸的不安心跟我过。往后咱王家后人不许娶小。二宝子，你把这一条写进家谱里。张桂桂冷笑着说，家谱里早就写着哩。你又不是眼瞎没看见。

第二天天麻麻亮，王酉金就叫来王酉宝，亲自给他端了一杯茶，说你再去一趟苍乌山，见了土匪，就说我要见他。王酉宝没推辞，上马就走。王酉金告诉张桂桂，晌午饭吃扁食粉汤，拌一盆豆芽粉条猪耳朵，再拿出来两瓶竹叶青。

午饭上了桌，香味儿像一条长蛇爬上王家上房的松木担梁，又向下探出了头。卧在炕头的大肚母猫眼馋地叫了两声，王酉宝带着一个细皮嫩肉的年轻男子进了门。男子十分俊气，一身教书先生打扮，说话先笑，还向王酉金家大小人等行礼问了好。王酉金问他尊姓大名，他不肯说。又问怎么称呼他，王酉宝说，叫他赵掌柜。

王酉金请赵掌柜喝酒，赵掌柜先说不喝，后来经不住王酉金又劝又敬，喝了一杯。酒刚刚下肚脸上便泛起了红。王酉宝又来敬，张桂桂也来敬，几巡过去，赵掌柜两眼迷蒙，抱了王酉宝的膀子叫兄弟，说今天跟你一起喝酒，我十分痛快。王酉金求他免灾，赵掌柜摇头。王酉金又求少钱，赵掌柜说能成，看在你家二掌柜面上，少一半。王酉金求他再少，赵掌柜说，加一百两。王酉宝插话说，赵掌柜说一不二，刚说少一半儿，就少一半儿嘛。赵掌柜冲王酉宝点了点头，说你开了口，先少一半，再少半成。王酉金连忙应下，又要把交人交钱的地点定在自家门口。赵掌柜应下，说子时交钱，不许报官。

土匪一走，王酉金想了想，觉得土匪不像个土匪，兄弟也不像个兄弟，他像明白了什么，摸了摸藏在袖筒里的刀子，招了招手，叫王酉宝跟他到地窖里说话。王酉宝进了地窖，王酉金从外面堵上了门。王酉宝在门上又敲又捣，说哥你这是做甚了嘛。王酉金说我给咱老王家做好事哩。

夜里，王酉金家的西洋钟刚敲过十二下，王家人便听到王荣华在门口叫大，然后叫妈。王酉金跑出门外，不见他的儿，大声喊道，东西在荞麦地第三棵榆树下。现货足两。一袋烟的工夫，有人在远处回了话：收到，真货足两。王掌柜，来接你儿。

王酉金往前跑了百十步，看见王荣华从艾儿河那边的柳林里跑过来，浑浑全全，一根头发丝儿不少，便抱起他跑进院子，炸天喊了一声：拿土匪！

院门外枪声乱响一阵，还听到打了三发炮弹，火药味儿干呛刺鼻。王酉金带着王荣华趴在墙根下。王荣华说，大，我怕。王酉金搂紧他说，不怕，大在这儿哩。

又过一袋烟的工夫，一阵马蹄声从房后踏来。

有人说："报告赵掌柜，今夜两河湾统共埋伏十二个官兵。"

赵掌柜问："消息可靠？"

"顶真十二个。弟兄们打死十一个，活捉一个。缴获三支长枪，一门小炮。"

"咱们的人马都好吧？"赵掌柜又问。

"五死六伤。"

"啊？五，六……"赵掌柜结巴起来，半天才说出一句囫囵话，"看清了？"

"看清了，"对方毫不含糊地说，"死的伤的全都摆在路边了。"

赵掌柜骂道:"王酉金,我日你先人!"

王酉金抱起王荣华跑进马棚,揭起马槽里的草料把王荣华藏进去,断开马缰,拍了拍马腿。三匹马都像明白了他的意思,悄无声息走出马棚,顺墙跑到下院,躲进了长工房。王酉金藏在马槽下,用干草把自己围起来。

赵掌柜骑着一匹高头黑马第一个冲进院子,百十条汉子跟着冲进来。赵掌柜举起手里的洋盒子,一枪射灭上房里并排点的两盏灯,喊道:王家人,凡长鸡吊蛋的都给我出来。

王荣华偷声说大,叫咱哩。王酉金探出一只手,捂住了他的嘴。工头柳匡拐着一对罗圈腿和党在福一起从下院走上来。赵掌柜的黑马原地转着圈儿,马蹄铁踏在井台的石板上"哐哐"响。他说,王酉金,王酉宝,你们不出来就是骗过的。土匪们哄哄笑,柳匡也忍不住跟着笑了。王酉金在马槽下大气不敢出。王荣华吓出了尿,尿水从马槽裂缝里漏下来,淌在王酉金脸上。赵掌柜朝天放了一枪,吼道,女人出来。张桂桂从上房出来,毛婶和盆儿从厨房那边过来。赵掌柜把她们一个一个端详过,问站在最前头的张桂桂,王艾儿在哪儿,听说她是两河湾最俊的俊女子,我没明没黑想着她哩。土匪们又哄哄笑。

张桂桂骂赵掌柜披人皮不做人事,平白无故绑人劫财不得好死。赵掌柜说,如果世上善恶有报,你们王家人首当不得好死。张桂桂说我们是正经人家,又不是杀人抢人的土匪。正经个屁!

赵掌柜说，王老大在两河湾种洋烟卖洋烟土，王老二在天桥镇开烟馆开窑子，个个杀人不见血，挣的都是天下最不义的不义之财。张桂桂从怀里掏出一把菜刀砍向赵掌柜。赵掌柜将马肚子一夹，胯下的黑马跳过了井台。护兵端起枪对准张桂桂，拉开了枪栓。赵掌柜说不要开枪。护兵哐的一声打掉了张桂桂手中的菜刀。赵掌柜怪他浪费子弹，一边拉起裤管儿看了看自己的腿，说没大事，皮都没破一层儿。不过我的老岳母劲儿还不小，砍得我生疼。护兵掉转枪托，一下砸掉张桂桂两颗门牙。张桂桂惨叫了一声。王荣华在马槽里缩成一团，盖在身上的草沙沙响。王酉金把手按在王荣华身上，却被他一把推开。

护兵拿起枪托又往张桂桂身上打，柳匣挡在了她身前，说兄弟，不要跟女人一般计较。赵掌柜刚才说了，他没事。你要是不解恨就打我。话刚说完，护兵的枪托就砸在他脸上，打得他鼻血飞溅。赵掌柜竖起大拇指夸柳匣仁义，说王酉金不配有你这样的长工。你哪天吃不开，上山来，我让你管库管钱。柳匣伸出一双手，说我有它们，就不会吃不开。护兵说，那就剁了你的手。赵掌柜叫他退后，说我们的队伍里只收心甘情愿入伙的弟兄。有个土匪骂柳匣没脑子，放着痛快的人不做，偏要给王家做奴做狗。柳匣低下头，不一会儿又抬起来，担心地往上房的烟洞上瞅了一眼。

赵掌柜无声一笑，说王酉金、王酉宝，你们毁约告官，弄死了我五个弟兄，伤了六个。此仇不报，我连人都不算，枉叫众人喊我们土匪。说完，开始教导他的手下。你们准备好了，挑值钱的东西拿，不要见笤帚拿笤帚，见扫把拿扫把，拿回山里没地儿放还要费事叫人放火烧，不小心又会烧了老林子。一个十五六岁的小土匪说，银子和洋烟土最值钱，谁知藏在哪里。赵掌柜用马鞭指着张桂桂，银子和洋烟土，就藏在王酉金婆姨的嘴巴里。全都在这儿哩，张桂桂敲了敲自己的头，有本事拿斧头砸开全拿走。赵掌柜策马进家，出来时马背上便多了两个人。他说，王艾儿出来了，还有她嫂子。

土匪们打马围上来，一支支火把举在王艾儿和她嫂子面前。王艾儿闭着眼睛，她嫂子哭叫着。赵掌柜命人将她们姑嫂背对背绑在一棵树上。

哪个是王艾儿？一个胖大土匪问，两个都又黑又脏嘛。赵掌柜说我刚从炕洞里把她们拉出来。一个皱巴脸听了，跳下马，提来一桶水浇在王艾儿和她嫂子脸上。众人又拿火把来照，哇哇惊叫。

退后退后。赵掌柜把王艾儿挡在身后，说弟兄们不要坏了规矩。胖大土匪问，甚规矩？这还不明白，皱巴脸说，当然是老规矩。然后用下巴往赵掌柜身上指了指。不成，今儿谁立头功王艾儿就归谁。胖大土匪叫道，我打死三个，只用了三发弹。一个戴翻边儿毡帽的说，自古打仗这件事，立头功的就不会是一个人。我也打死三个，用了三发弹。胖大土匪说你自己说了不算，谁能证明你？那人扯下头上的毡帽，说咋了，你不服？

我就能证明我。皱巴脸上了马，走到他俩中间说，算争尿了，咱今儿干脆赌酒，一人一罐子，谁没醉倒就是谁。贼小子，不知哪个对皱巴脸说，喝酒谁能喝过你？谁不知道你大是造酒的，你妈是卖酒的，你从小吃酒长大，洗脸洗脚都用酒，一滴水不掺。皱巴脸笑道，若按你说的，老子的皮骨早都化成酒了，还能站在这里听你放屁？那人也笑了，说咱不赌酒，咱抽签儿，赌手气。抽签，抽签好。那个十五六岁的小土匪说。你抽风去。胖大土匪在他头上甩了一打。

赵掌柜哈哈笑，对张桂桂说，你看你看，我的弟兄们大肚子空着，个个能装一个猪头四个猪蹄子还捎带十来八个馍，这些东西在肠子里一转，全流进了小肚子，一夜夜憋胀得厉害着哩。土匪们用手按着裤裆尖声怪叫。站在张桂桂旁边的毛婶往后退了退，一纵跳上树头。唷！土匪们仰头看，树头黑乎乎的什么也看不清。赵掌柜也望着黑乎乎的树头，说你下来，跟我上山做压寨夫人。毛婶说，癞蛤蟆想吃天鹅肉。话音未落，赵掌柜循声一枪，她便跌在院里，从此瘸了一条腿。张桂桂望着毛婶身下的一摊血，终于哆嗦起来。赵掌柜对她说，只要拿到值钱货，我们就不动女人。然后问自己的手下，说弟兄们，你们说我说得对不对？土匪们一起沉默了，商量好了似的，送给赵掌柜一个大大的不好看。赵掌柜只好又问，问到第三遍时，才听到几声有气无力的附和。

你带我走。王艾儿突然对赵掌柜说。赵掌柜愣在那里，好像没听清。带我走。王艾儿又说。赵掌柜打马过去，弯下腰把耳朵登在她面前，叫她再说一遍。

带我走。王艾儿说。

这话多中听啊！赵掌柜直起腰嘻嘻笑，听上去就像两河湾的大美人王艾儿看上我了。看上你了，王艾儿说，王艾儿看上赵掌柜是一条好汉。嘀嘀，这种时候，我赵某人竟然遇上了红颜知己。赵掌柜用马鞭子指着王艾儿，说我真愿意相信你说的是真话。王艾儿说，真话，没假。哈，实在不巧，赵掌柜笑道，我今天是来砸窑的，不是来中美人计的。砸窑？那个十五六岁的小土匪问他身边的胖大土匪，我们不是来抢东西吗，为甚要砸窑？王家又没窑，只有房。胖大土匪说，我们要说砸窑，不能说抢东西。小土匪又问他为甚不能。胖大土匪打了他一嘴巴，说就为这个。又问他明白没有，不明白再来一嘴巴。小土匪捂着嘴不敢再问了。那边王艾儿对赵掌柜说，你今天不带我走，天亮我上苍乌山找你。赵掌柜说好！但是，天亮我不会在苍乌山，三月五月都不会在那里，三年五载也不一定在那里。你上了山，找不到我不要紧，别叫狼吃了，那才可惜！张桂桂骂王艾儿没脸货，从地上捡起菜刀，说你敢跟这土匪头子走，我先砍断你的腿。赵掌柜夺过菜刀扔出墙外，叫她老岳母，说你的嘴巴好好儿长在脑袋上，就用它吃点儿好的喝点儿好的，再说上点儿好的，不要尽往外面蹦石头砖块，让人动恨想打。张桂桂不作声了。王艾儿问赵掌柜，我上哪儿能找到你？赵掌柜说这个我就不能告诉你了。你若有诚心，我们自会相遇。王艾儿问，我若来了，如何？赵掌柜说我赵某人拿一副人心肝敬你，这辈子再不上第二个女人的炕。说完，将手中马鞭一挥，对众土匪说，砸，硬砸！

土匪走后，王酉金家乱得像个烂西瓜摊子。张桂桂叫人关上门，点起灯笼，亲手从树上解下王艾儿姑嫂两人，又打发柳匪把受伤的毛婶背回厨房的小炕上，自己走到上房的台阶上，身子一摇，坐在了地上。王艾儿扶她，她推了她一把说，去，把荣华找来，再看你大死哪儿了。

王酉金灰头土脸携着王荣华从马棚出来，走到上院里。王荣华松开王酉金的手，跑到张桂桂跟前，用袖子擦她脸上的血迹，又摸她肿胀的脸。张桂桂撸起王荣华的袖子裤腿看，又撩起他的袄襟，将他浑身上下查看了一遍，抱住他抽泣起来。王酉金自言自语说，小看了那姓赵的土匪。我以为政府的兵有枪有炮，开火就能除灭了他。党在福也走到上院，接住他的话说，大掌柜，咱一大家人全都没事就好。如今政府的兵都是花架子。王家的三匹马跟在党在福后头，像王家人一样，垂头丧气的，其中有一匹慢慢挨到王酉金跟前，用头轻轻蹭了他一下。王酉金摸了摸马头，它又蹭了他几下。

门外来了一队人马。他们是苍乌县保安团孙团总派来的援兵，要吃饭。王酉金说我家被土匪又抢又砸，厨娘也中了枪，没人做饭。他们的队长说叫你的女儿王艾儿去做。王酉金说我王家的女儿不是伺候人的人。队长说王艾儿想上苍乌山伺候土匪，就不能伺候伺候我们？我们可是官兵，苍乌县的保安团，为你们保家保命的人。王酉金冷笑，问他说这话就不害臊吗？队长也冷笑，说你的女儿看上了土匪要跟土匪走，你都不害臊，我们害甚臊哩！我们刚才埋伏在你家墙外，全听见了。王酉金说你们既然是孙团总派来的援兵，为甚藏躲起来不打土匪，让土匪把我家糟蹋成这样？队长说我们听到土匪头子把你婆姨叫岳母，断定你跟土匪勾结。如果我们上报的话，你们全家人的脑袋统统都要上缴，还说甚家不家、糟蹋不糟蹋的。王酉金气得长叹一声，叫张桂桂和盆儿去给他们弄饭。

援兵吃饱以后天大亮了，他们却坐在炕上不走。队长提出让王酉金给他们一点路费和粮草钱。王酉金说我家都成这样了，上哪儿找钱去。他们说不忙，你慢慢找，甚时找到了，我们甚时走。王酉金瞪了瞪眼，给他们打了一张欠条，答应明年秋后兑现，他们这才起身了。

王酉金刚把援兵送走，门外又来了一队人马，拿着孙团长的手谕和清单，跟他催要昨夜打土匪的费用。因为孙团长派来的士兵无一生还，所需银两比先前定下的翻了几番。

王酉金看了看清单，脑袋直往砖柱子上撞。张桂桂拦住他，说你还不能死。等把眼下的事情都了结了，我给你买一把砍肉刀，轻重你自己砍。王酉金骂她坏良心。张桂桂说你的良心好，土匪来了，你藏在马圈不出来，让女人受罪。王酉金说我那不是为荣华想嘛。张桂桂放声大哭：都是你造的孽，我看见包生站在土匪群里，脸上蒙一块黑布。王酉金说张桂桂认错人了。张桂桂说包生是我侄儿，剥了皮我也能认得他。包生多好的后生，你硬是把他逼上梁山。都说一夜夫妻百日恩，你搂着那个小骚货睡了一年多，她跟人跑了不算，还叫土匪抢咱家。

孙团总限王酉金三天内缴钱，否则就将他收监。王酉金想不出办法，这才想起王酉宝还被他关在地窖里，便打开了地窖的门。王酉宝走出来一看，全明白了，跪在王酉金面前说，哥你对我太好了。不过，你不把我锁进地窖，我也不敢跟土匪对阵。

王酉金想卖给王酉宝一半地，对他说肥水不流外人田。王酉宝说我挣一个花一个，哪有钱？再说你的一半地就是小一半两河湾，谁一下就能拿出那些钱买，除了五德庙。王酉金说谁买都行，五德庙不行。咱大在世那会儿给我安顿过，说甚都不能让咱们的地落在五德和尚手里。王酉宝说我回天桥镇给你借钱去。王酉金说驴打滚儿的利，把我的命也借进去了。王酉宝说那就拖着吧。王酉金恼了。他说王二，你又不是县官，你让我拖我就能拖得住？王酉宝也没办法了。不论长短我得走了，他说我要回家看看五谷她们娘儿俩。

很多年前一个算命先生说，王酉金落到难处会有贵人帮扶。王酉金睡在炕上正骂算命先生胡吹骗了他的钱，却听见大门道马铃子响，拴在当院的狗扑着向外咬。门口来了一位陌生人，看上去比他大不了几岁，骑一匹杏黄马，马背上的毛驮褡里传出银子清亮的碰击声。那人站在门外问王酉金他大王老先生在家吗，王酉金听他的口音很亲切，便出去问了几句，得知他是从老家来的，姓孔，名利来。当年在老家跟他大一起参过考，两人是忘年交。王酉金说他大殁了，孔先生哀叹了一声，说老秀才要是活着，今年才七十岁哩。然后从马背上取下半匹杭罗、一斤当年龙井，送给王酉金。王酉金接过礼物，看着面善有钱的孔先生，心里有了一种时来运转的感觉。他恳请孔先生回家坐，孔先生瞅了瞅驮褡，迟疑不决。王酉金看他不放心驮褡里的东西，便亲手将驮褡解下来，叫党在福把马拉出去遛遛，自己领着孔先生回了家。

孔先生把驮褡往王酉金家正房门后一放，驮褡里的硬货噩喱一声，白亮的颤悠悠的余音绕得王酉金全身上下轻飘飘的。孔先生跟王酉金抽烟喝茶说了半晌话，他告诉王酉金，他半辈子没考取功名，所以做了生意。这回他跟十来个同乡前往蒙地收皮毛，特意绕道两河湾探望故人王老先生，不料想王老先生已驾鹤西去，便请王酉金陪他到老秀才坟上看看。

从王秀才坟上回来，王酉金望着孔先生搁在门后的驮褡，动了心思，问孔先生想不想在两河湾买地，实说了自己的窘境。孔先生说两河湾的地不值几个钱，同样的钱在两河湾买十亩地，在咱老家那边买不来一亩。你是王秀才的儿子，我岂能不救你的急，价钱合适就行。说完又提了个条件，因为他在老家有地有房，不会搬来两河湾这种地方住，所以成交后，王酉金得帮他照看这些地，租子按两河湾的规矩交，还说远田不养家，过上两三年，王酉金若是宽余了，一定得把地再买回去。

王酉金当下叫王酉宝请来地保跟孔先生写了约，过了钱，划了地，还没来得及喘口气，就得知孔利来转手把地卖给了五德庙。

王酉金大病一场，王酉宝领着天桥镇有名的医家看了几趟也不见效，王酉金看着药渣对王酉宝说，这哪里是吃药，根本就是吃草，白花钱。王酉宝说哥，你莫急嘛，等荣华长大了，咱让他学个医家，慢慢治你的病。王酉金把药泼在地上，说你这明明是盼我死嘛。王酉宝只好走，他一走王酉金就请藏巫神来作法。

重归两河湾

古朝

自打从天桥镇回来，刘保定隔三岔五就会梦到一个相同的梦。他梦见自己坐在老槐树下，槐花落了他一身。他像是在等王艾儿，心里却晓得她再不会来了。他张开耳，想听听王艾儿在哪里，却听到天桥镇方向有几个男人瓮声瓮气地说话：

咱走多少年了？

记不清了，好像快二十年了。

甚时候才能到？

少说还得三五年。

三五年？说不定咱到了，他却去了别的地方。

放心，他走了也会回来。

我身轻，先走一步，拽住他。

不忙，他注定要跟咱死在一起。

每回梦醒都听到鸡叫头遍。夏天不挂窗帘，月儿把窗纸照得白光光的。刘保定再睡不着，翻来覆去想那个"他"是谁，将跟谁们死在一起。

"保定，你醒了？"张月仙在耳房里说，"明天是你生日哩。"

"呀！"刘保定暗暗叫了一声。

"保定？"

"脖子掜了。没事，妈。"

"夏天夜短，人反倒睡不稳。"张月仙举着灯从耳房出来，把灯放在锅栏边，坐在后炕上说，"你睡，我做会儿针线。"

张月仙拉过针线筐子，取出一只快做好的白布袜子缝起来。

"妈，你说梦到底灵不灵？"刘保定支起头，灯影照亮他半边脸。

"做梦做梦，胡思乱想罢了。"张月仙瞅着他笑了笑。

"我以前听你说过一个梦，怪灵验。"

"那是你大梦见的。我觉得也是碰巧，不能算灵验。"

"你再给我说说。"

"三更半夜的，不说那些。"

"我不怕，全当听古朝哩。"

张月仙低下头专心缝着袜子。刘保定看出她不会讲了，便自个儿回想她曾经说过的那个梦，脑海里渐渐出现一个模糊的人影——那是他大，他从未见过大，在他的想象中大总是模糊不清。这个模糊不清的人影站在天桥镇皮货店的柜台里，店门前来了一个货郎，赶一辆三马大车。三匹马一色黑，一般大，马眼像碗口一样大，没有眼白，黢黑的眼仁儿里蹿出一股股冷风。车厢扎眼白，整木造，没一榫一卯。车上拉一车黑布，垒垒摞摞发出铁石的硬光。货郎手里摇一把牛头大的铃子，大喊送布了，送布了。不论男女老少有钱没钱，只要伸伸手报上姓名，就能拿到二尺黑布，还可以代别人领取，只要是天桥镇人，不论远亲近邻你只要报上那人姓名就给二尺黑布。天桥镇顿时热闹起来，大手小手胖手纤手粗手嫩手断了指头的生了六指的一个个伸得八竿子长，三个字两个字的姓名绕着货郎嗡嗡飞。货郎稳稳的，听一个名字扯二尺黑布，一边将左手拇指指甲屈回手心掐一道黑印儿。一个大肚婆姨怀里抱着一丈黑布，看到别人抱着一整匹，便给肚里的孩子也取了名儿，伸手又要了二尺。旁边两个汉子打起来，原来两人是弟兄，都想领爹娘的份子忘了亲情。也有人做假，胡乱捏些姓名讨要，货郎手里扯着布，口里念念有词：算你的，算你的，都算你的。排在最后一人是个学童，年届三十，会倒背百家姓，当场与一人打赌，一口气捏造了三十八个人的姓名，没有一个重姓，也没有一个重名儿。货郎照着名字一一扯了黑布，然后摇了摇铃子要走。那人却从背后扯住他说，我还没完呢。货郎说你早完了，中了三十八刀，你都粉身碎骨了。说完变出一副鬼脸来。那个模糊的人影在皮货店的柜台里忽闪了一下，许是看到了鬼脸，被吓到了。货郎和他的三马大车全都不见了，再看拿到布的众人，齐齐儿都少了下巴，手里的黑布也都变成了白麻纸。

刘保定打了个寒噤，坐了起来。

"咋了？"张月仙抬起头，"再睡会儿，天亮还有一阵子哩。"

"睡不着了。"刘保定往后炕挪了挪，整个人都沐在灯圈里，"妈，你说说我大梦醒以后的事。"

张月仙停下手中的活计："你大出了一身冷汗，把梦说给我听。过了半个多月，那拨贼兵就从西地杀过来了，杀平了两河湾又杀平了天桥镇。"

"真有被砍三十八刀的人？"

"谁敢去数。"

"我大不该殁呀，他又没要货郎的黑布。"

"大概哪个贪心贼晓得他的为人，代他领过黑布了。"

"没人领你的布？"

"我才到天桥镇不久，没人知道我的名字。"

刘保定紧了紧身上的被子。

张月仙笑道："让你睡你不睡，偏要听甚古朝。"

"这不是古朝，是真事。"

"时间久了，再真的真事都会变成人们闲扯的古朝。"

"想起当年的事，妈你害怕不？"

"不怕，"张月仙剔了一下灯捻，灯焰往高跳了一下，灯亮了许多，"有时想起来不像是真的，就像自己给自己说了个古朝。"

"咿——"劈空传来一声刺耳尖啸。刘保定皮球似的蹦起来，跌到后炕头。

"王家跳神哩。"张月仙被自己手里的针扎了一下，往痛处吹了一口气说，"把我也吓一大跳。"

巫锣从王艾儿家院子里传来，由轻而重，由缓而急。巫神咿呀唱了一声，短裙上的小铃铛猛地抖起来，像狂风吹过挂满铃子的庄稼地。

"嗨！"刘保定有些恼火地松了一口气，听出是藏巫神的声音，想象他此时披着整张牛皮，戴着一个怪样面具，举着一把怪样刀，口里喷火吐烟，满院子扭屁股跳舞。

"肯定是藏巫神。"张月仙也猜到了。

王酉金迷信藏巫神，听说这个头儿是他大王秀才开的。

外乡凡来两河湾安家的，都会听到一个关于王秀才的古朝。说那拨贼兵过后，两河湾成了鬼村。朝廷给出许多优惠政策鼓励移民，也曾来过一些人，但是住不了半年六个月不是死就是逃。王秀才那时已年过半百却还是个学童，打听到苍乌县灾后开科，料想参考人不多，便领着家人背井离乡来到这里落户参考，果然中了头名秀才，看到两河湾上山有柴下河有鱼而且地肥价贱，一咬牙变卖了老家所有的家当，在苍乌县县太爷的支持下，在两河湾置了地盖了房。

那时候两河湾到处是野驴和老鼠。

两河湾的野驴没野性，叫干什么就干什么，却会哭，不出声眼泪哗哗淌。它们拉磨推碾时哭，背水驮柴时哭，吃草嚼料时哭，哭得王秀才心里发毛。

有一天，两河湾来了一个穿灰道袍的人，骑着一头灰毛驴，他就是藏巫神。藏巫神说驴是最易被鬼上身的牲口，但是鬼怕恶人。藏巫神给王秀才出主意，让他把两河湾的驴全杀了，然后蒸它们的肉炖它们的肠熬它们的皮。王秀才不听，野驴能帮他干活啊。藏巫神告诉他，不是驴死就是他家人死。王秀才不信，又不敢得罪巫神，便请他回家喝自酿的米酒。藏巫神不说话，带笑不笑地看王秀才坐在场院里用草绳编笼头。王家种的糜子已经出穗了，怕野驴糟蹋，王秀才编了笼头，先在一头小母驴头上试大小。母驴不肯戴，扭头刨蹶子。王秀才起了犟性，压倒母驴往它头上戴。母驴喘着气大叫一阵，一口咬住王秀才的手不放。王秀才用另外一只手捡起一块石头往驴头上砸，驴仍然死咬不放，他便求藏巫神帮他。

藏巫神用食指指着驴眼说，你是母的。然后伸手解开裤腰。王秀才大骂藏巫神不是人，辱他的眼。藏巫神提着裤腰，问我咋就辱你的眼了？接着笑道，酸秀才，怪道你求不得功名，定是平日不读好书，歪脑袋尽想肮脏事。藏巫神说完往驴眼上尿了一道。驴当即松开口往沟里逃了。

藏巫神又说王秀才你小心着，今天夜里你婆姨要跳崖。王秀才心想，我平日从不惹她，今天夜里我更要哄着她，叫你巫神说话不算数。

王秀才回到家，见他婆姨做了一锅搅团，正熬蘑菇汤，便大声说真香，扭头喊儿子王酉金王酉宝吃饭。婆姨把蘑菇汤分在众人碗里。她自己分得最少，王秀才分得最多。野蘑菇小人参，大补啊。王秀才执意跟婆姨换碗，叫她多喝几口，还说等过两年光景好了，天天给你熬人参汤喝。

点灯的时分，王秀才婆姨斜了眼流着鼻涕口水，尖声诉起了苦：人常说跟上秀才当娘子，跟上屠夫翻肠子，我跟了你这不中用的秀才，想翻肠子弄点油水都没指望。娃们吃得稀穿得烂，现在又扎在两河湾这个鬼地方，白天怕夜里更怕，活得没点意思。说着便要寻死。王秀才赶紧打发王酉金从场院里叫来藏巫神，藏巫神画了一道符，用火烧成灰末儿，兑了一些水让王秀才婆姨喝了。她很快平静下来，不一会儿就睡着了。

王秀才心服口服，天一亮，就按藏巫神的意思收拾了会哭的驴，接着藏巫神又为他赶走了两河湾的老鼠。

王秀才来两河湾之前，老鼠在两河湾度着它们的幸福时光。两河湾的老鼠比山猫还大，它们不认得秀才，大摇大摆地从他面前走过，还用灯盏一样的眼睛打量他，王秀才头皮麻酥酥的，用手一抓，半白的头发就像一顶帽子，囫囵掉在地上。还有，王酉金的少半块头皮被老鼠啃掉了，王酉宝小脚趾也喂了老鼠。

在一个电闪雷鸣的雨夜，藏巫神下了咒作了法，两河湾的老鼠倾巢出动，统统跳进五谷河，四脚朝天葬身河底。藏巫神告诉王秀才，他把两河湾那些没有附在驴身上的鬼魂附在老鼠身上，全消灭了。果然，两河湾从此鸟唱虫鸣风调雨顺，王家更是把藏巫神奉为神明。

王秀才戴了一条假辫子站在苍乌山上雄心勃勃地俯看似乎已经完全属于他的两河湾，却看到五德和尚带着路怀仁使不完的银子来了，在两河湾买地修庙。五德庙动土当日王秀才新婚刚一天只有十四岁的小妾自杀了。她自杀的方式十分惨烈，令人不敢描述，王秀才见了尸首，吓得当场吐了血。

王秀才认定是五德和尚私建庙宇破了两河湾的风水，写了状子将他告到县衙。

那天被王秀才一阵大鼓催上大堂的县太爷已是王秀才在两河湾安家后见过的第五任县令。王秀才凭借自己的秀才功名想站着说话，县太爷却命他跪下，审他私种官田，责打五十大板。行刑的衙役那天正生不知谁的气，下手极狠，五十下打断三根板子。最后，县太爷把两河湾大路以西的水地全部划给了五德庙。

王秀才被人抬回家，半年之后死了，临死前他给王酉金和王酉宝嘱咐了什么只有王酉金兄弟二人知道。众人只看见王家两兄弟分了家，他家的土地却没分，全都归在王酉金名下。葬礼上王酉宝始终没下泪，头七之后便离开了两河湾，直到十年之后才挺着腰板骑着一头戴铜铃的骆驼叮里当啷地回来。

王酉金家的这些古朝刘保定全从高水连那里听来。与王酉金不同，高水连不信藏巫神，还打过他。

那年高水连和水连嫂才住到了两河湾，高水连还没去西地捞盐。高水连在天桥镇逛集，认识了王酉宝，住在他新开的店里，赌了两天两夜，输得只穿一条遮羞的半裤，光脚走回家一病不起。水连嫂请来藏巫神给高水连捉鬼去病，刘保定骑在墙头上看稀罕。

藏巫神穿戴起来，一边围着水连嫂上蹿下跳，一边呜呜啦啦念着咒语。不到半炷香工夫，他便声短气粗汗如雨下，脱下一只鞋扣在水连嫂胸前，说他把水连嫂身上的鬼捉住了。刘保定是个小孩子也看出藏巫神弄错了。

水连嫂骂他瞎眼的狗，说我叫你捉鬼，你却来认娘。骂完也脱下一只鞋，扣在了藏巫神嘴上。睡在前炕边哼唧的高水连真像被人捉去附身的鬼，一跳坐起，捡起院里的捣衣杵，在藏巫神股间狠命打。藏巫神的肉身奇怪地发出敲击瓷缸瓦瓮的哐当声，嘴里大喊高大爷饶命。刘保定哈哈大笑，从此见一回藏巫神他就笑一回。

“神来，神来，神来了哇。”

“跪！”

“拜！”

“睁眼看神者五更死！”

藏巫神的声音像一把又一把抛向空中的麸皮，落进两河湾的深夜，落进刘保定的耳朵，粗涩迟缓。

刘保定看了看坐在旁边做针线的张月仙，慢慢睡去。

"刘保定，刘保定。"有人在大槐树底叫他，瓮声瓮气的，像捂在一个罐子里。这声音刘保定在梦里听到过好多回。

"哎！"他在梦里应着，又在梦里惊起一身鸡皮疙瘩。他想，我应该装没听见，不该出声。

"我在老槐树下等你哩。"

"我就来。"他又答了话，像是他的舌头和嘴巴不由自己所管，吓得他醒了过来。

张月仙的影子像一座黑山堆在墙上，折向房顶。她回头看着他说："保定，安心睡。妈在这儿坐着哩。"

"妈，我出去一下。"刘保定说着走出家门，从栅栏上跳了出去。

两河湾的夜晚寂静而黑暗。王家大院里藏巫神和他请来的"神"全都走了。刘保定心里明白自己要到老槐树那里去，往前走了几步觉得奇寒刺骨，像三九天卧在冰中，上下牙磕得咯咯响。他有些害怕，不想去了，又觉得答应了人家，岂有不去的道理。路过王家大院，眼前浮出王艾儿的笑脸。他想，命里无的想留留不住，命里有的想挡挡不住。怕个甚！他转身回家穿了一件羊皮袄子，又跑出来。羊毛扎得他皮肤痒，他把皮袄脱下，毛朝外穿上。身上一旦暖和起来，胆子便大了许多。他摸了摸皮袄，觉得就像领了一个扛硬帮手。夜光下，又白又长的羊毛随着他的步伐抖抖擞擞，使他看上去就像一只直立行走的大羊怪。

快到大槐树下时，路上出现了两个人，凶恶地吵着。刘保定藏在一棵大树后面，还是被他们发现了。两人中个子较高的那个说："莫吵了，咱让那只羊来定夺。"

"行。"另一个说。

他俩相互揪扯着走到刘保定跟前。

"羊啊，"高个子说，"大槐树底下埋了宝，我们弟兄两个吵打了三十年也没说定谁是它的真主子，你给评说评说。"

刘保定咬紧牙关不敢说话，有一个声音却从他肚子里冒出来："刘保定才是它的真主子。"

两人一听，合伙要打刘保定。一个手里握着一张锄，锄把儿上有一道火柱粗的火印子，一个手里举着一张锨，锨头上开着一个门牙豁儿。刘保定抱住头，心想这回死定了。半天不见动静，偷偷睁开眼，却发现自己躺在炕上。

"你做梦了？"张月仙把脸凑到他跟前问。

"吓死我了。"刘保定大口喘着气，"我梦见有人叫我去大槐树下。半路上遇见两个人，想打死我。"

第二天，张月仙杀了一只鸡炖上，叫刘保定捣糕。刘保定浑身酸软，头痛肚胀，动弹不得。张月仙熬了一碗姜汤给他喝了，自己搬转倒扣在房檐底下的石碓，清洗干净，把泡好的软米捣成粉。捣了三遍，罗了三遍，然后在米粉上拌了点水，放进后锅蒸熟，这时鸡肉也炖烂了，香气从家里飘到门外。

"保定，吃饭。"张月仙站在门口叫。

　　"嗯。"刘保定趴在院里的石床上，迷迷糊糊应了一声。张月仙叫醒他，见他脸色潮红，便在他额头上摸了一把，烫得厉害，赶紧扶他回家躺在炕上。

　　刘保定昏昏沉沉，一直睡到太阳落山都不醒。张月仙坐在他身边，不停地用冷水给他擦洗。天眼看黑了，刘保定一天没吃没喝，病不见好，呼吸反而更加急促沉重起来。张月仙隔墙叫来水连嫂，请她帮忙去大槐树下给刘保定叫魂。

　　刘保定想说我就是瞌睡了，睡一大觉就没事了。却听到张月仙和水连嫂已经走了。张月仙走得飞快，水连嫂一路小跑跟着她。

　　"我不会叫那个，从来没叫过。"水连嫂说。

　　"不要你叫。我是刘保定的妈，我叫，你只管答应就行了。"张月仙说，"咱到了大槐树下先点三炷香，磕三个头。回来的路上不论遇上谁咱都不要说话。你可要记牢了，不然就要坏事。"

　　刘保定听到张月仙带着水连嫂走到大槐树下打火石点香的声音，又听到她们磕头的声音，又听到她们往回走。

　　张月仙说："保定，跟妈回家。"

　　水连嫂说："回来了。"

　　"保定，回家。"

　　这是刘保定最熟悉最信赖的声音，它有一种神奇的磁力，能把他的耳朵一下叫灵了，让他能听见很远很低的声音。

　　"回来了。"刘保定默默跟水连嫂一起说。

突然，他又听到水连嫂说："艾儿，你坐在大路上做甚？"

"水连家的，你跟谁说话？"张月仙惊道，"路上一个人也没有。"

刘保定眼前白光光一片，头像一盆放在火炕上的发面，不断胀大，大得像箩像笸箩。

刘保定再次睁开眼，已是七天之后。他第一眼看到的竟是五德和尚。五德和尚脸上的皮肤和脱发的头顶同样红润，和他注视着自己的目光一样泛着柔和的光泽。水连嫂说："保定，你死了，五德师父又把你救活了。"

"他只是深度昏迷，没有死。"五德和尚更正道。

张月仙不停作揖感谢五德和尚。

"不要感谢我。"五德和尚对她说，"要感谢你不放弃。"

刘保定眼角淌下泪。五德和尚又说："张月仙，以后你要多念经。"

"还要多去五德庙里听师父讲道，"水连嫂说，"再莫让师父上你家亲自请你。"

五德和尚笑了："请也可以，但你不要藏进水缸。"

"再不藏进水缸，让你们空跑一趟。"张月仙双手合十，诚心悔过。

"也不能藏进洋芋窖。"水连嫂趁机拿张月仙千方百计不去五德庙念经的事取乐。

站在一边的宋义和小五德低声笑，原来他们也在这里。

"你给我用的药很贵吧？"刘保定问五德和尚。

五德和尚摇了摇头，说："命很贵。"

张月仙烙了饼炒了一盘鸡蛋一盘洋芋条儿请五德和尚他们上前间炕上吃饭，刘保定这才发现自己睡在耳房炕上。

"水连家的，你也一块吃。"张月仙说。

"让师父们先吃，我跟你一起吃。"水连嫂说。

刘保定悄悄拉住水连嫂问："王艾儿眼下怎样了？"

"她差点儿上了苍乌山，被他大绑在家里，今天还没放开哩。"

"她还真想去做压寨夫人？"

"她说她看上赵掌柜了，当着一院土匪和她家人说的。两河湾没人不知道。"

"她那是没办法，信口胡说哩。"

"不见得。你没见那赵掌柜，中等个头儿满月脸，白净面皮细长眼，文绉绉笑眯眯，一看就像个教书先生，哪里像个杀人不眨眼的土匪。"

"你见了？"刘保定睁开眼问。

"听说的。"

"我就知道你说十句话不能信一句。"

"愣小子，我甚时候在你面前说过假话？"水连嫂戳了一下刘保定的脑门儿，"你还嫩着哩，不晓得女人的心思。王艾儿保不齐真看上了赵掌柜。女人都爱有胆有识敢做敢当的男人。"

"那是你的心思。"刘保定一脚将被子蹬开。

"母老虎有时也要公老虎撑腰壮胆哩。"水连嫂冷笑了一声，又说，"王艾儿要定亲了，日子放在了九月十三。"

"定了哪里人？"

"天桥镇田家，田慧中田掌柜的小儿子田存礼。"

"田存礼？"刘保定猛地坐起，眼前金星乱冒身体摇摇晃晃。水连嫂赶紧扶住他。

"王酉金眼瞎了。"刘保定伤心地说。

"眼亮又能咋？谁敢要王艾儿！田家也是因为田少爷看下了王艾儿，死活要娶她，加上他又有那赖毛病，问不下好女子，家里人没办法才定下了她。"

"王艾儿又没吃你家锅底稠饭，你为甚这么恨她？"

"我说实话嘛！"

"她还不如上苍乌山当压寨夫人。"

"当不了了，赵掌柜让人打死了。你病重的日子，来了一个师的大部队，师长是宋诚。传说党春喜是他警卫连的连长。只是传说，谁也没见过。队伍扎在天桥镇，一顿饭就把街上所有饭馆的羊肉和蒸馍都吃光了。他们到达天桥镇的头两天，就派了一个连悄悄进了苍乌山，传说就是党春喜带队。党春喜从小心野腿野，苍乌山的沟沟岔岔都能找着，只一夜工夫就寻到了土匪的老窝，围住打了两夜一天，打得山上的林子都烧焦了一半。赵掌柜不走运，得了疟疾睡在炕上爬都爬不起来，最后让手下给自己浇了一缸麻油自焚了。党春喜等火灭才走到跟前，尸首烧成了灰，窑洞烧成一个黑窟窿。匪兵们跑的跑，降的降。艾儿的小娘和她姑舅哥包生也被捉下了山。"

"难怪田家敢娶艾儿。"刘保定抽泣起来。

"没出息！"水连嫂瞪了刘保定一眼，轻声说，"天下的好女子比羊还多。我敢打包票，你这辈子能看上的女子，将后数都数不过来，这辈子能看上你的女子，将后也数不过来。要我说两个人互相看上了又能名正言顺地在一起，那才是真正的好姻缘，那样儿的光景才能让人舒心畅意哩。"

"就像你跟水连哥一样？"刘保定提起一边嘴角，盯着她问。

水连嫂避开刘保定的目光，问他死去那几日见到阎王爷没有。

"没有。"刘保定说，"我算个甚人物，阎王爷肯让我见他？"

"勾魂的二鬼呢？你一定见过，不然就不会死。"

刘保定笑着摇头。

"你见过也不能说吧？我们庄有个老汉也是死了又活，人都下葬了，孝子在墓窑里给他洗脸，他睁开了眼，说黑雾雾的，我儿给大点灯。"

"尽胡说。"刘保定瞪了水连嫂一眼，催她出去吃饭。

两河湾人背地里把年轻的刘保定也编成了古朝讲，讲他如

104

何在阴曹地府见到了阎王又如何回到阳世上来。

他们说刘保定那天睡在他家院子里的石床上，听到一阵阴森的铁链声，缓慢沉重地冲他而来。那是二鬼手中的勾魂链，檩子粗细，那家伙往人脖子上一挂魂就从人的肉身上挤出来跟着二鬼走了。阎王爷睡在炕上抽烟，世上的鬼魂排成灰暗的长队从他枕头下钻过，过一个阎王爷吐一口烟。刘保定钻过去时阎王没吐烟，他被五德和尚给刘保定使的药味蒙了一下。判官翻开生死簿也发现找不到刘保定的名字，倒是有一个叫刘宝子的还没有拿到，于是把刘保定放回。

这年九月十三，树叶子还没黄梢儿，天就扯起了大雪，刘保定拄着一根棍披着一件羊皮袄子虚弱地站在积雪越来越厚的大路上，像一棵树。一群大雁惊叫乱飞，眼看要撞上五德庙的尖阁楼，又折向相反的方向。急促的转身中一只小雁掉了队，它仓皇追赶，雁群已消失在绵密的大雪中。小雁孤单地飞走了。不一会儿，雁群又来，在五德庙的尖阁楼前重新上演了刚才那幕。头雁乱了心了，刘保定看着它们想，乱了甚都不能乱了心，否则甚事都不能成。

雪地里，三辆单马轿车从大路上驶过，来的是天桥镇的田家，给田存礼和王艾儿定亲。

马车驶进王家大门，路上深深的车辙很快被大雪覆盖。刘保定想起王酉金，他说刘保定是个穷小子，挨刀货。

哭嫁

天桥镇田家迎娶王艾儿的日子选在了洋烟开花的季节。五谷河两岸的人都相信，洋烟开花时节娶亲子孙发旺。

王酉金家没摆席没请客，窗子上连个红双喜字也没贴。直到半晌午，迎亲的人马吹吹打打进了两河湾，这个日子才露出一丝儿不同往常的意思。

刘保定坐在他家灶边的矮凳上低头拉着风箱，柴火随着他臂膀的一推一拉在灶口里一扑一闪，照得他毫无表情的脸忽明忽暗。灶台上安着二尺口的一个大铁锅和尺二口的一个小铁锅，锅里添满了水。风箱呼哧呼哧大喘着气，锅里的水却不声不响，半天不冒一点儿热气。刘保定又往灶口里添了一把柴。

张月仙坐在炕头上给刘保定裁一件新褂子。她问："你烧两锅水做甚？"

刘保定低头拉着风箱，像没听见。

"风大，堵上半截儿烟洞，水能滚得快些。"张月仙说。

刘保定没挪身，一双手像是跟风箱长在了一起，不抬头地推拉。张月仙放下手中的针线下了炕，自己上房去堵烟洞。

刘保定走出去坐在墙头上。风从地上往天上吹，他的眉梢眼角没拉没挂地向下垂。房檐撑在他头顶上，让他刚好不被房顶上的张月仙看到，可以安静地坐在那里只管看，什么都不用想。

两河湾人吃不上王家的喜酒便挤在路边看热闹。王西金的儿子王荣华伙着几个半大小子点了炮仗扔进人群，炸出一阵又一阵的惊叫。洋烟花艳丽的花瓣和着炮仗的碎片儿在风中羽毛般浮动，王艾儿被抱上一顶大红的四人抬轿子，她的哭声也浮动着。王西金和张桂桂相扶着出来，两人穿戴崭新。王西金还用一顶帽子遮了头癞，他面色赤红，像是喝醉了酒。领事人喊了声起轿，王艾儿刺心叫妈，张桂桂扯开喉咙大哭："艾儿，我苦命的女儿哟！"

水连嫂在自家房顶上站着，看见张月仙堵烟洞，打了声招呼，走过来跟她一起坐下。

"哭得也太惨了，不像送亲，倒像送葬。"水连嫂说。

"哪个女人出嫁不得哭一场。"张月仙说。

水连嫂小声道："王艾儿不一样。王艾儿进了火坑。"

"水连家的，莫胡说。"张月仙不想听，"王艾儿过好了，大家都心安。"

水连嫂哼了一声。"谁想叫王艾儿过好都没用，她自己命好才能好。"

"王艾儿命好着哩。"张月仙说，"天桥镇的田家有钱，田少爷又念过洋学。不像我家保定，只认得几个照门字，还有一个寡妇妈。"

水连嫂冷笑道："他连保定的脚后跟都赶不上，他把书文都念到鼻子里了。"

张月仙沉默着。

"他是个床癫子。"水连嫂小声又快速地说，"走天津口之前娶了一个，整造死了，去年从天津口回来又娶了一个，女子羞臊不过，跳井死了。坏名声早传开了，只有咱乡下人不晓得。"说到这里，水连嫂想起什么似的，打了个寒战，拽了一把张月仙的祆袖，贴着她耳朵说："刘妈你不知道，他脱了裤子就不是个人，天桥镇春风巷的老窑姐都不敢接他。"

"好大风。"张月仙说。

"风是不小哩。"水连嫂搓搓脸，从怀里掏出一只大鞋底子纳起来，"田家有钱倒是不假，长枪短枪养着十来号人。去年修了寨子，四面墙头墙角各留了一个炮眼子，不知道支了大炮没有。听说他家大儿子田存信预备成立民团哩。"

王艾儿家那边唢呐声锣鼓声震地喧天，王艾儿母女的哭声被淹没了，轿子颤悠颤悠往前走，张桂桂拽着轿杆磕磕绊绊跟了半里多路,被王艾儿她嫂子和王酉宝的婆姨架胳膊拉在路边。迎亲的人马顺风走了。

"你知道五谷河叫什么?"张月仙问水连嫂。

水连嫂笑了:"五谷河不就叫五谷河吗?"

"五谷河也叫银簪河。"张月仙说,"老人们说,当年王母娘娘拔出银簪一划,天上地下都被她划出一条河。天上的河叫天河,把牛郎织女隔在两边,地上的河就叫银簪河,把两河湾和天桥镇隔在两边。站在苍乌山半山腰的野杏林子往下看,银簪河就像一群野马驹子,撒欢儿跑了,哗哗的水声隔山隔沟也能听见。十五六岁的时候,我听到那水声,就觉得岁月是活的,自个儿也是活的,我就想离开两河湾,像野马驹子一样到外面的地方去。"

"刘妈,你小时候住在两河湾?"水连嫂问。

"我生在两河湾,长在两河湾。"

水连嫂愣了愣,又问:"为何走了?"

"命赶的。"

"可还有亲人?"

"都死了。咱眼前的两河湾也是死过一回的,还有天桥镇,也死过。但是它们不像人,它们像草,死了还能再活,只要再有人来寻生计,就村又是村,镇又是镇了。"

"刘保定他大呢?"

"他叫刘玉才,他也死了。"张月仙不等水连嫂再问,主动说起了往事，"我当初嫁给刘玉才，是做小，我愿意，我大不愿意。他不愿意也没良法，刘玉才是我们的东家少爷。我跟着刘家娶亲的出了门，我大放火烧了我的枕头，一边叫着我的小名儿，说我死了，埋了，他再不牵挂我了。刘家娶小的时辰定在夜里，只来一顶小轿，做贼一样。我往前看，世界黑暗暗的，回过头，我大放的火有房顶高，好像快把我们家房子也烧着了。全家人都哭，我大蹲在地上哭。我伤心害怕，后悔得想死。"

水连嫂扑哧笑了。

"你笑什么？"张月仙问。

水连嫂斜睨着张月仙："我要是说了，刘妈你可别恼。"

"我不恼。"张月仙说。

"照我说啊，你是高兴得想死。"

"哪有人高兴着还想死。"

"人高兴极了也害怕哩，害怕让自己高兴的事儿是个梦，眼一睁就没了，所以也有些想死哩。"水连嫂说。

"你呢，"张月仙望着水连嫂，"你出嫁时怎样？"

水连嫂破例没说话。刘保定听到她将针戳在鞋底上，屈起中指上面的顶针一顶，针尖穿过了鞋底，她捏着针尖，"嗖嗖"，将麻绳拉过去。

张月仙又说："出嫁之前，我跟刘玉才只见过一面。"

"只见过一面？"水连嫂嘴角掠过一丝微笑，"我跟水连从小一块儿长大。"

那是春三月的清晨，张月仙说，大雾刚刚散去，两河湾还沉浸在迷蒙的水汽里。她跟几个年纪相仿的女子在刘家的苜蓿地里采苜蓿。

"那时候苜蓿地就在王艾儿家房后那块地上，"张月仙往前指着，"地畔上长一排枣树，枣花一开，香得人有时不知道自己在哪儿。"

张月仙说，女子中间有个叫水仙的，模样儿好，针线和茶饭也好，事事要强，大家一起挖野菜，她会跑到最前面，画个圈儿把野菜生得肥密的地方圈起来，留下自己慢慢挖。

有一天，她们到艾儿河边洗衣裳，她和水仙都穿了新衣裳，水仙洗湿了手走到她跟前，一边跟她说话，一边偷偷地把手放在她背上擦。她晓得水仙在做什么，又不敢说又不敢躲开，心里憋屈又自责，就像自己正在做一件不应该做的事情。

水仙在张月仙背后擦干了手，心满意足地靠在一棵枣树上，说起刘家少爷刘玉才要娶小，脸上露出红扑扑的喜悦。张月仙当时就站在她侧边，觉得她就像一颗被雨清洗过的熟透了的桃子。

水仙说，跟刘玉才定了亲的女子，是什么官家的小姐。两家世交，都想结成儿女亲家，然而不巧，刘家三房太太只生了刘少爷一个孩子，那家的太太们又竞相生儿子，直到几年前才生出一位千金小姐来，满月那天两家欢天喜地定了亲。现在那位小姐五六岁，而刘家的少爷都快二十了，又是独苗，刘家跟亲家商量好了，先给刘少爷娶一房小。

水仙说，刘家的银钱多，孙子手上也花不完。如果能进刘家的门，她情愿做小。她大妗子在天桥镇，正往成说这事儿哩。

张月仙和女伴们一起羡慕地望着水仙，央告她将来进了刘家的门，千万要请她们到刘家看看，留她们吃顿饭，使一使刘家的银筷子。

水仙说，银筷子刘家当然有，刘家的门却不是谁想进就能进的。

有个牙尖嘴利的女子对水仙说，你莫要得意早了。那个跟刘玉才定了亲的官家小姐，现在小蘑菇一个，迟早会长成大姑娘，不定有多俊俏霸道，等她过了门，刘少爷恐怕再都不愿看你一眼哩。

水仙听了，一张白脸立马黑了，揪下一把枣花扔在地上。

花儿金灿灿的，香气袭人。张月仙不由得转过身，朝着太阳的方向笑。这时，一匹枣红的骒马从绿茵茵的没过半截马腿的苜蓿滩上跑进她的视野，马背上骑着一个衣着鲜亮的青年，他几乎已经冲到她们面前了，又拉转马头让它原路跑回去，不一会儿又与一匹高头黑马并驱而来，黑马上骑着刘东家，张月仙认得他。

说曹操曹操就到了！水仙用又尖又细的声音含糊不清地叫道。张月仙一字不误地听到了。

这个青年就是刘玉才。他跟随他大——刘东家一起来两河湾察看他家的土地。他骑的骒马昂着头，甩着乌黑油亮的尾鬃，马蹄过处搅起一片潮湿又腥甜的味气，那是两河湾泥土的味气，像一阵风浪将张月仙周围枣花的香味统统卷走了。

　　他们从前面经过的时候，水仙和别的女子们都背转了身。张月仙因为衣裳背后有一块让人羞惭的湿水印只能迎面站着，想到水仙对刘玉才那么上心，不由得往他身上看了几眼，恰好他也正用同样的目光看她。她这才低下头。枣花的香味回笼过来，张月仙算计他走远了，又放眼看他。水仙和别的女子们都转过身。谁知他也回过头，仍然看着她，并且笑了笑，像是对她，又像是对所有的人。在他的笑里，围在枣树下的女子们一起害羞地轻飘飘地散了。

　　第二天，刘家的媒人就登了张月仙家的门。

　　水连嫂只顾听，鞋底儿拿在手里没纳一针。张月仙一边说一边搓麻绳，腿梁上的皮已经搓红。水连嫂伸出自己的一条细白的腿，在腿梁上抹了一把唾沫，说："刘妈，你在我腿上搓。"又问："后来呢，你如何到了今天的地步？"

　　张月仙说，新婚第二个月的一个夜里，月光把新糊的窗纸照得银白水亮。她不知道为什么睡了一会儿就醒了，心明眼亮再没一点儿瞌睡。而夏天的夜晚说短还长，虫鸣寂寂，蛙声寥寥，风声忽起忽停，像一个梦游的人。此时刘玉才趴在炕的另一头，离她老远一截，深深地沉在自己的睡梦里，像是与她与这个世界都不相干，与他自己也不相干，似乎连他的呼吸都不需要他自己掌控，像是放进了一种器皿里，他已经变成了那个器皿本身。一种陌生的类似孤独又绝非孤独的感觉战栗着向她袭来，她想起两河湾，想起她大她妈，想起水仙她们，还有醋坊那个小伙计。

醋坊小伙计叫冬生，是她大给她挑下的人，如果不是那天她恰好站在苜蓿地里，如果水仙不曾弄湿她的衣裳，让她不能背转身，也许她就跟冬生成亲了。

她还想到出嫁那天，她的婶娘麦子在炕上跟她面对面坐下，拿一根白棉线给她绞脸上的汗毛。这是她头一回绞汗毛，也叫开脸，是出嫁前的一种仪式。麦子也是两河湾女子，比她大一岁，曾是她要好的伴儿，后来嫁给她三叔。她人前叫她婶娘，背地里仍然叫她麦子。

麦子告诉她，一早看见冬生了。冬生两眼通红，帮她大扫净了大路，又去灶上帮忙和荞面压饸饹。她说冬生热心肠，勤快爱干活。麦子说你心真够硬的。她说面软了还捏不成个花哩。麦子在她脸上狠狠绞了一线，痛得她掉眼泪。麦子说别急，以后有你哭的时候。等刘少爷哪年把他正经八百的太太娶过门，你拿自己的心捏一朵花献上，看人家稀罕不稀罕。

想到这里，张月仙用被子蒙住头哭了。正哭着，听到窗外有人说话，斯文又威严。是刘东家，他叫玉才起来。

刘玉才呼地坐起来，啊地叫了一声，像是从高处掉到了地上。张月仙哆哆嗦嗦点亮了灯，刘玉才已经摸黑穿上了裤子，抱着袄子一边穿，一边跑去了正房。她只得胡乱穿上了衣服，匆匆跟过去。

有人报说，贼兵快杀到咱家寨子下面了。刘东家坐在椅子上，问镇里可有献宝的？那人说，老爷的把兄弟钟掌柜的献了，贼兵先封了银窖，后取了他家老小三十二颗人头。刘东家问，可有退路？那人说老爷的把兄弟高掌柜的合家自焚了。刘东家仓皇四顾，说我们一大家子可咋办呀！那人说，贼兵所经之地没留一个活人，没杀死的烧，没烧死的埋。说完便在刘东家脚下自刎，用的是一把杀羊的尖刀。毕竟是自己的命和肉，刀往心上插时，心一惊，插进了肚子里，血溅在刘东家身上脸上，就像刘东家自己挨了一刀。而那人决心要死，双手握着刀把儿狠命往上一提，肚上拉开半尺长的大口，肠子倒在刘东家脚下，温热腥臭的气味像瞌睡一样昏昏暗暗地散开，在场的人都瞪直了眼，面色蜡黄，仿佛同时站在一个可怕的梦里。而那人还活着，躺在地上血汩汩流，眼珠明得像黑夜的星星，脸上的神情安逸满足，像一个吃饱了奶躺在亲娘怀里的孩子。

一股白气从刘东家头上冒出来。他从椅子上跳起，双手在胸前痉挛扭曲像两朵干枯的菊花，脚一歪踏在那人头上。那人登时咽了气。

这时刘玉才的亲娘——刘东家的二太太已经上吊。三太太卷了细软从后门儿跑了。大太太坐在前炕上不动，逼刘东家杀她。这位正房太太一生被他冷落，最后关头，她说老爷，你这辈子拿软刀子杀过我千回万回了，这回给个痛快。刘东家问她想死在他手里？大太太说，你就让我死在你手里。

刘东家犹豫了一下说，要死你去死，我死都不碰你。大太太放声大哭说，姓刘的你挨千刀。刘东家点点头说，你就要如愿了。他提着一杆红缨子长枪往外走，刘玉才也提着一杆红缨子长枪，堵在门口说，大，横竖我要跟你一起。眼泪冲出了刘东家的眼眶。父子二人肩并肩消失在张月仙眼中，让她想起那天他们马头挨着马头走在两河湾春天的苜蓿地里。

张月仙的头脑乱成一团，她还没弄明白贼兵是谁的兵，从哪里来，为什么来这里，为什么见人就杀，她的刘少爷却因他们要去赴死。她哭叫着追了上去。刘玉才掉过头对她说，没法子，我们谁也活不过今天了。你先走一步，我去去就来。张月仙正琢磨他话里的意思，他手里的长枪已经向她胸前刺来，她不由自主地做了个拥抱的手势，便看到血顺着红缨子的方向染红了枪杆染红了他的手，又从他的指尖流下去，她知道那是她的血。满天的月光都消失了，耳朵里人喊马嘶哭声鼎沸，接着便一片静默。她又站在两河湾春三月的早晨里，好人才好模样的刘少爷向她频频回头。原来人一辈子这么短暂这么简单。她想，也好，再不用担心他另娶别人，冷落自己了。

锅里的水终于烧开了，刘保定挑了一担热水朝五德庙去了。一早，大概饭做得没滋味，他没吃两口就搁了碗，现在一个大小伙子担着两桶水还显得有些吃力，弯腰撅屁股，分明就像一匹负重爬坡的马。

张月仙站了起来。水连嫂叫她坐下再说说。

"长城那么长哩，一时半会儿说不完。"张月仙拍了拍身上的土。

水连嫂拽住她的衣襟问："你死了，咋又活了？"

"谁晓得。"张月仙叹口气，"当初死了才好呢。"

水连嫂笑道："你死了，保定从哪里来？王家今天的红火热闹又叫谁看哩？"

"我没想过要看这种红火热闹，"张月仙自言自语说，"从前两河湾也没有这个王家。"

"刘妈你说说，刘家的三太太逃出命了？"水连嫂又把话题扯到刘家。

"哪里，我从死人堆里醒来，看见刘东家被贼兵绑在灯笼杆上点了天灯。火着得刺心亮，大太太和三太太被一杆长枪串在一起吊在他脚底来回摆，三太太的一双小脚垂在腿下，转眼就被火烧成一把黑灰。雨不住地下，淋到我身上全变成了血水，我白天藏在尸首下，夜里往出爬，好容易从天桥镇回到两河湾，却发现两河湾也跟三太太的脚一样成了一把黑灰。"

"刘妈，你说人这辈子是不是只死一回？"

"你说呢？"

"照我说，只死一回的人都是老天爷轻饶过的。"

刘保定挑着一担热水直接上了苍乌山，在他和王艾儿摘野杏的那个地方有一个深水潭，他把已经变凉的水倒进水潭里。潭水像一面镜子，他在镜子里看见了那天的自己和王艾儿。王艾儿解开发辫要在潭水里洗头。水太凉，他说将来我在家里给你烧热水洗头。王艾儿笑问，给我洗头？刘保定不含糊地答说，给你洗头。

王艾儿的头发像一大把柔软闪亮的黑丝线，又不像是黑的，在不同的时候不同的光线里变幻着不同的色彩。刘保定看见过棕色红色黄色甚至白色。他想，这世上的东西都不能盯着看，盯得久了，什么都不是什么了。比如太阳，你盯着看它，它就会变成一个黑色的圆坑，圆坑里有圆圆的薄片飞出来，赤橙黄绿青蓝紫，一片一片，缓慢而均匀地遍布天上，天也就变成了与它自己平日完全不同的天了。直到你的眼皮像脱钩的帘子一样垂下来，世界在你眼前消失，可那些彩色的薄片却仍然在你眼前飞。你睁不开眼睛，原本不能看见它们却又真实地看见了它们，看见它们以漫游的姿态把你眼前的黑暗变得无比深远和绚丽。

刘保定脱了鞋，把脚伸进深水潭里轻轻搅动。太阳坐在苍乌山顶之上，守护着山南山北，像一条沉默忠实的狗。艾儿河畔人影寂然，树梢儿不摇，草尖儿不动。五谷河水声苍凉，顺河望去，还能看到王艾儿他们，像一根绸带，越飘越细，细成一根儿棉线断了。唢呐声却更响更亮，就像在刘保定耳边吹，刘保定感觉自己的头快像一只吹得很胀很薄的羊尿脬那样迸散了。

"保定，你来挑水？"有人在他身后说。

刘保定受惊地回过头，五德和尚站在他身后，浑身通亮像一个幻影。他满目慈光，嘴里继续说着什么，那些声音碰了碰刘保定的耳梢儿就谢灭了。五谷河升腾起迷茫的水雾，风把雾气带到高处来，潮湿阴凉，刘保定深吸了一口，全身都湿润了，就像泡在自己的眼泪里。

"我也要种洋烟。"刘保定对五德和尚说。

五德和尚说："种谷子，种豆子，种洋芋萝卜。种什么也不要种洋烟。"

刘保定说："洋烟来钱快，你看王酉金家。"

"我在看他。"五德和尚往天上看了看，又对刘保定说，"你也看他，看他来日。"

刘保定家的水地里照旧种上了春麦。麦苗儿高过了膝盖，刘保定和张月仙在地里锄草，时不时抬头照一眼王酉金家的洋烟地。比起王艾儿出嫁那日，洋烟花明显稀少，孢子长得飞快，一天一个样，有的已经跟拳头那么大，就快开割了。不知那时王艾儿回不回来。刘保定又往大路上照。

张月仙说："保定，你锄掉麦子了。"

王酉宝又骑着他的骆驼回来，老远就跟刘保定打招呼："好庄稼啊，你家好庄稼。"

刘保定只笑不说话。

"你们母子，该有头牛了。"王酉宝又说。

"感谢王二掌柜关心。"张月仙说。

王酉宝站在那里，清早的阳光斜照过来，在他的两个耳轮上镀了一层金边，看上去比白桃儿的耳朵还大。白桃儿身上的毛闪着金光，四蹄来回踱着，草和粪混合的味道飘进刘保定的鼻子里。那时的刘保定觉得，这种味道就是好日子的味道。

"他婶子，"王酉宝对张月仙说，"保定是我看着长大的，一个好后生。我想把我的妻侄女说给刘保定。我做主，陪嫁一头耕牛。"

张月仙说："王二掌柜，我们是小户人家。"

"看看你们的庄稼，"王酉宝说，"庄稼也有灵性哩，谁家发旺，就在谁家地里长得有劲头。"

"女子生得如何？"张月仙问。

"好人样儿，头脑也聪明。"王酉宝说，"就是不会说话。"

刘保定吃惊地看了看王酉宝，小声对张月仙说："妈，咱到地那边锄锄。"

"王二掌柜，我们忙去了啊。"张月仙说着，跟刘保定一起走远了。

王酉宝冲着他们的背影喊："哪天到我家看看，兴许是一门好亲事哩。"

王酉宝的骆驼铃子当当响过，县里官差的马铃子又叮叮响来。王酉金戴了他的帽子站在地埂子上，打躬作揖，请官差回家喝茶歇脚。官差们不敢逗留，给了王酉金一份告示，又在村子大槐树上贴了一份，骑马摇铃子，到别的村庄去了。

"刘保定，看看告示上写的甚。"

刘保定看了看说："这是禁烟的告示。妈，要禁烟了。不准抽，也不准种，违律严惩，轻者坐牢罚没家产，重者杀头。"

王酉金撕了手中的告示，套了车往天桥镇去。王酉宝在半道儿拦住他说："哥，你把洋烟打了，听说政府这回动真的了。"

王酉金看出王酉宝刚从五德庙出来，窝火的心更火了："政府能禁了烟，我就能禁了饭。多少年了，谁还不知道他们如何做事。到头来也是只除苗儿不除根，撑死胆大的，饿死胆小的。"

"哥呀，你可不敢以身试法。"王酉宝看上去着实为王酉金担心。

"莫念那没用的经。两河湾再没有比我更清楚的人，你说县里贴出告示想做什么？他不是禁洋烟，是想进银子哩。"王酉金在驴背上抽了一鞭，驴甩开蹄子一阵小跑走开了。

王酉宝骑着骆驼撵上去。"哥，县里也要听中央政府的，你莫要赔了夫人又折兵。"

王酉金看也没看王酉宝一眼。

"求你了哥，听我一回。"王酉宝骑在骆驼身上给王酉金连连告揖，"洋烟不能种了，你看咱王家这几年，接二连三出事。"

"你甚意思，你敢说我遭报应？"王酉宝的话刺到了王酉金的隐痛，"要说遭报应，也是因为你！你在天桥镇开烟馆开窑子开赌场放高利贷亏了人，我跟着你受害。"

"我已经不做那些事了，我改正了。"

"你改甚都改不了你的命！"

"哥，你不能咒我。你好好坏坏不能怪我，咱们二人谁的功德罪孽是谁的嘛！"

王酉金瞪了瞪眼，骑驴走了。

苍乌县种洋烟的人多，收到告示，各家都把洋烟苗子割回家，能割的孢子割割，然后把整株苗子放进锅里熬炼个几日，加入一定量的洋芋芡粉、苦豆子面和黑酱，看颜色，闻味道，跟洋烟土一模一样。经验告诉人们，禁得越严买得越欢，最后时节，假货也能卖出真价钱。

王酉金在县里花了钱。他家的洋烟依然在地里顾盼生姿。往年他家的洋烟一人高，今年风雨适时，洋烟长得一人又一扬手高，割洋烟的人穿梭其中，对面地里的刘保定看不清有谁没有谁。那些同样种了洋烟又把洋烟打回家的人，没一个愿意在自己家里待着，一群一伙围在王酉金家的地畔上，眼睛红巴巴瞅着地里的洋烟孢子。

"啊呀，政府不公嘛！一棵树上开出两样花！"

刘保定感觉他们不只是懊恼愤恨，更多的是疼痛，仿佛王家人的洋烟刀不是割在洋烟孢子上，而是割在他们心上。

"咱告王秃子走。"刘保定看到说这话的是一个外地人，四方脸豆豆眼，眼珠极黑极亮，像是能把人从前心看到后背，穿一件半长的灰衫，外面罩着一件灰褂子。他周围站着几个人，也都是生面孔。

旁人笑他："王酉金通着县政府，县老爷向着他哩。"

"咱连县长一起告。"穿灰衫的说，"看看政府的律法公也不公。"

"告官？这种官司谁能打赢！弄不好还送命哩！"

"天下衙门朝南开，有理无钱莫进来。官司打赢也是输，谁掏那冤枉钱！"

"是哩，不划算！不等断出输赢王家的洋烟早割完了，咱地里的活儿也废了日子也荒了。"

穿灰衫的说："政府不禁王家的烟，咱们禁！看王家人能把咱如何。闹出一场大事，不信没人管。"他说着便跳上一棵柳树，抽出袖子里的柴斧，砍下一根柳橼横着往洋烟地里一扫，扫倒一片洋烟。众人叫了一阵，也跟着进去打洋烟。

王酉金的工人伙计怕伤着自己，先后跑了，洋烟被踏倒无数。王酉金跳着脚先人祖宗地叫骂。不知是谁拦腰一棍打倒了他。

"禁洋烟了！"围观的人跑进王酉金家洋烟地里，镰砍杖打，手拔脚踩。

宋义伸开胳膊腿睡在地上，一边在地里滚来滚去，一边快活地"啊啊"大叫。

王酉金扶着腰爬起来，穿灰衫的正在跟前扫洋烟，于是抱住他的腿问道："英雄，我老王几时跟你结的仇？"

　　"前世，咱是前世仇人。"穿灰衫的说着，蹲下来又扫一橡，洋烟又倒了一片，王酉金急忙跳起来才没被他扫倒。王酉金抓住橡头，想跟他说点什么，背上又挨了一棍，扭头又见棍子朝自己脸上打来，往旁边一闪，棍子便敲在了腿上。

　　洋烟花大雨一样下在地上，香气浓烈得像着了火。

　　王酉金垂手站在地畔上，张桂桂和王荣华站在他身后，像一棵洋烟苗子上的三个孢子。

　　"倒了，倒了，倒了。"王荣华望着地里的洋烟，不停地叫嚷着。

　　"臭嘴！"王酉金给了他一个大耳刮子。

　　王酉金背着手，顺大路往家走。张月仙给刘保定使了眼色，母子俩走到地畔跟前锄草。王酉金叫了一声刘保定，刘保定记得这是他第一次叫他的名字。

　　"刘保定，你怎不去我家地里打洋烟？再不去就没你打的份儿了。"

　　刘保定低头做活没搭茬儿。

　　张月仙直起了腰，说："王掌柜，我家刘保定不做那事，他只会帮人割洋烟。"

　　王酉金笑了笑，半边嘴角提到了耳门上，比哭还难看。

遭人命

　　刘保定又去柳林捕鸟。水连嫂也在柳林里，靠在一棵树上冲刘保定笑，就像早就知道他会来，有意在那里等。

　　"你来这儿做甚？"刘保定问道，一边打开鸟网，系好网上的两根断线头儿。

　　"看戏。"水连嫂往柳林外指了指，铺开随身带着的羊羔皮坐垫儿盘圆了两腿坐下。

　　柳林外艾儿河那岸，王酉金家的洋烟地死寂无人，洋烟秆子横七竖八铺在地里，洋烟花的香气渗进泥土里，飘在空气里，牵袖缠怀，像一个无比深情的人离开以后留给众人的念想。

　　"这儿能看个甚戏。"刘保定说。

　　"好戏，"水连嫂笑道，"保准你没看过。"

刘保定望着水连嫂身后那棵老柳树。不知什么年月它被雷电劈成了两半,一半已经枯死,黑干虬结,另一半却枝叶肥旺,鲜绿得像要开花。刘保定觉得水连嫂就是它,有两副面孔,西地捞盐的高水连一回家,她就跟枯死的那半树相像,高水连一走,水连嫂就又变成像要开花的那一半了。

水连嫂弯下腰两手捂在怀里,叫刘保定过来,猜她手里拿着什么。"猜到了送给你。"她说。

"是不是水连哥的那把弹弓?"刘保定问道。水连嫂曾经对他说过,高水连有一把银制的弹弓,上面镶着七颗彩宝。刘保定不信,说她讲海话。她用鼻子哼了一声再不接话,那光景反而让他有些相信了。

"不是弹弓,但也是个好宝贝。"水连嫂腰弯得更深手捂得更紧了。

"我水连哥的?"

"我自己的。"

刘保定走过去,水连嫂忽地松开手,一股活跃温暖的气味从那里飞出来。刘保定脑里一声爆响,眼前罩了一层实密的白雾。待他醒过神儿,水连嫂已经裹好了衣襟,笑得脸颤肩抖。

"你作死!等水连哥回来我告给他。"刘保定瞪着眼说。

"我还愁你不敢告哩!"水连嫂笑道,"我早活够了。"

刘保定哼了一声,收起鸟网往柳林外走,一边对水连嫂说:"你一个人在这儿坐着,等天黑定了听鬼唱戏。"

"鬼唱不了这出戏。"水连嫂说，"只有两河湾从前的大小姐王艾儿才唱得好。"

刘保定正琢磨水连嫂话里的意思，只见两匹骡子驮一个架窝子从两河湾大路上走来，后面跟着一顶两人抬蓝色小轿。经过王艾儿家洋烟地，一行人停下来，架窝子上下来一个男人，他躬了腰伸出鼻子在横倒竖卧的洋烟秆子里到处嗅，神态就像五德庙里小五德的那条狗。

小五德吃过晚饭偶尔会带卧虎出来遛弯儿，卧虎常常跑得很快，向前躬着身，伸出鼻子到处嗅，小五德在它后面拽着缰绳，向后仰着身，张开嘴不停地叫着，卧虎，卧虎。有一回刘保定在房顶上见了，发现缰绳把卧虎和小五德连起来，就像一把抻开来快速移动的大扇子。那时刘保定刚学会在五谷河折弯处捞鱼，王艾儿两手提筐跟着他，筐里的几条小鱼跳跶着，溅她一身一脸水点子。刘保定把卧虎、缰绳、小五德和大扇子的事告诉王艾儿，王艾儿笑得河面上明光耀眼。

"好香，好香！"刘保定听到那人大声喘着，又向轿子那边喊，"扶太太下来！"

轿子里的人好像不肯下来，跟班们拉扯了一会儿，轿里跌下一个女子，哭着，夕阳在地上一晃，洒了她一身金，像庙里的神。刘保定眯了一下眼，认出她是王艾儿，这才想起那个人就是田家少爷田存礼，打在天桥镇二道街见过之后才过了一年，他竟变得黑瘦柴干，活像画上钟馗抓在手里的鬼。

王艾儿张皇地往她家跑，田少爷怪声叫着追她。

"他是个床癫子。"水连嫂抱着她的羊羔皮坐垫儿走到刘保定旁边说。她两片嘴唇贴在刘保定耳朵上，呼着热气，要告诉他什么是床癫子。

刘保定推开了水连嫂，对面河畔上田存礼扑倒了王艾儿，像一个老屠家扑倒一头生猪，王艾儿倒地的一刹真就发出生猪的嚎叫，撕裂了刘保定眼前的两河湾，让他又看到苍乌山上的那片黄芥地，风摇着黄芥花，摇着太阳，他和王艾儿面对面站在黄芥花中间傻笑着，像一对石头人。

"保定，回家吃饭！"张月仙的声音从家门口飞上天，落进艾儿河。

"保定——"王艾儿的声音从河底传出。

刘保定的耳朵突然木了，什么也听不见了。他看见王艾儿的衣服在空中飘，像被风吹起的树叶，他看到田少爷张开四肢变成一只怪鸟，想要飞又被绳子拴绊着飞不起来，徒然地狂怒地起落挣扎。

水连嫂推了刘保定一把，他感到有两股风同时从他身体两侧吹过来掼在他脸上，掼得他两颊生痛，也掼开了他的耳朵眼儿。他听到树叶间草丛中那些有名无名的虫鸟一起卖弄嗓音，听到野鸭上了岸，咕咕叫着往扬出米色花穗的芦苇丛里走，还有一对苍鹭双双飞起，翅膀上的水珠从空中落下，滴在他的脸颊和鼻梁上。

水连嫂拉着刘保定过了河，一朵红花在腐烂的洋烟秆上绽开，碰了刘保定的手，刘保定把花折下来，花瓣儿向下，耷拉成发情母鸡的翅膀，耷拉成水连嫂不停说着话的嘴唇。刘保定把花儿插在水连嫂的鬓角，俯身往上面吹了口气，花瓣儿掉光了，青灰色的已经肿胀起来的孢子在水连嫂梳得十分讲究的发髻里高翘着。洋烟的香气在强烈的腐烂的气味里，游弋如丝，刘保定两眼迷离，又看到王艾儿家的洋烟在地里发疯生长，听到王艾儿的歌唱：要问老家在哪里，山西洪洞大槐树。

两河湾的大槐树上，槐花落尽，刘保定脑里疏朗清淡的香气在王艾儿的哭叫声里化成孤独的捣衣声。

水连嫂头一低钻进芦苇丛，转身叫刘保定。

芦苇丛中的艾儿河水，清净如一大朵莲花，刘保定在水里看到王艾儿的影子，她站在河畔上笑着，像一枝摇摆的柳。"哎，刘保定！"这是她最爱说的话，她能把这句话说得像百灵子叫。

水连嫂压倒一片芦苇躺下来，直直地望着刘保定，眼里烧着两汪子火。那火从她眼里烧到了刘保定手上。刘保定跪在地上剥开水连嫂，剥得从容不迫完全彻底。水连嫂在飕飕的凉风里也化成了河水。刘保定看不到她了，他看到了一个戏班子，戏子们在后台化妆，披挂，抖翎子，试嗓子，前台鼓点儿催得响，班主走来叫刘保定上场。"你找错人了。"刘保定说。班主抱住他往台上拉。刘保定往她脸上啐了一口，扬长而去。

芦苇丛里传出水连嫂羞愤的哭叫。

原来这个女人也会哭啊！刘保定想，可她现在的哭分明跟王艾儿刚才的哭不是一种味道，王艾儿的哭声里有一把利爪，把天都抓破了，你看那绛色的云，分明就是半干的血。

一股旋风掠过王艾儿家狼藉的洋烟地往苍乌山盘旋而去，艾儿河一半乌青一半血红，河畔没有轿子轿夫，没有架窝子也不见田存礼。刘保定疑心自己刚才着了魔，当真看了一场鬼演戏，却又发现王艾儿趴在他曾经感觉自己一发力就能跳过的河沿上，像睡着一样，像死了一样，乱发半掩的胴体在夕照中发出铜马勺一样的黄光。

鸡叫头遍，刘保定叫醒了张月仙。"王艾儿死了。"他说，"王艾儿跳河了。"

"你做梦了。"张月仙说。

鸡叫三遍，刘保定又把张月仙叫醒。"王艾儿死了。妈，你听，王家人开始哭丧了。"

张月仙穿戴整齐，从耳房走出来，见刘保定蒙着头，以为他在哭，便说："一人一个命。保定，你好生拿起点儿架势过活，妈前半辈子活得比黄连还苦，后半辈子还指望你享福哩。"

"妈，王艾儿这下好了，不用受罪了。"刘保定说。

"你再躺会儿，妈给你做饭。"

张月仙出门抱柴，前头闪出一个人。竟然是王艾儿，两眼哭得通红，温暖的鼻息吹在张月仙脸上，让她打了个冷战。

"刘妈救我！"王艾儿跪在了张月仙脚下。

"快起来。"张月仙扶了一把王艾儿，王艾儿不肯起来，于是又说，"我一个寡妇婆，自家的事儿都咬牙撑着，怎么救你？"

"你为我去求求五德和尚，允我和我丈夫在五德庙钟楼的平台上坐一夜。这是藏巫神开的方儿，说是能治床癫疯。"

"过一夜？"张月仙听岔了音，"亏藏巫神能想得出。"

"我们只坐一坐，坐到三更就行。我丈夫绝对不会胡来，他向神灵磕头保证过了。他也想剜掉病根儿好好活人哩。"王艾儿说着又哭起来，"我妈找过五德和尚，他不答应。"

"五德和尚不答应你妈，能答应我？"

"你跟我妈不一样。"王艾儿两眼颇有含意地望着张月仙。张月仙倒吸了一口冷气，和她一起僵在清晨的微曦里。

刘保定出来撒尿，见王艾儿跪在那里，心里十分糊涂，便问："你怎么还没死？"

王艾儿哭着走了。刘保定肚里像是塞着一团麻絮，只觉得烦乱恶心。猫子跑过来，刘保定踹了一下脚，它一蹿爬到杨树梢上，惊起一片鸟声。太阳跳出了地平线。

刘保定走到那棵杨树下，尿了足有喝几大碗水的工夫，肚子瘪了，脑子也空了，早晨新鲜的空气和阳光完全充盈了他的身体，他感觉自己通体变成了一根光柱。

早饭是小米稀饭、荞面饼。

"妈，昨天我又见王酉宝了。"刘保定说，"他还说要把妻侄女许我，一头牛的嫁妆。咱请媒人吧。"

"她是个哑子。"张月仙说。

"我不嫌。"刘保定说。

张月仙给刘保定盛第二碗稀饭时，眼泪掉进了锅里，稀饭里便多出一种让刘保定心酸的滋味。

"就这么定了吧。"刘保定说。

"我发觉王酉宝和五德和尚走得近，这件事说不定五德和尚也知道，你去听听他怎么说。"张月仙说。

刘保定放下饭碗去了五德庙。庙门从里面反锁着，院子里只听到一片鸟叫，像一群人吵架一样。保定摇晃着大门，高声叫聋子刘。聋子刘也没问他是谁，在门房里说五德和尚不在，叫他后晌再来。

吃过晚饭，刘保定又来到五德庙。五德和尚在他的居室里，里面只有一桌一凳，后面套一间小房，摆一张床，是他的寝室。刘保定推开门，闻到一股说不清是苦是辣的味道。五德和尚的长袍上有这种味道，说话的口气里也有这种味道。这种味道是明亮的，大冬天五德和尚带着这股味道从身边走过，刘保定都能感到一阵莫名的暖意。

五德和尚坐在桌旁的木凳上，正写着什么。听到刘保定问好，他转过头来，笔尖上的墨汁滴在铺开的纸上，纸上的字弯弯扭扭，刘保定一个都不认识。

刘保定说明了来意。五德和尚说这是一件好事情，建议他听王酉宝的话，去看看那女子，不要等娶回了家发现是头母牛，想反悔也来不及。刘保定心想，我要的的确是一头牛，却是耕牛，不是母牛。五德和尚说见了那个女子，你有可能心痛，也有可能头痛。如果心痛，就娶她；如果头痛，就放弃。刘保定又想，去看个哑子还说什么心疼头疼，大不了走路走得脚疼。

刘保定和五德和尚说完正事，还想跟他磨叽一会儿，五德和尚却催他赶紧回家，说天快黑了。

正逢农历十五，初升的月亮有洗脸盆那么大，泛着春天初开的柠条花才有的嫩黄色，让人看一眼便不由得露出笑脸来。五德庙钟楼的平台上站着一个人，刘保定以为是五德和尚，惊奇他好利索的腿脚，眨眼的工夫就登上钟楼赏月去了，于是举起手跟他打了声招呼。

"他自个儿跳下去的。"站在钟楼上的那个人发疯似的说，"月亮上来了，他说多美啊！他说小时不识月，呼作白玉盘。他哭了，对着月儿抹了几把眼泪，起身便跳下去了。"

刘保定的心嗡嗡响。她是王艾儿。刘保定往钟楼跟前走了几步，看见田存礼摔在高墙下的乱石林里，脑袋像一个摔坏了的洋烟孢子。刘保定先是纳闷，又觉好笑。他一点儿都没觉得害怕，也没生出丝毫怜悯之情，心想，一个跳动不安的生命就这样潦草地失灭了，还不如一个洋烟孢子。刘保定仰头看。王艾儿没扎裤脚儿，宽大的新袄新裙在风里招展，像一对扇动着的翅膀，刘保定感觉如果风再大一点儿王艾儿肯定会飞起来，可能飞上天，也可能跟她丈夫一样摔在乱石林里。

"下面是谁？"王艾儿问。

刘保定说不出话，他的双唇像粘在了一块儿。

"保定？"王艾儿轻声问。庙里的狗叫了，一呼百应，两河湾所有的狗都叫了。

刘保定转身跑回了五德庙，发现庙里灯火通明，从庙门口到钟楼顶上站满了举洋枪的士兵。刘保定又想跑出去，小五德从门房走出来叫住了他。卧虎跟在小五德身后吐着血红的长舌呵呵喘气。刘保定再次感到田存礼某些方面跟它很像，不过他已经死了。

刘保定跟着小五德走到院子中间，五德和尚正从钟楼的石头台阶上下来，后边跟着王酉宝，还有一个带洋枪又佩宝剑的军官，后来得知他是苍乌县保卫团的孙团总。

"他们甚时来的？"刘保定小声问小五德。小五德没说话，他便不敢再问了。

最后下来的是王艾儿。她身上的衣服看上去比在钟楼上那会儿更加宽大，两条胳膊变得很长，每下一个台阶都左右晃两下。那些夹道而立的士兵笑了，笑声诡异地扑向王艾儿，从她脸上摸捏而下，刘保定闻到一股羊圈的味道。他迷惑地望向王酉宝。王酉宝头上正下着汗雨，白色的汗气从他头顶升起飘向空中，仿佛要与暗淡的云层交汇在一起。

"别笑了！"孙团总喊道。

笑声戛然而止。王酉宝感激地望着孙团总，刘保定听到他头上的汗珠砸在石阶上吧嗒吧嗒响。王艾儿踩着这个声音往门口走，出门的一刹，她回过头对刘保定笑了，露出一口白牙。刘保定打了个哆嗦，低下了头。

　　两河湾大路上，上百号人马像蝗虫一样从天桥镇向两河湾拥来。有人问他们来由，骑着一头黑骡子走在队伍中间的一个精瘦男人说，王酉金家害死了他们天桥镇田慧中掌柜的儿子田存礼田少爷，他们要去王家把田少爷的命要回来。那人又问，命丢了还能要回来？骑在骡子上的人摘下头顶驼色的高帽，向帽壳里看了一眼说，要不回来就让王酉金打一个跟田少爷一模一样的金人，长一分不要短一分不要，重一分不要轻一分也不要。又说他姓曹，是田家这件事情上的总领事，他从天桥镇起身的时候给田掌柜做过保证，要不回田少爷的命，就把自己的命也撂在王酉金家。

　　刘保定长这么大从来没听说过这种事，心心念念想去王家看看，张月仙坚决不许，关着他三天没出家门。

　　这天晌午，刘保定坐在后炕窗子底下拿着一本书有眼无心地翻着，张月仙坐在前炕头做鞋，一只已经做好，放在针线筐里，黑蓝绸面，从底到帮绣满了黄色的祈福花。祈福花长在蒙地草原上，每日黄昏开花，次日早晨太阳升起就谢落，像是特意为陪伴人们度过漫漫长夜才开放的。张月仙最喜欢祈福花，她给宋义做的枕头上也绣着这种花。

两河湾人都说宋义苦命。他六岁死了父母，那时他哥宋诚也就十六七岁，把宋义送到五德庙门口，自己逃荒走了。那年，宋诚终于回到了两河湾，寒冬腊月风雪天气，高大壮实一条汉子，过了五谷河就下马，一步一个响头磕到了五德庙，磕到五德和尚脚下，抱着他的双脚感激涕零。谁知宋义竟不认他，不仅不叫他哥，还拒绝跟他在一个饭桌上吃饭。五德和尚亲自带着宋诚去见宋义，宋义头也不抬坐在厨房木墩儿上削洋芋。洋芋削下两箩筐，厨工说够了，明后天用的也够了。宋义不住手也不说话，惹得宋诚当着那么多人的面哭得抬不起头。宋诚一走，几年又没音讯，今年春天杏花开了的时候突然派人给五德和尚捎来信，意思是他又升迁了，等杏子熟黄就回来接宋义走。眼下杏子已经熟黄，想必宋义也快走了。

刘保定拿书本遮了脸，心想宋义要找他就好了，如果宋义说五德和尚叫他，张月仙一准让他出去。想到这里，刘保定便开始在心里高一声低一声地叫宋义。接着又想，宋义的脑袋如果是纸糊的，这阵子准给他叫破了。刘保定嘿嘿笑。

"有甚好事，这么高兴？"有人推开门说。

刘保定一骨碌坐起。水连嫂走了进来，穿一件红水绸的新袄。刘保定又要躺下，后面跟进一人，正是宋义，刚才说话的就是他。刘保定叫了声好。宋义向他眨眼笑，脚下被门槛绊了一下，往前一扑抱住了水连嫂。水连嫂甩开他，骂他不学好。

宋义涎着脸笑。张月仙叫宋义以后走路小心点，不要磕了牙，坏了自己的门面。

水连嫂磕了磕鞋底上了炕。张月仙指着坐在灶口上的茶壶，叫宋义自己倒茶喝。水连嫂忙叫宋义先给她倒一碗来。宋义嘴上说，你又不是皇后娘娘，两手却倒了茶给她递过去，一边对刘保定说，五德和尚叫你去庙里一趟。刘保定得了圣旨一般，趿了鞋开门就跑了。张月仙叫他千万不要去王酉金家，他嘴里答应着，两腿一绕直奔王酉金家。

王酉金家麻天孝地，白皑皑像下了一场大雪。凄厉的唢呐声一刻不停，左中右三班子吹手轮着吹，吹鼓手嘴上生了老茧，头肿眼胀，他们几乎记不得自己在这里吹了多少天，只记得每天三更睡五更起。这时，右班总算又吹完一曲，轮到左班了，突然没了声响。众人耳朵"轰"地一响，在绝妙的无声里相互交换着欣喜的眼神，同时看到王酉金的耳朵一阵快活地哆嗦，像是被冷雨浇透忽又泡进温水的身体。然而这种让他双耳无比惬意的宁静却让他如临大敌，高声喊道："谁让你们停下来的？"

杨吹手捶了捶腿，缓缓站了起来。"不吹了，不吹了。"他说，"挣钱为活命，死人吹不活，倒要把活人吹死。"

拉筒子的二把手听到杨师傅这么说，站起来便想走人，却不知两条腿早就麻了，身子往前一倾，栽在了地上。一个敲锣的半大小子想扶他一把，也跟他跌在一起。

三班子吹手都要走。王酉金说："事没办完。你们走了没工钱，加倍退定钱。"

"王秃子，你敢！"吹鼓手们跟王酉金吵成一团。

刘保定爬到王酉金家院门外的榆树上往里看。宋义也爬上来了。

田存礼的尸首摆在王家正房的青柜上，盖着一张白布。几个女人站在柜旁，一手捂着鼻子一手拿蒲扇赶苍蝇，眼泪不出声地流着。刘保定想，她们的眼泪肯定是被熏出来的，还可能是被吓出来的。听说刚开始闹事那两天，田家从天桥镇雇来的号丧女人多得一直跪到门外，后来因为受不了那股味全跑了，工钱也不要了。眼下跪在地上的只有王艾儿一人，闭着眼身子摇摇晃晃的，像是在背书。

王家大院里铺着十多张大席，每张大席上都坐着十几号人，端着大碗吃喝。几日来吃剩的猪牛羊骨头堆了半房高。一个老汉站在旁边的粪堆上往上院撒尿，眯着眼大张着嘴巴，刘保定感觉尿水就像从那老汉的嘴巴里流出，忍不住笑出了声。王荣华抬起头说："刘保定，和尚儿子。"

刘保定嘴唇直哆嗦。王荣华又说："你要是爱这红火，就去求你和尚大，让他念上一段经，叫你家也死上一个人。"

宋义哧哧笑。刘保定掉头瞪他，他溜下树跑了。刘保定也跳下树，走了几步，又趴到王家后院的墙头上。

张桂桂领着一干女人从临时搭的厨房里流水端出剁荞面羊肉汤。厨房的锅灶边，五个女人站在五块案板前围着一口大锅剁着荞面，五把剁面刀分别拿在她们手中，在擀薄的面团上飞快地移动着，女人们浑身上下都随着剁面刀的一起一落急促地抖动着，细长匀称的面条从刀尖上飞起，暴雨一样落进沸腾的大锅里。五个男人守在锅边，等面条在滚水里打两个转儿便用长筷捞进手边的水盆里。汤锅那边，两个男人站在灶台上，两个站在灶台下，手里各拿一只大水瓢往盆里舀羊肉汤，一瓢就盛满一盆。总管站在灶房门口，头上的汗流得跟厨子们一样，顾不上擦一把，嘴里不住地说："快，快，吃饭的站在院子里等，你们快快儿的。"

"这是挣钱还是挣命？"一个剁面的女人把剁面刀扔在案板上，看了看手上磨起的黑血泡说，"我的手腕儿都快断了，骨头架子都要散了。"

"这是要招待多少人，莫不是把走大路的都叫来吃饭了？"一个捞面的男人问。

总管说："田家人心狠，真真儿把走大路的都叫来了。"

"总管，没荞面了。"一个人跑过来说。

"到磨房里拿，两台石磨推荞麦着了。"

"没荞面颗子了，磨房的驴都歇下了。"

"天神爷，昨儿才从天桥镇拉回三大马车！"总管急得咬舌头，"这叫什么事，简直要人命嘛！"

"本来就是来要命的嘛！"厨子们事不关己地大笑起来。

王家后院门外的大路上，田家的四个大胖家丁两左两右站着，都穿着青布罩衫，请过往行人进王家吃饭。他们说："请了，请了，回家歇歇脚吃顿饭再赶路。"凡被他们叫住的人多半都来了，也有嫌晦气不愿来的，他们就掏出裹了红绸的洋盒子，顶着他的腰眼送进王家院里，递上一双碗筷，逼他们吃饭。

王酉宝站在大门道一边拦挡一边哑着嗓说："弟兄们弟兄们，饶过我们，可不敢再叫外人来吃饭了，锅灶都烧塌几回了。"

一个家丁把王酉宝推到墙角上，说："你们把田少爷的命还来，我们就走。"

王酉宝赔着笑脸说："田少爷的命不是我们害的嘛！县里已经断过了，不赖我们王家嘛！"

"你说，是谁想害我家少爷，把他哄到五德庙的钟楼上？"

"没人害他，是他自己上去的嘛！"王酉宝说，"他那么大的人，又不是憨娃娃，谁能把他哄上去。"

"没人害他，为甚他会栽在乱石林里？"

"谁晓得哩！听说月儿上来了，他心里喜欢，追着往前走了几步，就掉下去了嘛。"王酉金说。

"胡诌哩！"旁边一个家丁笑道，"月儿就是个月儿，谁稀罕看它。"

"是哩，"又一个家丁也笑了，咧开的嘴角跟他脸上的刀疤连在一起，"如果月儿是个女子，说咱存礼少爷为了追她从楼顶上跌下来，或许我还能信些。"

王酉宝说："事情确凿是那样，县里已经断过了嘛。"

"再不要说县里断过的话！谁不知你们王家在县里有交情，他们木匠斧子一面儿砍。我们掌柜的不接受。"

"要说县里的交情，你们田家比我们王家不知要深多少倍哩。"

"你的意思是我们不服公断不讲理？"一个家丁把手中的洋盒子顶在王酉宝的脑门上。

王酉宝笑道："我知道你跟我耍笑了，枪是木头的。"

那个家丁伸手照王酉宝脸上抽了一耳光。另一个家丁拉住他说："王二掌柜好人，我刚到天桥镇那年冬天冻烂了脚，他给过我一双羊毛袜子。"

"破的吧？"那个家丁问。

王酉宝忙说："补好的。"

王酉金躲进东耳房，杨师傅要撵上去理论，徒弟劝他先吃饭。杨师傅看样子也十分饿，坐下来捞起一碗面，两口就吃完了。

曹领事从中间的大席上站了起来，戴好了那顶驼色的高帽，打发一个黑脸汉子把王酉金从东耳房里拉出来问："汤为什么这么咸？"王酉金还没来得及张口说话，一盆刚出锅的羊肉汤就浇在他头上。王酉金叫了一声妈，把头伸进一口凉水缸里。缸里的水咕嘟嘟响了一阵，缸口冒出一层白气。

"狗日的！"这是王酉金最平常的骂人话，眼下却是曹领事在骂他。曹领事摘下高帽，从帽壳里取出写好的合约在王酉金跟前晃了晃，"你想等死人在你家里化成水？"

王酉金手把缸沿，用力抬起湿答答的又红又肿的脸往合约上瞥了一眼说："你们要的我实在没有。"

"成！我让你背着财宝见阎王。"曹领事跳起来喊了一声，"烧！"大席上的人们摔碎手里的碗，从大门外抱起事先准备好的沙柳把院子一圈围定，还有人抬出王家的麻油缸，把油往柴上倒。张桂桂趴在油缸上不让他们倒，王艾儿叫着妈也来护油缸。王荣华跑过去用小小的身板护住张桂桂，对着拉扯她的人又撕又咬，一边大喊："王艾儿，你立马回天桥镇寻死去，我也雇一帮人跟他们要人命，两顶一平。"

沙柳烧起来了。天桥镇人还算手下留情，先点着了墙边没房子的地儿。王酉金撑了这么些天，一见火光便跪在了当院里。

曹领事把手中的合约递给一个穿长袍马褂的年轻人，告诉王酉金，这是田家的大少爷田存信。田存信将合约在一张桌子上铺开签字按了手印，又让王酉金签字按手印。刘保定想，上面不知索要多少两银子洋烟土多少石粮食麻油，也许还有土地。一定少不了土地。

王酉金趴在桌上半天写不出一个字。田存信说："只要你女子愿意陪我三弟一起过奈何桥，你家的赔偿可减一半。"

"喝水银，眨眼就过去了，不疼不受罪。"田存信补充说。

王酉金看着王艾儿。王艾儿看着他沾了红印泥的手指。

王酉金在合约上按下手印。

王艾儿爬到王酉金跟前说："大，艾儿知道你疼我了，艾儿迟早把这些都还给咱王家。"

　　王酉金一脚踢开了她。王艾儿趴在地上半天都没起来。

马先生

    天桥镇的人终于要离开王酉金家，离开两河湾了。王家大门道大车小车停下一连儿，田家的家丁伙计肩扛背背将王家赔命的粮油器皿装满车，乱纷纷要绳绑车的，要大针缝破了的麻包的。领事人跑前忙后咋咋呼呼，叫大伙都听好了：牛羊猪鸡车子装不下的，能赶的赶着，赶不动的一刀宰了，肠肚就倒在王家大门道。于是一阵鸡飞猪嚎羊叫唤，王家蓝漆的松木门槛被血染红，血腥气和动物内脏的湿臭味儿绞扭着，引来几只大胆的乌鸦，公然在众人眼前喝血啄肠。

    王酉宝跟王酉金站在院子里，大夏天，兄弟俩都把双手筒在袖口里，头发被风吹得像地埂上的野草。

    外边的车装好了，曹领事拿出账单一一核对，每念到一件物品,就听到有人回答说有哩。曹领事折好账单装进他的帽壳里,戴好帽子,将满载货物的车辆前前后后看了一遍,长长吐了一口气,走到门口,只看王酉宝不看王酉金,说道:"王二掌柜,我们走了。以后如果你遇上这种事,一定来通浪镇找我,保管让你跟今日的田家一样满满意意。"

王酉宝脸色蜡黄,两只手像长在了袖筒里,扬了扬胳膊肘儿,让他们快快走。王荣华捡起一块石子打在曹领事脚上,曹领事痛得跳了跳脚。王酉金伸出手抚在王荣华头顶。

田少爷的尸首装在一具柏木棺材里,材盖上刻着一个老大的寿字,由一辆三马车拉着走在最后,血水从棺材缝里滴出。

架在大车左边那匹回头嘶叫的白马曾是王酉金的走马,长着两个黑眼圈一绺儿黑鬃一条黑尾,王家人都叫它四黑子。它是最后一个被拉出大门的,王荣华扯着它的缰不放,哭喊着说:"这是我大的走马,我大的走马。"王酉金牵住王荣华的手说:"让它走,如果跟着咱,它往后就要受罪了。"田家的家丁把四黑子往大车上套,四黑子跪在地上两眼巴巴地望着王酉金,田家人抽它鞭子,王酉金脸上淌下两行泪。刘保定心里一阵惊奇。王酉金走过去搂了四黑子的脖子,脸贴着它的脸长久不抬头,四黑子的头来回触着王酉金,眼里也淌下泪。刘保定想,我将来也要喂一匹这样的好马。王酉宝红了眼,跟曹领事商量将四黑子折成银子给他哥留下。

曹领事笑道:"你哥还有银子?"

"我出。"王酉宝说。

"我们不要你的钱。"

田家的主事人说着夺过赶车人手中的鞭子，向后退了几步，在四黑子身上一顿狠抽。四黑子惨叫着跳了起来，王酉金扑上去，再次抱住它，就像抱着自己真正的亲兄弟。田家主事人一鞭抽在王酉金身上，又一鞭抽在王酉金头上。王酉宝上前想拉一把王酉金，被那人一鞭抽倒。王荣华跪在地上哭喊，王艾儿却跟瓷像一样站在旁边。

田家的人马起程了，两河湾大路上厚厚的黄土像被一把大扫帚扫起。黄尘散尽时，天桥镇的人已经过了五谷河，田少爷的尸臭一路落在两河湾，艾儿河上漂起一层死鱼。

刘保定一路小跑赶去五德庙。一只喜鹊从他侧面飞过，落到庙门南面的一棵椿树上喳喳叫。

宋义在庙门口溜达，时不时踢一脚路上的石子。

"宋义！"刘保定叫道。宋义掉头看了他一眼，拔腿就跑。

"是不是你这个和尚小子骗我，叫我来五德庙？"刘保定追了几步问。

"不是我。五德和尚叫你。"宋义在老远的地方站下说。

五德和尚在他的居室门口被一群孩子围着，手里拿着一把圆形的"火镜"。孩子们抢着把手伸向他，都想要火镜玩。

一个梳一条五股花辫的胖男孩抢了火镜，跑到东墙根，其他几个跟着跑过去。地上的草不一会儿便烧着了，孩子们围着火苗连叫带跳。刘保定跑过去踩灭了火，发现一窝蚂蚁已经被烧死了。"给我！"刘保定向他们要火镜，他们像麻雀一样"轰"地散开，跑远了又聚在一起。刘保定还想追上去要火镜，五德和尚拍了拍手，叫他到他跟前来，又对孩子们大声说："小心火。不要烧蚂蚁，它们也是命。"

五德和尚的居室里坐着一个陌生人，年纪和王酉宝相仿，高低胖瘦又与五德和尚相像。五德和尚告诉他，这位是马登先生。刘保定以前听王酉宝说过马先生的名字，晓得他是包头城的大名人，包头城有一条街生意都在他名下，还办了一所洋文学校。刘保定上前向他深深一揖。五德和尚又向马先生介绍了刘保定，说他心地善良聪明好学。

马先生将刘保定从头到脚打量了一遍，眼神冷冰冰的。刘保定往五德和尚身后退了一步。

五德和尚说："保定，我请求了马先生，马先生已经答应带你去他开办的学校深造。"

刘保定看了一眼马先生。

"学费是全免的，每月还会发给你一些生活费。"五德和尚继续对刘保定说，"回去告诉你母亲，就说机会难得。请她为你准备一下，你明天跟马先生一块儿走。"

"我不离开两河湾。我要照顾我妈。"刘保定说。

"你去读书，你母亲一定会同意。"五德和尚望着刘保定，

"机会难得，希望你不要错过。马先生多少年第一次来两河湾，以后恐怕也不会再来了。"

"我妈同意我也不能走，她一个人在地里忙不过来。"

"你父亲呢？"马先生问。

"他妈是个寡妇。"五德和尚说刘保定妈十几岁就守寡了。

马先生的目光温和了一些："你跟我走，将来出息了，可以更好地照顾你妈。可以带她去更好的地方过更好的日子。"

"马先生愿意带你走，你应该感谢他。"五德和尚说。

"我妈说了，两河湾是世界上最好的地方。我只要在这里好好种地就能过上好日子。"

"两河湾是世界上最好的地方？"马先生笑道，"真该让你们都出去看看。"

刘保定红了脸，说："感谢你们的好意，我不去。"

"你不去也好，我带宋义走。"马先生说。

五德和尚叹了口气，向窗外望去，接着愣在那里。庙门南面那棵椿树上的喜鹊窝着了火，那群孩子全在树上。

"下来，快下来！"五德和尚往树下跑，一边对孩子们喊。

"救火，快救火！"刘保定跟在五德和尚后面喊。

火已经烧着了喜鹊窝周边的树枝。孩子们吓得开始大哭。宋义从庙门外跑进来，将门房旁边的一把铁锨插进怀里，早刘保定一步爬上了树。

"别怕，别怕。"五德和尚安慰着孩子们，抱着树干也往上爬，爬了几下脚上便使不上劲了，双手抱着树干，上不去又下不来。聋子刘抱住他的一条腿。随后赶来的马先生和聋子刘一起将五德和尚扶了下来。

刘保定爬到树头上时，宋义已经捅掉了燃烧的喜鹊窝，又斩断了着火的树枝，把手中的铁锨也扔了下去。树摇得很厉害，孩子们早就不哭了，抱着自己跟前的树枝，安静得像大雨中的鸟。刘保定和宋义一起在树杈上坐下来，等树静了，将孩子们一个一个背下了树。

孩子们站成一排。五股辫把火镜还给了五德和尚，说："我以为火镜烧不着鸟窝，没想到它很容易就起火了。"

五德和尚把孩子们叫到他的居室，每人发了一颗洋糖，叫刘保定和宋义把他们送回家。刘保定和宋义带着他们走出庙门，便将他们轰走了。

"包头城，你去不去？"宋义问。

刘保定摇了摇头。

"你不去，就轮到我了。"宋义眼里放出光，"我要离开两河湾。我将来要发大财，吃糖角子，穿新袍子新鞋。"宋义说到新鞋，看了看自己的鞋，刚才上树磨破了鞋头，露出一根脚趾。

刘保定笑了笑。

"你笑甚？"宋义问。

刘保定心里笑他发了大财要吃糖角子，嘴上却说："笑你的烂鞋。"

"王艾儿才是一双烂鞋。"宋义冷不丁说。

刘保定的脸变了色。宋义不知是没看出来，还是有意刺激他，继续说："你跟王艾儿做过没有？说说，甚滋味？"

刘保定一拳打到他嘴上。

"刘保定你疯了？"宋义抹一把嘴角的血，"你的女人让别人睡了，拿我撒气！"

"王艾儿不是我的女人，我的女人不会让别人睡。"

"话不要说得太满。以后路长着呢，保不齐会出甚事。"

"我说不会就不会，不然我刘保定自己死在你面前。"

"你记好了，这话可是你说的。"宋义擦净脸上的血，转身跑了。

刘保定在庙门口站着，王酉宝骑着白桃走来了，看见刘保定，他拍了拍白桃的脖子，等它慢慢跪在地上，他从它身上下来，问道："你咋还不到天桥镇来？"

刘保定知道他在说相看哑子的事，不自然地笑了笑。想起王酉宝许下的那头牛还有五德和尚先前说的那番话，便说："过两天，忙完地里的活儿我就去。"

"对嘛，男人主意要牢。"王酉宝把白桃拴在那棵椿树上，叫刘保定跟他一起去看五德和尚。

"我刚从他那里出来。"刘保定说，"他想让我去包头城。"

"他让你去送货？"王酉宝有些吃惊，"你行吗？"

"他让我跟马登先生去包头城念书。"

王酉宝笑了："他们一定是想让你去那所学校，我去过！高楼洋房，花园草地，真正神仙都能住的地方。你去吧，去了就知道有多好。"

"我不去。我已经给他们说出去了。"

"后悔了？后悔我再给你说回来。"

"让宋义去。我妈离不开我，我不能走。"

"你问你妈了吗？你妈是个开通人，她的眼界高心量大，一般的男人也比不上她。"

王酉宝和刘保定走进了庙里，五德和尚已经离开了居室。他们各处找了找，发现他和马先生坐在烧茶的茶房里小声交谈着，一边往茶炉里填着木炭，一手扬着茶。马先生手里拿着一张米二的画像，画得很逼真。刘保定想起去年夏天米二活活被打死在天桥镇的绸布店里，心里一阵难过。

"米二的案子判下来了。"王酉宝走进去说。

"我和马先生正说这事。"五德和尚叫王酉宝坐。

"我们还打算一会儿去天桥镇找你，你就来了。"马先生对王酉宝说。

"我听说你来了，骑上骆驼就往来跑。"王酉宝笑着在一把空椅上坐下来，拉了刘保定一下，让他坐在他旁边。

"米二的案子惊动了中央，杀人暴徒将被斩首。"马先生说。

"土匪捉住了？"刘保定问。

"最终的审理结果是杀人案与土匪无关，是因为一场买卖纠纷引起的。"

刘保定愣了一下，回过神想对马先生说点什么的时候，王酉宝暗暗又拉了他一下。

七月初一天桥镇又起夏市，各地来的人没像往年去老爷庙占地儿看戏，而是挤在城门外大沙梁上看杀人。绵延数十里的大沙梁上挤着一群男女老少，像是突然种活了一片大林子。黄沙吹送，几蓬稀稀落落的沙蒿也显得生机盎然。

边墙上安了四门土炮、一门洋炮，炮口对准杀场。苍乌县县长和保安团的孙团总亲自监斩，两人并排坐在摆在边墙下面的椅子上，保安团的士兵端着洋枪左右站了两排。五德和尚和马先生都到了场，小五德和宋义站在他们身边，四人都是瘦高个子，显得一边的王酉宝又矮又胖。张月仙不许刘保定来，王酉宝亲自到家去叫他，传马先生的话，说他见证了米二如何冤死，也要见证正义如何得以伸张。张月仙只得同意，他便跟着王酉宝来了。

沙梁上的人们过节似的，喜悦而激动，又像在等待某种神秘的免费的食物自天而降。马先生和五德和尚都不说话，小五德的右手始终放在袍子里，那里装着一把洋盒子。王酉宝的背经常微微驼着，当下却挺得笔直，像身后背了一块木板。宋义眼睛格外有神，露出一种以往只有在小五德眼里才能看到的东西，刘保定知道它叫傲气。

犯人一连儿被押进刑场，沙梁上的人群欢动起来，呼啦啦像倒在罗锅里的豆子往中间堆，沙粒飞了起来，空气浑浊呛人。围在杀场边的士兵举起手中的刀枪一挡，他们又像麻雀一样四下散开。人群稍稍安稳，刘保定数了数，押进杀场的共有五名犯人，一人将被斩首，其余四人陪杀场，其中穿白袍的是那天抢水连嫂绣鞋的叫花子，还有两个刘保定也认得，都是大个儿，比刘保定高一头，从始至终木柱一样顶在绸布店门上拍手叫好。还有一个刘保定根本不认识，他估计是当时打米二打得最凶的蒙面土匪，又想起马先生说这桩杀人案与土匪无关，于是猜来猜去猜了半天，最终也没猜出他到底是哪个。最后拉出来的竟是叶掌柜的管账先生吕定安，戴枷锁拖镣铐，披头散发破衣烂衫，一看就知道没少受刑。如果不是插在身后的行刑木牌上写着姓名，哪里还能认出他就是那个梳分头穿长衫皮鞋的吕定安，当年天桥镇头道街上最年轻最出色的管账先生，会说蒙话和藏话，过年的时候求他写一副春联要半块大洋。

犯人一齐跪下，一一验明正身后，吕定安被拖到行刑台前，刽子手手起刀落，一颗人头跌在地上，滚出几步远。

"啊哟！"围观的人们异口同声喊了一声，天猛地黑了一下。接着便哭声四起，众多披头散发披麻戴孝的男男女女，哭得呼天抢地，冤啊，我冤死的大啊，舅啊，叔啊，哥啊……

"把他杀了？"刘保定大惊失色，"咋把他杀了？"

"还有叶掌柜。明日午时,天桥镇头道街三官楼上行绞刑。"王酉宝说。

"叶掌柜也要死?"一股寒气从刘保定的脊梁爬到了头顶。他想,这哪里是为米二申冤,这是造孽!

"他婆姨和女子卖尽了家当买下他一副全尸。"王酉宝说,"她们虽然是女流之辈,做事着实让人不敢小看。"

刘保定眼里闪过叶掌柜的绸布店、糕点铺,闪过叶芙蓉那张俊俏得令人难忘的脸。

刘保定跟五德和尚一行从边墙下来,死人头已经挂上了城门,他的眼睛还像活着,俯视着城门下仰观他的人们。苍蝇比人迟来一步,眨眼罩住了那颗人头,蠕动着叮咬着。一个小孩用土块打它们,苍蝇身上带着死人的血飞起来,又要往活人头上叮。

"啊——"人们终于惨叫起来了,刘保定憋闷的心被这股利刃般的声音捅开了一线光亮。

小五德的狗掉头低鸣,刘保定跟小五德也掉过头。藏巫神骑着他的灰驴正盯着他们,他身后跟两个白脸小巫神。

"王二宝子。"藏巫神叫王酉宝,"你大昨晚给我托梦了,说他没把你教育好,正在地狱里受罪哩。"

刘保定替王酉宝作难,王酉宝却顾不上理藏巫神,指着人群中一个白脸男人对五德和尚说:"土匪,赵掌柜,他还活着。"

王酉宝说话的声音很低,而赵掌柜显然感觉到了,忽然朝他们掉过头，冲着王酉宝咧嘴一笑。这时，城门下人群一阵骚乱，吕先生的头被飞马抢去。士兵们追了一程，空放了几枪。刘保定又往人群里看，土匪赵掌柜不见了，藏巫神也走了。

天上下起了鸡蛋大的冰雹，人们四下逃散，地上转眼像铺了一层白色的石头。

王酉金家屋顶飘着炊烟。王酉金坐在屋顶上望着两河湾。这里再没有跟他姓王的土地了。刘保定家地里刚割过麦子，他烧了麦茬，租了牛犁地。他跟他妈商量过了，下一茬庄稼种洋芋。算一算离天冻还有些日月，如果今年霜下得再晚些，洋芋就大收了。

屋顶上王酉金抬了头长久望着天。刘保定看见他不久前给他的秀才大烧纸，他跪在刻有"秀才"两字的墓碑前，磕了足有一百个头，吭吭吭吭，如同天桥镇的铁匠抢起黑铁打红铁。

藏巫神又在两河湾露了面，身上换了一领新灰袍，骑着灰毛驴，驴身上驮着那条灰色的毛织口袋。王酉金看也没看藏巫神一眼，躺在屋顶上睡起觉来，他的黑狗忠心地卧在旁边，也没看藏巫神一眼。

藏巫神骑了驴在两河湾的大路上走。地里劳作的人们编唱他：灰驴驮个灰口袋，巫神长个灰脑袋。

藏巫神骑在驴背上，走在人们的哄笑里。此时，他的驴没有被鬼魂附体，跟一般被骑的驴一样走得不紧不慢。他也没有被神灵附体，跟一般骑驴的人一样，在驴背上，随着驴的节奏晃动得有板有眼。他那把铜剑，那本用草纸装订的一个字儿也没有的天书，在口袋一边，像屋顶上的王酉金一样睡着了。口袋另一边，一条用铜铃儿串织的短裙，发出嗦唧嗦唧的声响。

"我是来送符的。两河湾要遭大难了，凡是长腿的都赶紧离开。不想走的到我跟前请一道符回去贴在门上或可免灾。"藏巫神话说得很响，人们笑得也很响。

藏巫神叫王酉金："王掌柜，你请一道吧。"

王酉金在屋顶上睡着了。

藏巫神又说："今天请符的，一两银，明天天一亮十两，到了后天，一千两也不济事了。"

"田少爷阴魂不散哪，两河湾要遭大难了。"

人们又唱起灰驴灰脑袋来，藏巫神骑着驴在两河湾转了一圈又转一圈，众人以为他气糊涂了迷路了，刘保定却发现藏巫神面色镇定，不带半点慌愧。藏巫神走远了，在刘保定目光还能到达的地方，他和他的驴子一同转过头，看了刘保定一眼。藏巫神的嘴巴不易察觉地动了动，刘保定听见他说："这小子好旺的火。"

刘保定往回走，王艾儿提了一大筐苦菜迎面走来，精神略比那些天好了些，脸色还跟陈米粥似的黄白。相逢的一刹他们同时往一边偏过脸，谁也没看谁一眼。

太阳下山以后，天色略微朦胧，像是在一块青布上蒙了一层细纱，衬得最后几片霞色清艳如水。刘保定抱着双膝坐在石床上，闻到一股苦楚得让人心凉的味道，是那会儿王艾儿苦菜筐里的苦菜留下的味道。刘保定有些想念她家往日的洋烟地，那里曾经姹紫嫣红香气醉人。时间就像撒入河流的浮尘，打捞不住。刘保定算算从王艾儿出嫁到今天还不到两个月，但感觉却像过了二十年，比二十年还要长，仿佛已经又是一辈子了，王艾儿已经换了一个人，自己也换了一种心思。

大清早，宋义在窗外叫刘保定。刘保定睁开眼，张月仙早起下地干活去了，大概看他睡得香没叫他。刘保定赤脚下炕开了门，空气里夜的残凉灌进门，刘保定起了一身鸡皮疙瘩。宋义在栅栏门外站着，刘保定看了他一眼，不由得低下头。自打那日在庙门前分开，他俩互相躲着再没见面。宋义跳进栅栏，搂住刘保定的肩拍了拍，说他今天跟马先生一起去包头城。

刘保定以为他特意来跟自己告别，心里一阵热，不禁为那天打他一拳感到后悔，低声说："对不住啊！"

"五德和尚叫你去一趟，王酉宝想见你。"宋义没说原谅不原谅的话。

"他也在庙里？"刘保定想，他可能想让他今天就去相看哑子。

"他也去包头城。"

"他去做甚？"

"我哪儿知道。他们的事你比我清楚得多。"

五德庙外卧了六连四十二只骆驼，前头那个脸上有一块桃形白毛的是王酉宝的白桃。刘保定伸手摸了白桃一把，白桃友好地喷着鼻，用一双好像什么都明白的大眼睛望着刘保定。

马先生从五德庙里走出来，后面跟着五德和尚和小五德，还有六个带长柄洋枪的护兵。王酉宝走在五德和尚右边。

"起程了，起程了。"王酉宝喊道。

拉骆驼的汉子们从墙根儿下站起来，扯下脖子上的汗巾狠劲儿拍打身上的灰尘，拍打声传到小山一样高耸坚固的院墙上又弹回来，纷沓而响亮。

"莫抖晃了。"王酉宝摆着手，"当心呛着马先生。"

汉子们住了手，不满地瞅着王酉宝。

"让他们拍吧，拍干净了好。"马先生说。

汉子们赶紧又拍，一边用眼角偷看马先生。

五德和尚和小五德一起跟马先生行礼告别，小声说着话。刘保定从他们后面绕到王酉宝跟前。王酉宝把他叫到一边说："我去一趟包头城。回来以后，你到天桥镇来。"

刘保定答应了他。宋义凑了过来，王酉宝说："我去跟五德和尚说句话。你俩从今以后见面就难了，好好告个别吧。"

刘保定对宋义说："你哥说不定快回来了。"

宋义冷笑道："明年杏黄了也等不到他。"

刘保定低下头，紧了紧裤腰问宋义什么时候回来。宋义往天上看，太阳刺得他挤住了眼，一排长长的睫毛投影在脸上。"一切交给老天爷。"他说，"刘保定，你是我的证人。你好好看着，看我今天怎样走，将来又怎样回来。"

刘保定又一次低下头。

宋义挺起身子，跟着驼队走了。

相亲

藏巫神来过二十多天了，两河湾人依然过着安稳日子，他的预言成了人们饭后茶余的笑料。

一天半夜，水连嫂家人哭狗咬。从西地捞盐的高水连回来了，水连嫂开门晚了一步，他进门就打。水连嫂的哭声突然盖过高水连的骂声，刘保定听到房后响了一声，像是有人从她家后窗跳下去了。刘保定拿了一个凳子，趴在自家的后窗上，看到一个人影往艾儿河那边跑了，一边跑一边往身上穿衣裳。

隔天，刘保定跳进高水连家的栅栏门。高水连家跟刘保定家一样，三间土木上房，一丈见方的小院。家门深闭，风卷着三四片杨树叶子在院子里跑跑停停，声音瑟瑟的，时断时续，使得太阳一竿高的早晨有些像慵懒的午后。刘保定不由得放慢脚步，一只燕子忒儿地从他头顶飞过，吓了他一大跳。他站在当院叫高水连，半天听到水连嫂扯着长声说："进来吧，你水连哥在家哩。"

刘保定推开门，吱呀一声，一道光照进房里，落在一张没刷油漆的杨木几案上，一只婴儿大小的青花瓷瓶立在上面。刘保定记得高水连初来两河湾，右手拉个水连嫂，左手提个皮匣子，这只花瓶就装在那个皮匣子里，后来他把皮匣子卖了，花瓶却一直留着。有一天刘保定看见高水连正十分细致地擦拭着它。当时高水连背对他站着，表情悲喜难辨。他叫了一声水连哥，高水连侧过脸，目光从花瓶的细纹里移到他脸上，看上去俊美又懦弱，跟平时判若两人。

"水连哥！"刘保定把头探进门里，只见高水连睡在炕上抽洋烟，水连嫂躺在对面给他点泡儿，顺带也吸一两口，两个人的眼睛里同时泛出一种绿苍苍的光。高水连吸完最后一口，闭上眼打了个滚儿，滚到后炕上，马趴在那里半天不出气，像死了一样。水连嫂放下洋烟枪，叫刘保定进家来。

"王酉金又把王艾儿卖了。"水连嫂说完刻意闭上嘴，等刘保定来问，刘保定没接她的话。

刘保定的猫子比刘保定来得早，正蹲在高水连脚边，用爪挠他的脚心。高水连的身子抽抽了几下，人渐渐醒了过来，踹了猫子一脚。猫子喵喵叫，黏着他不走。高水连坐起来，顺手抓起席边的一支黑漆长笛打了猫子一下，猫子叫了一声跳到了

刘保定怀里。高水连捋着长笛上的丝穗子，夸刘保定长得更高
更俊了，可以去招驸马。刘保定不好意思地笑笑。

"王艾儿被他大王酉金卖到了干山上，水跟油一样贵，洗
完脸再洗锅。"水连嫂又提王艾儿。高水连在她背上蹬了一脚，
水连嫂往前一倒，头在锅栏上磕得响了一声，眼里打了个泪圈
花儿，哀怨地看着高水连。

"水连哥，今儿你有要紧事没？能不能陪我去趟天桥镇？"
刘保定说。

"不巧。我正有一件要紧事。"高水连说。

"甚事嘛，明儿再做行不？"刘保定问。

"要命的事。"高水连哈哈笑。

"我正经请你哩。"刘保定说。

"我也没跟你逗笑。"高水连试吹了几下笛子，又放下说，
"我的要紧事就是陪你去天桥镇。"

高水连趿了鞋，跟刘保定走出来，用袖子遮住太阳说："洋
烟是个阴东西，刚抽过就晒太阳跟没抽一样。"

"水连哥，你为甚要抽洋烟？"

"莫问。"高水连在刘保定头上拍了一下，"你可不许抽，
一辈子都不许碰。"

"水连哥，你老家到底在哪里？"

高水连往天上指了指。

天青亮亮的，一朵云没有，就像一个倒挂的海子。刘保定

想了一下，突兀地问："将来，我们大家是不是都要去那里？"

"小小年纪，不要想这种事。"高水连打了个喷嚏，"你当下要紧的事是好好娶个婆姨，生儿育女过光景，孝顺你妈。"

"你和水连嫂为甚不生个娃？"刘保定又问。

"我有孩子。两男一女，都不是你水连嫂生的。"

"你常回去看他们吗？"

"莫问这些扎心的事儿。"

"水连哥，你知道我去天桥镇做甚？"

"相亲。我听说了，一头牛的嫁妆。"

"她哑，时间长了我怕自己受不了。"

高水连笑道："有钱，哪儿没有女人的热炕暖心话，况且你还长了一张讨女人喜欢的脸。"

刘保定用肩搡了一下高水连，见他正往后看，原来王艾儿家从前的工头柳匡拉一头黑驴走在他们后头，驴背上骑着一个婆姨，用一块红头巾包着头和脸，身上穿着绿袄蓝裤子，前胸肉鼓鼓的，袄襟子都像要胀破了。

"刘保定啊！"柳匡这算是在向刘保定问好，又问高水连甚时从西地回来。

"你这回走了很多时了。"柳匡说。

"快两年了。两河湾变得我都快认不得了。"高水连说完四下看，目光最后落在王酉金家的房顶上，又赶紧收回来。

"自古世事难料。你是读过书的人，我详细说说，你看对不对。"柳匡用鞭杆儿敲自己的胳膊，对高水连说，"多数的事，由天不由人。老天爷想让谁发财，谁睡在半前晌起来也能捡个大元宝，想让谁倒霉，限时半夜，挨不到天亮。"

"我不这么想。"高水连看了一眼柳匡，对刘保定说，"读书也好，过光景也好，只要肯下功夫肯动脑筋，总能有模有样有前程。"

"我以前也这么想，后来觉得根本不是那么回事。"柳匡笑道。

"我跟你刚相反。以前我不这么想，后来越想越是这个理，越想越后悔。"

"水连哥，你后悔甚哩？"刘保定问。

"后悔自己活得没个人样儿。"高水连说。

"那你改了吧！"刘保定说。

"改？"高水连回头看了看两河湾大路，"命是修好的路，死了重活一回说不定才能改。"

"你看，还是我说得对嘛！"柳匡说，"命是天定下的。"

"我不信。"刘保定摇着头说。

"你当然不信，"柳匡说，"你的脑袋还方着哩，甚时碰掉上面的四个角子，碰得又圆又光，你就信了。"

"你千万别信，"高水连说，"人这一辈子，若不由着自己心性活一回，活了也白活。"

"你咋又这么说？"柳匡望着高水连，"刚才咱俩不是说在一条道上了吗？"

高水连说："道是一条道，一人一个走法，走到最后各人就是各人的道了。"

"我咋听不懂了呢？还是你读书多。"柳匦说。

"我要向水连哥学哩！"刘保定说。

"别学我，我就不是个东西。"高水连伸手在自己脸上拍了一打。

"我只学你爱读书。"刘保定说。

驴背上的婆姨咳了一声。刘保定听到那声音，心像被滚油烫了一下。

"是艾儿啊！"高水连跟她打了个招呼，"你胖多了啊，这是要到哪里去？"

"进山。"王艾儿说，"我没胖，我怀娃了。"

刘保定的头不争气地嗡嗡响，看上去像一块烧红了的熨铁。他丧气地低了头，认出柳匦脚上的鞋跟王艾儿那年给他做的一个式样儿。

"刘保定，我听说你要去相亲。"王艾儿说，"柳匦没说错。多数的事，由命不由人哩。刘保定，你看你多不走运，好日子里遇上了我，让你恶心。"

刘保定恨不得一步跳出眼前的境地。高水连知心地拍拍他的肩，两人离开两河湾大路，向下往五谷河岸边走去。

"刘保定，我走了。"王艾儿伸长脖子喊，"你好好活着，保住你的命。等我哪天活成个人样儿，亲自回来给你送葬。"

"你怎能说这种话哩！"柳匡说。

"轮不到你训我！"王艾儿呵斥柳匡，口气俨然像王酉金。刘保定第一次发现，王艾儿竟然跟王酉金有相像之处。

刘保定和高水连钻进芦苇丛里，脱光了，头顶着衣服鞋子游过了五谷河。河水暖洋洋的，刘保定恋在水里不想离开，高水连上了岸赤条条躺下，刘保定看到他皮肤多处红肿溃烂，吃惊地叫了一声水连哥。

"盐池里泡烂的。"高水连摸着身上的烂伤，侧过身向上举起一条腿。太阳照在他两腿中间时突然隐没了，他的整个身体像是变成了一道影子。

"我妈要是知道了，一定会伤心死的。"高水连又说，然后打了三个喷嚏。

"你是不是犯了洋烟瘾？"刘保定问。

"我犯了鸟瘾。"高水连笑道。

刘保定把衣服鞋子扔上岸打他。

高水连打了几个滚儿，将后背压在草皮上用劲蹭了一阵，说道："听说春风巷新来了几个小女子，我带你看看去。"

刘保定骂了他一句，一个猛子扎进水里。水波从皮肤上流过，就像春月天的风，他尽力往下沉，直到河底的水草触痒他，一群小鱼从河底惊起。刘保定听到高水连捏着嗓子念：看了她容貌端正，是个好女子吧呵！又唱：将两叶赛宫样眉儿画，把一个宜梳裹脸儿搽，额角香钿贴翠花，一笑有倾城价。

高水连跟水连嫂和顺的时候，他家常传出水连嫂的唱声，配着高水连的笛子，婉转光滑，刘保定不论多早晚听这唱声都感觉自己被月光罩着，被丝绸裹着，也常疑心隔墙吹唱的不是高水连夫妇，而是从哪里飞来的一对神仙。

高水连唱得和水连嫂一样好，刘保定把头伸出水面，心里响起与唱声相配的笛声，莫名地觉得眼前被两片胡杨林夹岸围着的河水，就像一个睡在帐幔里的极清秀极干净的女子，让他想起去年在天桥镇糕点铺见过的叶掌柜的女儿叶芙蓉。高水连口里唱声儿不断，两手同时抓挠着被盐水泡烂的腿裆，时不时哆嗦一阵，像是被雨淋透了的公鸡。刘保定心里难过，又钻进水里，闭了眼，随着高水连一缕烟气似的唱腔断断续续游。

刘保定好水性，他想起有一次他钻在水里逗王艾儿玩，把王艾儿都吓哭了。又想起自己对宋义说过的话：王艾儿不是我的女人，我的女人不会让别人睡。他沉在水底，直到气快把心憋炸了，才浮上水面，却见高水连跪在河沿上哭着喊他的名字。

"我在这儿哩！"

刘保定跑上岸，被高水连一拳又打进水里。"我以为你被水冲走了。要不是想到你妈可怜，我立马溺死你。"高水连生气地穿了衣服，撇下刘保定，径直往岸边的胡杨林里走。

刘保定着急叫他，张口却喊出自己的名字："刘保定，刘保定！"

　　喊到第三遍，才发觉自己喊错了。自己喊自己的名字，简直鬼上身了。他哑然失笑，甩了甩发梢上的水，穿好衣服追进胡杨林。

　　树林幽深，看不见高水连的身影。茂密的树叶把阳光筛成万千细线，像在黑暗中下着一场银亮的雨。风尘不动，一只扦树嗝子瞪着大眼蹲在树梢上喔喔叫，树叶在它的叫声里零散掉下。刘保定一口气跑出树林，还没看见高水连。他想，他刚从西地回来，身上有几个钱，一定真往春风巷去了。

　　"你的钱来得容易吗？"刘保定急得捶胸跺脚，后悔不该拉他来天桥镇。

　　穿过树林向前走了百十来步，刘保定直接走入了天桥镇的二道街，经过鼓楼往右看到一条青砖铺平的大巷子，两边一连儿朱漆门，门上一列儿倚着穿得花红柳绿的女子。这就是人们常说的春风巷。太阳已经当头，巷子却像还在深睡，不见车马行人。刘保定站在巷口，女子们立刻向他招手，哥哥弟弟地叫，她们身上脂粉的香气，青砖上被太阳蒸起的人和牲口的尿臊味儿，低矮的房檐下阴暗发霉的潮气，一齐被风吹过来。刘保定往后躲了躲，比画着高水连的高矮肥瘦问她们见他来过没有，她们都说他来了，就在里面，让刘保定进去找。刘保定听不出她们说的是真话还是假话。又问哪里设赌局，却说家家都设赌局。女子们反常地站在原地，谁也没上前拉扯刘保定，她们被经验浸泡的目光老道地扫过他扁扁的口袋，穿过他同样干扁的裤裆看清了他的底细。于是她们一齐笑他，笑声里有一种新鲜的纯真的快乐，巷子上方的一线儿蓝天也清澈了许多。听到笑声，刚从后门送走昨夜客的女子从窗口探出倦怠发黄的脸，三不知地也跟着笑。刘保定觉得羞耻，心里责骂高水连："输吧，输得连水连嫂卖了也不关我的事。"

王酉宝家门前的石狮子不见了，门口散落着一只破鞋，几根断筷子，还有几片烂碗瓷。刘保定从大门缝往里瞅，上房门半敞着，里面搬得空落落的，院子里长了一层野草。刘保定想起去年王艾儿在院子里喂鹅的情景，便把头杵在门扇上。风吹着破窗纸发出轻轻的哨声，去年的王艾儿从他心里走出来，约他到黄芥地里坐坐。刘保定不敢再往下想，向一个过路的打听，原来王酉宝买了叶掌柜的绸布店，搬进他后院的宅子。

刘保定逛荡到头道街上，揭起绸布店的门帘，柜台里伸出小伙计刘林子殷勤的脸，招呼刘保定进来看看。"刚上了一批新货。"他说。

"你是叶掌柜的伙计？"刘保定问。

"以前是，当下我在王掌柜手底下吃饭。"

刘保定指了指后院问："王掌柜呢？"

小伙计往里喊了一声："王掌柜，有人找。"回过头又对刘保定说："我留在这里不是忘恩，是为了报恩。叶掌柜家破人亡，他最心疼的女儿叶小姐也被人卖到了春风巷，我要赎她。

天桥镇有人说我没良心，他们不知道，我有良心。"

"叶芙蓉去了春风巷？"刘保定像被人打了一闷棍。

"卖身葬父。"刘林子说。

"这不是戏文里才有的事吗？"刘保定不可置信地望着刘林子。

刘林子狠狠瞪了他一眼："我对叶小姐说，人都死了，先弄个席卷埋了，等以后有钱了再换上一副好材。可她偏要给她大背一副柏木棺材。就为一副柏木棺材，她狠心把自己卖进了春风巷的大楼门。"

"大楼门生意好，他们的高孃孃看中了叶芙蓉的花容月貌，才敢出一副柏木棺材的钱买她。"有一个闲人趴在柜台上懒洋洋地说。

"叶掌柜死得冤枉。"刘林子说。

"你总算说对一句话。"那闲人说。

"真不知道该上哪儿喊冤去。"刘林子说。

"去阎罗殿嘛！"那闲人笑着说，"你写上一纸状子顶在头上，去闯阎罗殿。"

"那我不就死了吗？"

"活着你还想申冤？"

"我才不死哩！我们叶小姐说了，活着才有盼头。"

"刘林子，谁来了？"王酉宝在院里问。

"我，刘保定。"

"保定来了？"王酉宝提高了声音，"刘林子，你打开后门，把保定领进来。"

刘保定跟着刘林子走进院子，扑面闻到一股花香，路旁一棵树上花团锦簇。

"木芙蓉花。"刘林子说，"叶掌柜的小女子叫叶芙蓉，他特意为她种了这棵树。他是江南人，所以修了这么一院房。房子刚修起天桥镇就有人要出双倍的价钱买，他哪里肯卖。结果还是落在别人手里。"

刘保定在花下深吸了一口气，想起叶芙蓉娇俏的瓜子脸，一对像是会说话的丹凤眼，算账不用算盘，歪着头，眼珠儿一转，心里就有数了。

"刘林子，你跟保定说甚哩？"王酉宝站在一丛冬青前问。

刘林子像是没听见，返回店里去了。

刘保定对王酉宝笑了笑说："王二掌柜，我相亲来了。"

"女子正在家。我叫她给你倒茶。"王酉宝脸上喜洋洋的。

刘保定跟着王酉宝进了正房，发现里面的摆设跟王酉金家不差什么。王酉宝请刘保定红木圈椅上坐，飞起眉眼瞅了瞅墙上的西洋挂钟。正好整点，一只黄嘴小鸟从钟壳子里跳出来，脖子一伸一缩地叫。

王酉宝对婆姨说："快叫五谷来给保定倒茶。"

王酉宝的婆姨迟疑了一下出了门。刘保定突然后悔，站起来想走。王酉宝一把拉住他说："你看她一眼再走不迟嘛。"

这时，门口亮艳艳闪了一下，走进一个长身条儿花眉俏眼的女子。刘保定的身体一下变得重乎乎的，像石头一样稳在圈椅里。他失神地扫了那女子一眼，又往她身后瞅，不知道接着会进来怎样一个丑女子。

"你往哪儿看？"王酉宝说，"就是她。"

刘保定先是一阵高兴，随后便感到一阵心痛，难过地想：这么俊一个女子，竟然是个哑巴。

女子递茶过来，两眼轻快一扫，把刘保定从头顶看到脚底。刘保定手微微一抖，茶碗掉在炕桌上一摔两半儿，茶水顺着桌角儿眼看流到他衣服上，被女子用一块汗巾接住。那是一块自织的方格布汗巾，七成新，洇了茶水再洗不净的。刘保定正可惜那方汗巾，却听到王酉宝的婆姨嘟哝："不是一件好事情。"

刘保定收拾起破茶碗，王酉宝接过去，示意女子拿出去扔了。等她走了，王酉宝又拿了个茶碗，重新给刘保定倒了茶说："她是我的女子，叫五谷。喝了这碗茶，你走吧！"

刘保定一把抓住王酉宝的手。

王酉宝望着留在桌上的一小片碎碗瓷，脸上有几分悔意，但还是对刘保定笑了笑，问道："看上了？"

"看上了。"刘保定说。

"她不会说话。"王酉宝说。

"会说话的女子没一个能比得上她。"刘保定说。

刘保定回到两河湾已是晚上。张月仙从后锅里端出一碗饭，等他吃完，问女子大脚小脚。

"没看清，好像不小。"刘保定坐在后炕上说。

"大脚也好，跟我一样。"

"妈，她是王二掌柜的亲生女儿，叫五谷。"

"五谷？"张月仙诧异地望着刘保定，"我听说五谷长得比艾儿还俊哩，却没听说她是个哑子。"

"她要是会说话，就是天仙女下凡。"

张月仙笑了："你水连哥呢？他陪了你一整天，你叫他到咱家吃碗饭。"

刘保定下了炕，隔墙叫高水连。

"保定回来了？"水连嫂在墙那边说，"你水连哥没回来。"

"刚到了天桥镇我俩就走散了。"刘保定说，"我找找他去。"

水连嫂笑道："你上哪儿找？他一年四季不着家，到处刮野鬼。阎王爷想拿他也费事哩。"

那晚刘保定睡得很实，一觉醒来天已放亮，锅里的南瓜粥溢出满家香，张月仙正往灶口里填柴。

"古谷古故——"

水连嫂家的鸡突兀叫了一声，白雾雾罩在刘保定家房梁上的水汽忽忽绕绕向下窜。

水连嫂去年腊月在天桥镇捉了几只鸡娃子，喂大了些看出里面只有一只公鸡，后来长得金毛翠尾大红冠，异样地漂亮，叫声也与众不同。别的公鸡叫"古谷故——"，它多绕了一个弯儿，叫"古谷古故——"。有人说它叫的是"主子倒运"。仔细一听，越听越像。

"古谷古故——"

公鸡又叫了一声，水连嫂在家里高声骂道："作死的，等我家水连回来剁你的头。"

公鸡像是听懂了，故意顶嘴似的，又叫了两声。刘保定觉得十分有趣，才笑出了声，就听到水连嫂惨叫："啊呀，我的命根！"

刘保定爬上墙头，只见高水连的身子倒在地上，他的头却挂在大门外的杏树上。刘保定一头栽进他家院子。当他从地上爬起来时，张月仙和附近几家邻居都跑来了，站了半院。

水连嫂哭道："半夜有人敲门，我问谁呀？没人说话。我不敢再问。刚刚打开门，听见嘭的一声，就见水连的身子倒在了地上。啊呀，可怜的人！你得罪了哪路神怪，死了还让你在门外站了半宿。"

报恩

高水连埋葬后第三日，水连嫂隔墙叫张月仙和刘保定上她家吃糕。

刘保定跟在他妈后头走进水连嫂家。软糜子糕的香味从后大锅里冒出来，刘保定的猫子从窗空儿里钻进来，站在炕栏边叫。水连嫂家还是老样子，只有那只青花瓷瓶不见了。

"糕熟了。"张月仙对坐在风箱前哭鼻抹泪的水连嫂说，"赶紧揭锅盖，再蒸就蒸过了。"

水连嫂揭开锅盖提起笼布，把蒸糕倒进灶台上一只黑瓷二盆里，双手沾了凉水揉匀了，给刘保定娘儿俩各盛了一碗，碗底放了一铲猪香油，上头浇了一勺蜂蜜。

"保定，你放开肚子用劲吃，让我家水连在阴曹地府用劲往上爬，莫要掉到十八层地狱。他活着受尽了罪，死了可不能再受罪了。"

"你莫担心，他水连哥的灵魂到好处去了，不在阴曹地府。"张月仙说。

"谁知道呢！"水连嫂背过脸哭。张月仙劝她也吃两口。只几天工夫，水连嫂就瘦得脱了形，手腕子细得好像碰碰就断。刘保定端着碗站在原来放花瓶的几案前，看着花瓶底座留下的印记。花瓶让王酉宝用一副杨木棺材换走了。

"他才睡了一副杨木材。那年在他的老家，他的哈巴子死了还睡了一只柏木盒子。是我害了他。"水连嫂说完，立刻又说，"他也把我害苦了。我们原本在老家过得安安稳稳的，各有各的家。"

张月仙在她背上抚了一下，意思叫她不要再提她和高水连来两河湾之前的是是非非。

吃完饭，刘保定和张月仙陪水连嫂去高水连的墓地祭奠。两河湾租种五德庙土地的人都来了，五德和尚也和他们一起等在坟前。光棍范五子手里拿着一朵白绢花在人群里前后乱窜，有人说范五子，要给高水连献花啊？范五子问水连嫂在哪儿。平日喜欢跟他打闹的几个后生把他压在地上一顿狠捶。范五子大叫，他们捂住他的嘴，还说要告他企图调戏水连嫂。范五子乖乖趴在那里，被他们扒下裤子，掏了鸟蛋。

刘保定望着嬉戏的人群，眼前浮现出三天前水连嫂家院子里的情景：张月仙跪在地上，用一根纳鞋底的大针和麻绳儿将高水连的头和身子一针一针缝在一起，大家围在四面，悲痛得像自己也快要死了。悲哀是死的，刘保定想，它站在高水连的坟墓旁边，跟那块刻着他名字的石头一样纹丝不动，而活人却要跟着岁月一天一天往前走，所以悲哀注定要被忘却，或者变成记忆里一道偶尔发痛的伤疤。

齐膝高的席棘林在风里翻滚着漫向天际，一个人影在林子中央奔跑着，挥着双臂向大家喊话。风声如鼓，其他人什么都听不见，紧张地站在那里，刘保定却听得一清二楚："快跑，他们来了！"

这是聋子刘的声音。

聋子刘在五德庙看门，外带敲钟。他是和五德和尚一起到两河湾的，外号聋子刘，因为不管是谁，只要问他有关庙里的事，他总是先笑笑，然后说："啊？"接着又笑笑，就完了事。刘保定正纳闷聋子刘不在堂里好好看门胡跑乱喊什么，就见他身后两三里之外起了一层黄尘大雾。

好大的龙卷风，刘保定心想，难怪聋子刘跑得像一只被狼撵的兔子，然而他很快发现风头是齐的，水浪一样并排冲来，在天地间打起一堵高墙，接着便感到地动山摇，听到一阵狂乱的马蹄声和口哨声。五德和尚往席棘林里看，所有人的目光一齐跟着他。五德和尚的脸瘦削苍白，阳光下看上去有些发蓝的眼睛里闪过刘保定从未见过的惊悚的光。刘保定的心突突跳，他感觉带枪的马队来了，人数至少是上次抢王酉金家土匪的两三倍。

"大家快往庙里跑！"五德和尚的声音因为过高而变形，像是从肚里往上射出的一颗子弹，穿过胸腔在空气里爆炸开来。刘保定背起张月仙第一个跑出高水连的墓地。

五德庙的院子里到处站着带洋盒子的壮汉，墙头上也站了一圈儿，还支了几门洋炮。小五德站在钟楼平台上拿着一根细长的木筒子往远处瞅着，身边也布了兵和炮。刘保定听到小五德自言自语说："让他们快点儿来吧！我要一举消灭他们。"

刘保定放下张月仙，其他人也陆续跑了进来，怕冷似的挤在一起。水连嫂也挤在人堆里，看见张月仙母子，连忙走到他们身边。人们嗡嗡嚷嚷，猜测、议论着到底发生了什么事。有人哭了起来，哭声越来越响，很多人跟着哭了起来。

"莫怕，五德庙坚固着哩，又有这些兵爷保护咱。"也有人这样说。

带枪的壮汉们谁都不出声，一个个屏气立耳。过了大约一顿饭工夫，五德和尚回来了，他说刚才只是一场虚惊，让大家放心回家。人们听了反而更往一处挤，谁也不肯离开。

"你带个头，"五德和尚指着刘保定说，"回吧！"

刘保定挺起身从人群中走了出来，他忽然发现自己长高了，可以看多数人的头顶。此刻两河湾附近再听不到一点异常的响动，他甚至当真以为刚才自己只是因为过度紧张听错了。

耳朵有听错的时候，眼睛也有看错的时候。比如水连嫂，她说高水连回来那晚，进门就要他的马鞭子。他们从老家起身曾经骑着一匹黑马，半路被贼人偷了，只剩一条马鞭子。刘保定见过，紫藤柄上刷了驼色油漆，上面画了一个披大红丝绒翻白狐狸毛斗篷怀里抱着一把琵琶的细眼美人，高水连十分动怒时就用它抽打水连嫂，刘保定觉得水连嫂恨高水连的马鞭胜过党春喜恨董先生的戒尺。水连嫂说，那天她将马鞭递过他却不接，抽咽了几声，上炕裹了被子独自睡了。她猜度他一路回来还没吃饭，就做了酸汤面条儿。饭做好了，高水连却睡着了，嘴角流出一道口水，气出得很粗。她想叫他起来吃饭，又怕他没睡醒起来发脾气，便将面条儿搁在碗架上。她洗了锅正抹锅台，突然看见高水连披着衣服拉开门走了，身后留下一股冷风。

黑天夜半你上哪儿去！水连嫂跑到门口打算拦住他，不料一头撞在门扇上。原来门关得紧紧的，高水连并没有出去，仍然裹着被子睡在炕上，气出得很粗，口水在枕头上洇湿一坨儿。

水连嫂每提起这事儿就后悔得捶心捣背：那晚要是给他叫叫魂儿，或许他就不会死了。张月仙也唉声叹气。刘保定却认定是水连嫂看错了。

走到水连嫂家门口，水连嫂请张月仙上她家坐。张月仙家里还有活儿要做。水连嫂说："刘妈，你就陪我说会儿话嘛，也暖一暖我的家。水连以前经常不在家，我没觉得家里冷清。这次他拔根儿走了，家里竟冷得像冰窖似的，多少柴火都烧不热。"

"那就去坐坐？"张月仙问刘保定。

"你去坐，我先回。"刘保定说着就走了。

刘保定临走扣好的门闩被人拉开，家门虚掩。

"谁？"刘保定站在院子里问。

门上拉开一条缝，露出半边眉眼，向刘保定示意别出声。接着那人便笑嘻嘻走出来，原来是党春喜。

"你甚时回来的？"刘保定上前重重一拳打在党春喜肩头。

党春喜捂着痛处咧嘴笑："路过，来看看你。"

"以为这辈子见不着你了呢。"刘保定拉着党春喜回家坐，"你把人都快想死了。"

"我也想你呀！"党春喜端起刘保定递来的茶碗，等刘保定倒上茶水，喝了一口说，"我连家都没回，连我大我妈都没看，就来看你。"

刘保定心里一阵感动，给自己也倒了一碗茶，在党春喜对面坐下来，细细端详他，见他一身军人打扮，腰里缠一圈寸把长的胖头洋枪子弹，才知他离开两河湾当兵吃粮去了。

"两河湾真来了一队人马。"刘保定心里明白了。

"一个团。我们是正牌军。你能看出来吧？"党春喜在刘保定面前转了个圈儿，让他好好看看自己的气派，"团长是宋义的哥哥宋诚。我起先给他当护兵，几天前升了护兵队的队长，党队长。"

"你怎么找到他那里去了?"刘保定惊奇地问。

"出门难!快饿死了,遇见了宋团长。"

"看样子盆儿不傻呢!"刘保定说,"幸亏她没跟你去,不然真饿死了。"

"莫提她!"党春喜两口喝完茶,掏出一把烟叶儿,从炕上抓起一本书,"唰"地撕下一页。

刘保定正往他碗里加茶,急得端着茶壶呀呀叫:"这是经本儿,不能撕!"

"我认得这是经本儿。"党春喜说,"要它有甚用!你再莫信这个。"

"你还想过要当和尚哩!"

"那是小时候,不懂事,没见过世面。"党春喜说着又撕了一页书。刘保定放下茶壶,扭住他的胳膊,与他争抢。党春喜一把将他推在炕角,笑道:"好狗不咬上门客。"

"你才是咬人的狗哩!"刘保定坐起来又抢。

"莫动!"党春喜反剪了刘保定的双手,一条腿跪在他背上,将他压在炕上。

"我不动!"刘保定告起饶来,"你当兵吃的甚,劲儿这么大!"

"反正我没吃人肉。"党春喜放开刘保定,卷了两支烟卷,先点着一支,吸了几口,把另一支也点着了,递给了刘保定,瞅着他用两指夹着，一吸一吐，笑道，"对嘛！把经文吸进肚子里，强如放在炕上当摆设。"

"现在兴这么抽？"刘保定想起过去党春喜偷出党在福的烟锅儿和烟叶，他俩悄悄趴在干水壕里，你一口我一口学抽烟。

"呛不呛？"党春喜问。

"不呛。这烟叶好。"

"宋团长说了，男人生平有两件事不学就会。其中一件就是抽烟，当然不是抽洋烟，洋烟那东西不能沾。我这辈子绝对不抽洋烟。银子堆满炕我都不抽。"

"我这辈子也不抽洋烟。"刘保定说，"另一件是甚事？"

"你猜。"党春喜眯起眼吐出一串烟圈。

"你们当兵的，说的当然是杀人的事 。"

"不对，是男人跟女人的事。"

刘保定抬起头，望着被灶火熏黑的大梁，学党春喜的样子慢慢吐着烟圈。

党春喜瞅着刘保定笑了笑，深吸了一口烟，说："团长这次带我们回来本打算让王酉金捐点儿钱粮，谁知他家竟败了。"

"宋义走了。到包头城上洋学堂去了。"刘保定不想谈论王家。

"正要说这事哩。"党春喜压低了声音，好像有谁会偷听似的，"老天爷保佑，让宋义在我们回来之前离开了两河湾，不然我就死定了。团长对他那个弟弟有真感情，每次提起他都伤心。我曾经哄过团长，说我跟宋义是好朋友。"

刘保定大笑："你跟宋义是好朋友？宋义没让你整死是他命大！"

"我哄宋团长的嘛！要是他知道我欺侮过宋义，非把我的头砍了不可。"

刘保定想起宋诚那年回到两河湾，雪地里一步一跪的样子，很有把握地说："宋诚是个仁义的人。"

"嗤，你哪里认得他。前两天我们队伍过丢哥子塘，百里路上无人烟，晚上歇在草地里，团长枕着马鞍子说月明风静，要是有个娘儿们搂着就是活神仙。说完没多大工夫，有个女子就走来了，还跟一个男的，两人不说话走得很急，像是从哪里逃出来的。我们的护兵队队长，跟了团长快二十年了，上前拦住他们，打起火把一照，见那女子生得还算好，便说半夜三更，一看就知道他们是一对不干好事的狗男女。不由分说要将他们绑起来。不料那男子是个有血性的，跟他拼起命来，老护兵二话没说顺心给那男子一刀就弄死了，女子恸哭起来，原来是亲兄妹，连夜往大沟湾给亲舅舅奔丧的。团长恼羞成怒，连喊带叫拔枪跑过来，骂我们的护兵队队长强抢民女滥杀百姓。老护兵自以为是团长的知心人，辩解说他是按团长的意思办的。团长一枪就把他打死了。"党春喜喘了一口气，接着说，"后来团长就护送女子到大沟湾，路上还让她骑着他的马。我们可是灰心呀，他一个老护兵，起家的时候就跟着团长，弟兄一样的人，一枪就灭了。"

"那是因为他先杀了人。"刘保定说。

"当兵的不杀人杀什么？"党春喜说，"杀猪杀羊？那叫屠夫。杀鸡杀鸭？那是厨娘。"

"你莫胡说。我虽然不当兵，也懂些其中的道理：不能滥杀无辜。"

"管他娘的脚，不说这些了。王酉金家的厨娘上哪儿去了？她对我也算有救命之恩。"

刘保定也不知道她上哪儿了。

"你听好了！"党春喜最后说起一件重要的事，"今天晚上我们团可能要打五德庙。你去告诉我大和我妈，叫他们躲在家里，千万不要出门。你和你妈也要小心。"

"宋诚打五德庙？"刘保定怀疑自己听错了。

"小声点儿！莫告诉别人。"党春喜一手搂住刘保定的肩，一手做出手枪的姿势顶在他后心，"军法如山。"

刘保定捂住了半边嘴，低声说："打五德庙不就是打五德和尚吗？五德和尚养活了宋诚的弟弟，还送他上了洋学。"

"你莫把天上和地上的事往一块儿扯。"党春喜又卷了一根烟，"我说了，可能会打。"

"也就是说，也可能不会打？"

"这要看五德和尚的态度。宋团长刚才在席棘林给他讲了一番道理。他说马要吃料人要吃粮，打仗还要枪子弹药。当下两河湾的王家败了，想让我们的队伍拔离两河湾，只能依靠五德庙支持。"

"宋诚难为谁也不能难为五德和尚呀！"刘保定叹道。

党春喜大笑："你真该出去见见世面，老住在乡下，见识跟女人一般了。"

党春喜伸手弹了一下烟灰，手背上露出几条长短不一的刀疤，颜色深浅也不一样。党春喜告诉刘保定，这都是他犯了军纪，被宋团长亲手砍的。宋团长要教他长记性。最浅的那条是偷了团长的一支外国烟卷儿。最长最深的那条是跟三个老兵逛窑子，一起弄死了一个窑姐。

刘保定惊恐又尴尬地笑笑。

"我都不臊，你臊什么？"党春喜瞪了刘保定一眼，继续讲那些伤疤，"最红这条是两个月前才砍下的，因为我让一个新提起来的排长踩了地雷。那家伙，总在团长面前告我的状找我的茬。大家逛窑子的事，就是他揭发的。"

"他咋没把你的手砍断？"刘保定脱口说。

"你想让他把我手砍断？"党春喜夹着烟卷的手停在了空中。

"我看着都疼哩！"

"手背上砍这一刀算什么！"党春喜把烟头扔在地上，倒抽了一口冷气说，"军法处置才叫要命哩，打得浑身像泼了红漆。保定你不知道，痛得厉害的时候，一流血就不痛了。我们四个人，当场被打死一个，往出拖的时候，肚子里烂臭东西还顺着裤腿往外淌。三九天啊，又把我们扔在禁闭室的冷地上，墙上房梁上都是冰碴子。他们不给吃不给喝，其他两个弟兄先后也死了。我眼睁睁看着老鼠啃他们的头，却动不了，连喊一声的力气也没有。我哭了。我心里说，弟兄们哪，你们的魂灵保佑我吧，只要我能活着出禁闭室，我就替你们报仇。过了两天，团长听说我还没死就来看我，脸上恶狠狠的，骂我是整不死的狗。我一听心里就毛了，感觉他会想出更残的办法虐杀我。"

刘保定的脊背上直冒寒气。他主动撕了一页书，卷了烟叶，点着了递给党春喜，说："没想到，宋诚是这样的人。"

"他是带兵打仗的人嘛！"党春喜吸了一口烟，笑道，"哪能像你一样，连一个王艾儿都没放倒。"

刘保定嗨了一声，问道："你想出了甚办法，让他没杀了你，还让你当了护兵队队长？"

"我对他说：宋团长，我死了以后，你一定要转告我的好兄弟宋义，就说我罪该万死。提到宋义，团长心软了，叫人把我抬出去医治。"

"你真会扯谎。"

"我不扯谎就要掉脑袋。我得活着，只有活着才有可能有机会说真话，就像眼下跟你这样掏心掏肺，多踏实多爽快啊！"

"也对，你总算逃出了一条命。"

"其实，当时我根本就没想活。伤一好利索我就从弹药房偷了一颗地雷埋在操场边上的草丛里，打算与那个仇人同归于尽。草丛里长满了蒲公英，白茸茸的，让我想起咱两河湾。"党春喜搓了一把脸，接着说，"我跪着大哭了一场，提了一瓶酒找到那仇人。我说排长，咱俩去操场喝酒，从此恩怨一笔勾销。那时，经过了几番折腾我在团里已是人人知晓的硬汉，而且照旧给团长当护兵，团长比先前还信得过我，那家伙觉得我不好惹便答应下来，跟我坐在操场上，一递一口喝完了酒。我扔掉酒瓶子，抱起他往地雷上一掼——没响，又掼了一回，地雷才炸了，把我炸出两丈远，仇人被炸成几大块。"

党春喜的烟灭了，刘保定为他重新点上，刘保定看到自己的手在发抖。党春喜啪地在他胳膊上拍了一打说："害怕就钻进老鼠洞去。"

刘保定自嘲地笑了。

"你听说了没有？"党春喜说，"又要改朝换代了！宋诚这一路走东走西，就是为了拉大自己的队伍。跟五德庙要点钱算什么？他没有直接打进去已经是手下留情了。再说他们的钱又是哪儿来的？其他不说，两河湾的人一年要给他们交多少钱粮，你心里总该有数吧？"

党春喜抽完那支烟便要走，刘保定叫他回去看看。党春喜拉下嘴角说："不回去了。我想我妈，真想看看她，又怕我大不让我走。"

"不让走就不走了，整天提着脑袋，死活都不保，我也不放心你哩。"

"好兄弟！人的寿数在骨头里。王家的大儿王荣耀没当兵，还不是年轻轻就叫狼吃了？还有高水连，他也没当兵，死得那么惨。是福不是祸，是祸躲不过。我不怕！不怕死，更不怕打。我有我的打算，我要活得像宋诚宋团长那样，活得强过他。"党春喜从怀里掏出一包响洋递给刘保定，"交给我妈，就说我在蒙地做买卖，平安着哩。"

刘保定打开包响洋的方巾，当着党春喜的面数了数，有些不相信地说："十二块？你走了才多久就攒了这么多，够在两河湾买一块好地哩。"

"这话你留着对我大说。"

"你不看盆儿一眼？"

党春喜冷笑了一声，刘保定明白他再也看不上盆儿了。

"保定，我信得过你。"党春喜说完，放着前门不走，从后窗翻了出去。

那夜，刘保定几次听到五德庙那边发出数点响洋的声音。打更人报过二更以后，又听到宋诚的马队离开了两河湾。

重归两河湾

书里的事

　　王酉宝把刘保定跟五谷定亲的日子挑在九月十三。张月仙嫌那天是个单日子，要请媒人再跟王酉宝说说，往前定在十二，或往后定在十四。媒人是天桥镇高大裁缝的婆姨，自己一手好刺绣，又会剪窗花，常年跟高大裁缝走村过镇，很和善会说话，经常给人家做媒。她悄悄告诉张月仙，王酉宝不讲究这些了，他在包头城奉了洋教。又说九月十三是王酉宝的父亲王老先生的生日，谁也不敢说这个日子不好。刘保定记起去年九月十三，王艾儿定了亲，下了好一大场雪，也觉得不顺心。高大裁缝婆姨说，天底下的好事坏事都是人做下的，跟日子不相干。又传王酉宝的话：七天之后——九月二十，是五谷的生日，你们最好能在那天娶亲。张月仙觉得时间有些仓促，刘保定却一口答应下来。

　　九月十三那天，刘保定从头到脚穿戴得崭新，张月仙也换了新衣新鞋。她上下打量了几遍刘保定，流下眼泪说："你大如果活着，肯定会说，世上再没我们儿子这么俊的后生了！"

　　"妈，党春喜俊不俊？"

　　"俊甚哩！倭瓜脸，罗汉嘴。"

　　"你没听党春喜他妈咋说？"

　　"当然说他俊！"张月仙用衣裳掸子敲了敲刘保定，"你还没成王酉宝的女婿，就跟他一样贫嘴了。"

　　"妈，会说好不好？"

　　"太会说也招人嫌。"

　　"我就说嘛，不会说话的人才讨人喜欢哩！"

　　"你不后悔就行，咱走。"

　　张月仙话音刚落，刘保定就出了门。

　　雇好的单马轿车早已等在栅栏门外，车夫在秋风里抱着膀子哆嗦。刘保定母子一出来他便走上前说："掌柜的，为了赶早，我半夜就出门了，还没吃早饭哩。"

　　张月仙取出两个白面馍递给车夫，车夫推让了一下说："一个就够了。"

　　张月仙笑道："好事成双。"

　　刘保定和车夫把定情的礼物一包包搬到车上。张月仙说："保定，咱要体体面面回天桥镇了。你大在天上看着哩。他肯定正在对我说，你把日子过得叫人满意着哩。"

深秋的天空高远无云。刘保定往天上看，他的父亲在天上，世上只有他和他妈相依为命。

"妈，终有一天我要让你过上阔气的日子，像我大在世的时候一样。"

"有你这句话，妈就高兴了。"

马铃子在巷子里一响，水连嫂便出门来看。张月仙叫车夫停下车，邀请水连嫂一起去天桥镇。刘保定想到高水连，也开口请她一块儿走。原本爱热闹的水连嫂最近像变了一个人，说她哪儿都不想去。

张月仙说："我心里一直拿你当保定的亲嫂嫂。今天保定定亲，你不能不去。"

水连嫂答应下来，回去换了一身素花衣裳上了车。

清晨时光，两河湾十有九家的房顶上都飘着浓烈的炊烟，王酉金家烟洞上的烟气已经散了，像一头出过大力的老牛。水连嫂叹了口气说："王家人一向勤快，爱赶早。王酉金常说，一早三不忙。可是，那又有什么用。"

马车上了桥过了五谷河，繁华的天桥镇出现在眼前。刘保定站起来说："妈，你看天桥镇！"

五谷河岸上，苍乌山脚下，天桥镇站在那里几百上千年了，有关它的故事祖祖辈辈传下来足有树上的叶子那么多。光说天桥镇的名字就有几十个，每个名字下面都有说不完的故事。刘保定这一生记忆最深的就是"蓄根镇",说它像草一样,有不死之根。天桥镇的确是蓄根的,刘保定后来在县志上看到,它先后毁于十七次战乱,加上他自己后来亲身经历的一次,总共十八次,然而它却一次又一次重新活过来,不言不语地站在那里,直到他年近百岁,它仍然站在那里——五谷河岸上,苍乌山脚下,欣欣向荣不露沧桑。

"刘妈,先前保定他大家在哪儿?"水连嫂问。

张月仙往头道街最西头指了指。水连嫂想去看看,刘保定也想去。张月仙便叫车夫把车往那边赶。

这是一座小寨子,四面围墙比普通院墙的两垛还要高出半截儿,院门朝向东南,朱漆包铜,深锁紧闭。刘保定坐在车上一路走来,感觉满大街的明光亮景都往那两扇门里涌去。张月仙说:"门楼子还没变,我以为早破败了。"

"每任县太爷来了都住这里,年年拨钱修整。"车夫打马转到北墙。那里开着一道小门,两边各站一个兵。

"从前这里是个花园,"张月仙指着新盖的几排低矮的泥皮房说,"你们看,假山还在,山上不淌水了。"

"这不是县衙的兵营吗?"水连嫂问。

"是哩,盖兵营的时候挖出十二缸银子。"车夫拔高声音说,"五尺高的大缸,全装得满满儿的。"

刘保定瞪直了眼睛,不住地咂舌。张月仙笑道:"你不要忘了,你的小命都是捡来的。你大和你爷要是能看到你活在世上,肯定要比看到满山满洼的金银财宝都高兴。"

"刘妈说得对，命才是根本哩！眼下我拿出一座两河湾也换不回我家高水连。"

"两河湾又不是你的。"车夫笑道，"满苍乌县人都知道，两河湾是五德庙的，是一个姓路的有钱人的。"

"兔子的尾巴长不了。"水连嫂咬牙哼了一声，"眼前这寨子，当年还是刘保定家的哩。"

"刘保定是谁？"车夫问。

"远在天边近在眼前。"水连嫂说。

车夫瞟了一眼刘保定，对水连嫂说："你喝江水，讲海话！这是牛家寨，寨子的老主人姓牛。我听说年年都有人到县衙哭闹，说他是牛老爷的后人，想要这个寨子，全都被赶走了，白挨一顿皮鞭子和枪把子。"

马车慢慢腾腾走在头道街上，经过绸布店，刘保定不由得往里看，只见几个闲人坐在柜台下的长凳上，刘林子趴在柜台上随意地拨着算盘，口里絮絮叨叨，刘保定猜想他又说他有良心，要赎叶芙蓉。

王酉宝家正门两边摆着先前那对石狮子，旁边的拴马桩上拴着白桃，皮光毛滑，脖子里还戴着那副大铜铃，铜铃刚打磨过，黄澄澄耀人的眼。一进院子又觉花香扑面，香气让人笑盈盈的，是枣花的香气。

"秋天还开枣花啊？"刘保定问。

"这是桂花。"水连嫂说，"桂花油桂花糕，就用这个桂花做。我初来两河湾也常弄错，以为这里的桂花春上开。"

王酉宝依旧站在那丛冬青下，脸色明亮，像玻璃映日。"正等你们来哩。"他亲自打起正房的门帘，把刘保定和张月仙一行让了进去。

正房里摆好了筵席。高大裁缝和他婆姨、王酉宝家的左邻右舍坐一桌，五谷妈的娘家人坐一桌。那位包头城的马先生也来了，和几个外地人坐一桌。刘保定从他们相互的谈话中得知，他们这次在苍乌县有桩大买卖要做。

王酉宝叫张月仙、水连嫂和他们夫妻二人一起在高大裁缝和他婆姨旁边那个空桌上坐下。院子里放了三串鞭炮，王酉宝拔开酒瓶子，高大婆姨走进西边耳房领出五谷，给张月仙敬酒磕头。

五谷一出来，正房整个亮了一下。刘保定的脸忽地红了，眼睛在她身上转来转去，放哪儿都觉得不合适。

水连嫂说："好俊女子呀！"

五谷走到张月仙面前，张月仙连忙将自己凳子上的布垫子抽出来放在地上，等她磕了头，双手将她扶起，递给她一对金鸳鸯簪子作见面礼。

王酉宝瞥了一眼那对金簪，惊愕地看着张月仙，就像不认识她似的。

　　高大裁缝婆姨又叫刘保定给王酉宝夫妇敬酒磕头。刘保定走过去跪下，端起酒盘子先敬王酉宝，说："老爹请喝酒。"

　　"保定，不能这么叫，"王酉宝不接酒，"你要跟五谷一样叫我'大'哩。"

　　张月仙连忙望向高大裁缝婆姨。高大裁缝婆姨也一脸茫然，不知所措地站在那里。

　　"王掌柜，叫不成！"水连嫂说，"保定又不是你们家的招女婿。"

　　"保定不当招女婿。"张月仙说，"刘家就他一根苗儿，生下的娃娃都要跟他姓刘哩。"

　　"那当然，他们的娃全都姓刘。"王酉宝说，"但是保定要管我叫大，管五谷他妈叫妈。我就这么个心愿，因为我家五谷不会说话嘛。"

　　"那就让保定替五谷叫，不妨事！"高大裁缝说。

　　"是哩，不妨事。"高大裁缝婆姨对张月仙说，"人常说，五十五还生个坐地虎。王掌柜夫妻才多大岁数？人家不招女婿，人家还盼着生儿子哩。"

　　张月仙还在犹豫。五谷咬着嘴唇看刘保定。刘保定马上又向王酉宝夫妇举起酒盘子，说："大，喝酒。妈，喝酒。"

　　王酉宝夫妇响亮地答应着，接过酒一口喝下，拿出备好的礼物递给刘保定，是一条纯银十字形腰链儿。

　　五谷走回西耳房，关上了门。

刘林子从铺子后门跑进里院喊："王掌柜，王掌柜！于县长来了！"

"瞎叫唤，"王西宝转头对着窗口说，"苍乌县的县太爷咋会到咱这儿来嘛！"

"他说他叫于县长，问马先生是不是在这里。"刘林子说。

"快迎！"马先生站起来往外走。

王西宝望着马先生的背影，头晕似的站在那里。他婆姨从旁边推了他一把，他才回过神来，偕着刘保定走了出去。县长已经下了马，跟马先生在大门口说笑。王西宝膝盖向前一伸，想要跪下，被于县长一把扶住："早不兴这个了。"

于县长拍了拍白桃的头，又拍石狮子的头，笑道："王掌柜，好气势。"

王西宝深弯着腰，半仰着脖子笑。房子里的人都跑出来，在院子里向于县太爷鞠躬问好。一位白头老者扑通跪在了地上。

于县长扶起老者，把刚才对王西宝说过的话又对他说了一遍。老者抓着他的袖子半天舍不得松开，颤巍巍地听不出是哭是笑地说："看到大人，膝盖不由得就软了。"

于县长跟马先生携手走进正房，在正席上首坐下，和众人一起喝了刘保定跟王五谷的定亲酒，说了几句祝福的话。

"王掌柜，书匠来了！"刘林子又在外面喊。

"扯你娘的丧！"王西宝跑出去低声骂，"家里坐着县太爷，你还瞎叫唤。"

于县长和马先生嘿嘿笑，其他人全都悄悄的，像一群被雨淋着的鸟。

书匠就是常年在头道街茶馆里说书那位，姓曾，小个子，长圆脸，嘴巴微歪，上排牙齿微微前突，笑的时候喜欢将上牙咬在下嘴唇上，看上去非常开心，穿一身八成新的长袍短褂，抱一把三弦，带一大一小两个徒弟，一个敲锣，一个打镲。他们先跪下给于县长磕了头，又向众人问好，坐在椅上把竹板在腿腕儿绑定，叮叮咚咚定了三弦的音，按书单上写的，先说《桃园三结义》：

"刘备、关羽、张飞坐在井里喝酒，只见落英缤纷，好似星宿从天而降，好不凉爽惬意。"

"停！"于县长打断了他，"你听谁说他们三人当初喝酒是坐在井里？"

"我师傅。"曾书匠答道。

"不会说你别胡说。"王酉宝急得给曾书匠递眼色，意思于县长不是平常的听众。

"说书就是胡说嘛！把大家逗高兴了，我的书才算说好了。"曾书匠说完有意歪起他的歪嘴巴，笑着问于县长是也不是。

于县长哈哈笑，说："有点道理。但是，若要胡说你就不能说书上写好的事，要说书上没写的事。比如咱苍乌县里的故事，牛家的故事。"

"那我就给大家说起来。"

曾书匠又弹起三弦，唱着叫徒弟先给大家敬了一道茶，茶名叫春衫薄。说它产于武夷山某株树上，是稀世贡品。有一年乾隆爷微服私访来到天桥镇娘娘庙歇脚，庙里的和尚只当他是常人，请他一起吃自己做的熬白菜。乾隆爷吃得高兴，就把随身带的茶叶赏给了和尚，和尚没接稳，茶叶撒在地上。这时天上忽然下了一场暴雨，天桥镇大街小巷都流着茶香。和尚惊问茶名。乾隆爷说，雨意轻寒，赐名春衫薄吧。和尚听了跪求再赏，乾隆爷应许每年赏赐苍乌山娘娘庙和尚春衫薄一盒。

"和尚的东西咋到了你手里？"于县长又打断他，问道，"莫非你是那和尚的亲儿子？"

众人忍不住笑了，水连嫂更是咯咯地笑出了声。于县长回过头看她。水连嫂本来就生得漂亮，今天又一身素淡衣服，与喜宴上其他女客不同。

"她是高水连的太太。"马先生在于县长耳边说。

于县长又回过头，盯着水连嫂看了一会儿对马先生说："冤，高水连死得真冤。"

马先生对于县长耳语了几句。于县长咬住了嘴唇，拿起桌上的酒杯端详。

"你认得马先生？"刘保定小声问水连嫂。

水连嫂说："头一回见。"

书匠的小徒弟端过茶来，茶水盛在白色的细瓷杯里，越显得茶色清碧。

"好茶。"于县长闻了一下说,"曾书匠你不要弄鬼,到底哪儿来的茶?"

书匠慌忙站起,笑道:"头道街南山茶庄里新上的明前龙井。"

于县长点了点头。书匠坐下去,三弦和着锣鼓便响起来,先说了牛头货郎。刘保定很是吃惊,他父亲刘玉才做过的梦只告诉了他妈张月仙,说书人是怎么知道的?回想起赶车人在路上说过的话,他不由得反过来想,莫非他妈也是从说书人嘴里听来的?于是越发吃惊,偷偷看张月仙,只见她目瞪口呆,盯着说书人飞快翕动的嘴巴,也是一副无法置信的样子。说书人说:

牛头货郎走了,骑马的贼兵来了。天桥镇当年上万人口,贼兵杀过,只留下一个大肚婆姨。要问这个女人是谁,还得从天桥镇大户牛家说起。牛老爷的独生儿子到了成婚年纪,要了远近十几家名门女子的八字,请阴阳先生合婚。这个阴阳姓杜,天桥镇人说他白日里给人算现世,黑夜里为鬼算来生。他拿着那些八字一掐一算灰了一张老脸走进一间暗房一天一夜没吃没喝没露面儿。牛老爷备下大礼一直等在门口,杜阴阳出了门什么话不说拱手告辞。牛老爷精明,跪下求救。杜阴阳可怜牛老爷平日里修桥补路是个仁义之人,就教他三日内为儿子迎娶一个姓赵的女子,小名叫春叶,家在两河湾,正好十八岁,生得一双大脚，驴脸牛鼻鬼见愁，只有她可保住牛家一条根脉。

　　水连嫂小声问张月仙："刘妈，你叫春叶？"

　　张月仙紧盯着书匠，好像没听见水连嫂的话。

　　"亲家！"五谷妈对张月仙说，"你吃点菜。"

　　张月仙回过了神，赶紧也叫五谷妈亲家。两人拉了手，身子靠在一起。

　　刘保定看王酉宝，王酉宝正对他笑。

　　听完说书又上了一轮饭。最后一道菜叫合家欢，按规矩由主厨亲自端上桌。主厨走进正房，刘保定差点叫出声来：原来王酉金家的厨娘毛婶转到了王酉宝家里。

　　县衙来人请于县长，只说了一句话："您等的人到了。"

　　于县长听了起身就走，衣服被桌角挂开一道口子。王酉宝赶紧取了自己的一件新袍给县太爷换上。县太爷对王酉宝耳语了几句，王酉宝哈着腰，说了一串是。

　　送走于县长，马先生也站了起来。王酉宝陪他往大门外走，一辆马车早就等在那里。王酉宝突然站定，难舍地叫了一声："马先生！"

　　马先生打起车帘，回头对他笑了一下，坐上车说："我过些日子再来。"两人拱手告别。

　　刘保定母子和水连嫂在王酉宝家盘桓到太阳偏西才告辞起程，王酉宝夫妇挽留不住，将各样吃食打包了一匣给他们带上。

张月仙推辞不过，只得客随主便。王酉宝又叫水连嫂等一等，将一个暗红色绸子包递给她，小声说："于县长叫你补好了亲自送到县衙里。"

"我们乡下人怎知道衙门在哪里？"水连嫂说。

王酉宝笑道："有我哩，我陪你去嘛！"

刘保定想跟五谷告个别，往西边的耳房门上瞅了几眼。

"咱走吧！"水连嫂对他说，"想要见面，往后有的是时间，迟早让你看烦。"

王酉宝夫妇送刘保定他们到大门口，正好碰到王酉金从绸布店走出来，怀里抱着他大王秀才的画像。王酉宝问了声大哥好。王酉金把王秀才的画像递给他儿子王荣华举着，说："王二宝子，你给咱大跪下。"

王酉宝一听便当街跪下。

"如今，我当着咱大的遗像，当着天桥镇众人给你说清楚：我王家没有你这样的子孙，我代表咱大，代表咱王家所有的老先人，把你豁出我王家的门户！"

王酉金从怀里掏出一个牛皮纸本子对着王酉宝扬了扬："我要用朱笔在我王家宗谱上划掉你的姓名！注明你信奉洋教背叛祖宗，被我王家豁户。活着不许你和你的后人拜祖宗认亲戚，死了不许你们进祖坟。"王酉金说完，卷起手里的家谱在王酉宝头上狠敲。王酉宝伸着头任他打，头皮屑和空气里的细尘一起飞扬。

王酉金打够了要走，王酉宝拽住了他的袍子："大哥，咱二人亲兄弟，再没第三个。小时候狼叼了我，你为救我，被狼咬掉了大腿上的一块肉。二宝子我下辈子都还不起哥的恩情。"

"当初不如让狼吃了你。"王酉金回头又打了一下王酉宝，然后领了王荣华就走。

王酉宝双膝跪地跟在后头，又哭又求："哥呀！你不能这么做嘛！"

"王二掌柜，你站起来！"小五德从绸布店里走了出来。

小五德甚时候来的？刘保定又往铺子瞅，真希望五德和尚突然也从里面走出来，却只见卧虎站在店铺门口，堵住了半道门，两只眼睛血红血红的，凶狠地盯着王酉金。

小五德扶着王酉宝的胳膊想把他拉起来，一边说："你永远是你父亲的儿子，这个事实谁也改变不了。"

"我们这里的事，你不懂。"王酉宝推开小五德，"就算死，我也不能被我哥从我王家的宗谱里豁出去，我做鬼也不能无父无母无祖宗。"

小五德失望地摇了摇头。

王酉宝抱住了王酉金的腿："大哥呀，你怎能对二宝子狠下这个心嘛。咱俩小时候睡一盘炕，吃一锅饭，哥哥走到哪儿，二宝子就跟在哪儿。你说翻墙二宝子就翻墙，你说下河二宝子就下河。再说这几年，二宝子在哥跟前没十分好，也有三五分好，你就手高手高，让过我这一回嘛！"

王酉金站住了，看着几乎趴在他脚下的王酉宝说："二宝子，你退洋教。你退了洋教，咱俩还是亲兄弟。"

"不行。"王酉宝苦巴巴一笑，"我不能退教，死也不能退。"

"那你就去死！"王酉金喊道。

"我奉教守戒不能自杀。"王酉宝说着竟笑了一下。

"不要你动手！"王酉金原地转了一圈，捡起一块半大石头就向王酉宝头上砸去。

卧虎忽然扑向了王酉金。王酉金往边上一闪，石头砸在了王荣华头上。鲜血如水泉花儿一样冒出来，王荣华大哭，先叫妈又叫大。王酉宝连忙脱下自己的袍子裹了王荣华的头。卧虎龇着牙，又一次扑向王酉金。王酉金躲到了小五德背后骂道："我和我兄弟打架，关你这条洋狗甚事情。"

"狗也讲良心哩，"刘保定说，"王二掌柜常给他喂肉，它也知道护着他哩。"

"狗日的，"王酉金对刘保定吼道，"你不要多嘴！"

王酉宝安慰了一会儿王荣华，等他不哭了，很突然地对王酉金说："哥，你打我一枪吧。在咱大的坟前，你打我一枪，让咱大决定我的生死。我如果死了，所有的不是就都了了，你就当没我奉洋教这回事。我要是不死，我还得奉教，我们也还是弟兄。"

王酉金勾着脑袋，半天不说话。

"我的财产你知道些，"王酉宝向后望望绸布店和后面的院落，"我写在纸上，找来证人，如果你打死了我，我所有的东西都归我侄儿王荣华。"

"呸！"王酉金往地上啐了一口，"眼下我虽然少地无钱，但也看不上你这些不干不净的东西。"

五谷从人群里挤进来，跪在王酉金脚下拉着他的袍襟打手势，意思要领王荣华去包扎伤口，王酉金扬手让她把王荣华领走，然后对王酉宝说："你看你造的孽！五谷多好的女子，小时候被你喝醉打成个哑子，一句话都说不出来，现在你又陪钱又陪东西要送给姓刘的那个穷小子，你不心痛我还心痛哩。"王酉金说完像是真心痛似的弯腰背手往前走了几步，停下来回头看着王酉宝说："就按你说的，明儿晌午，咱在大的坟前了结。"

王酉宝愣在那里。刘林子拉着铺子里照门的狗跑过来，松开狗缰，叫它上去咬王酉金。王酉宝连忙往前爬了几步，挡在狗前面说："不要咬，他是我大哥。我还指望他让我死后进祖坟哩。"

豁户

第二天，大团大团的光明从天上落进两河湾，两河湾雾气蒙蒙，美得有些虚幻。

王老先生坟前，王酉金带着藏巫神做证人站在一边，五德庙的小五德被王酉宝请到场，作为他的证人跟他站在另一边。刘保定紧挨王酉宝站。王酉宝低声说："刘保定，我家五谷是个好女子，不要嫌弃她。"

"我不会！"刘保定看着王酉宝，心想，我还担心她嫌弃我呢。

王酉宝抓起刘保定的手握在自己手中。刘保定感到一股刺骨的寒气顺着王酉宝的手一直冰到他的心里，他不由自主地颤抖起来。

"保定，万一我死了，你要当好两边的家。"

"大，你不能死。"刘保定说，"大，咱回家吧！我还要仰仗你过好日子哩。"

"当然要过好日子，都是为了过好日子才这么闹腾嘛。"王酉宝的声音软败败的。

王酉金站在王酉宝对面，双手握着枪把，枪把上拴着一根红绳，就像流着一串血。王酉金看一眼他大的墓碑，又看一眼王酉宝，催藏巫神快点宣读他弟兄二人签订的生死约。

"你急甚！"藏巫神瞪了王酉金一眼，"官府杀人还要等个午时三刻哩。"

"五德那个老和尚呢？"不知谁小声嘀咕，"叫他来呀！"

刘保定也盼五德和尚能来，兴许他能说服王酉宝不走这着险棋。

"去，叫五德和尚来！"藏巫神对小五德喊道，"这种时候，他不能藏在老鼠洞里不出来。"

小五德沉默地站在那里，看都没看藏巫神一眼。

"五德师父两天前就去外地了，"聋子刘说，"半月之后才能回来。"

藏巫神对着王秀才的墓碑叹了口气，又对王酉宝说："二宝子，你跟你哥血脉相亲。你听我的话，当众向你哥认个错，退了洋教，不就甚事都没了？何必把你哥逼到杀人的地步。"

"我心里有数。"王酉宝对藏巫神说。

"王二掌柜，豁户和死亡哪一个更可怕？你要想清楚。"
小五德说。

"你不用担心。"王酉宝对小五德说。

"王大掌柜，这是一件惨无人道的事情，你不能做。"小
五德又说。

"这里轮不到你个小和尚说话。"藏巫神喝道。

"王大掌柜，"小五德继续说，"你弟弟又不是一只苍蝇，
你怎么想赶走就赶走，想打死就打死？"

王酉金将脚下的一块石头一脚踢在小五德腿上。

"唷！"小五德抱着脚跳。

王酉金举枪对准王酉宝："二宝子，你退不退洋教？"

王酉宝没回答。他跪在王秀才坟前，磕头磕得额上出了血：
"大呀，你老人家成神仙了，儿子心里想什么你都晓得。大呀，
你保佑我大哥，莫教他手上沾上我的血，不然我死了，他日夜
后悔，也活不成个人。"

"你不用求咱大，"王酉金说，"咱大恨你着哩，恨你不
给咱王家争气。再说，这个办法也是你自己想出来的。"

王酉宝拍拍自己胸口："大哥，我的心在这儿，嗵嗵跳呢，
你往这儿打。"

刘保定看见王酉金的手抖了。

王酉宝说："哥啊，你还记得咱大教咱的《七步诗》不？
咱俩也同根生，不奉洋教我是你亲弟弟，奉了洋教我还是你亲

弟弟，换汤没换药嘛。哥，你的走马四黑子被人牵走你还哭哩，我活活儿一个人，你舍得一枪打死？"

王酉金胳膊一软，枪口向下："二宝子，你退洋教。"

王酉宝摇头："哥，退不得。"

王酉金说："那你走，回你的天桥镇去。"

"哥，你饶过我了？"王酉宝爬起来，可怜巴巴地望着王酉金。

王酉金说："从今儿起咱各是各。"

"那我不走。"王酉宝又跪下，脸上露出一丝笑。

刘保定看出王酉宝要赢了。王酉金跟他毕竟是血亲肉亲的亲兄弟，王酉金他赌不起啊。他刚松了一口气，便看到王酉金的枪口向上一挑喷出一团火焰，鲜血便从王酉宝胸口流出来。刘保定听到咕嘟咕嘟的流血声，血流得开始很快，渐渐慢下来，后来变成一个一个紫黑色的气泡，在王酉宝胸口开出一串类似葡萄的花。

王酉宝倒在他大坟前刘保定常撒尿的地方，脸色灰黄，头上滴着冷汗，他望着王酉金，神情哀怨而震惊，好像在说："哥，你真开枪啊？哥，你真往我心上打啊？"

王酉金呆站在那里，枪口还指着王酉宝，淡蓝色的枪烟曲折地飘在他们兄弟之间，像一根鲜血流尽的动脉。到处是硫黄味儿，刘保定抬起头，眼前的太阳白得让他目瞪口呆，耳边突然响起王酉宝的声音："刘保定，赶快把我拉回天桥镇！这是我的遗言——给我另择坟地。我再也不姓王了！"

藏巫神大叫："王二宝子！二宝子你睁开眼，你真的撂下你哥走了？"

王酉宝最后说了一句："我没哥。"

王酉金歪歪斜斜往王酉宝跟前走了几步，跪在了地上。

"王二掌柜！大！"刘保定跪到王酉宝身边，王酉宝手已经冰凉。

小五德忙乱地在胸前抓了几下，念起了经。

聋子刘跑上五德庙的钟楼为王酉宝敲响了丧钟，楼顶上的鸽子飞上晴空，像是开出一朵一朵的白花。

没有哭声，因为今天女人们都没来。昨天王酉金走后，刘保定跟他妈和水连嫂又回到王酉宝家。张月仙首先劝道："亲家，赌不得，哪有把命往别人手里放的。"

王酉宝说："他咋是别人，他是我哥嘛！命放在他的手里，我放心，你们也放宽心。"

"亲家，刘保定打小没大，今天才有了。"张月仙说着掉下眼泪，"你可不能去冒这种险。"

刘保定也想说几句话劝劝，又不会说，于是跪在王酉宝脚下磕了一个头，叫道："大！"

"我娃你起来。"王酉宝笑哈哈的，"我不会有事。我奉了洋教，背离祖宗的道儿，你大伯不这么闹一场，自己心里过不去，也不好给众人交代嘛。"

"我看他不是想给众人交代，他是想交待你哩。"五谷妈说。

"女人家懂个甚！"王酉宝瞪了五谷妈一眼。

"二掌柜，我也觉得你家大掌柜这次凶得很哩。"水连嫂说。

"不过，话说回来，他俩赌命也不是一回两回了。"五谷妈又说，"你们不知道，我家老掌柜临终之前把家里全部产业分给了大掌柜，只给我们一口大锅一口小锅几个碗几双筷子，逼我们离开两河湾另立锅灶。刚到天桥镇我家掌柜没办法，倒腾一点小买卖，街东头买街西头卖，两三年后积攒了一些银钱接了巷子里的一馆生意，大掌柜怀里揣着刀子就找来了，一口一声要杀要剐，我家掌柜的就跪在地上任他处置，大掌柜没办法，用刀背打得他满身青紫，自己一路哭着回了两河湾。"

水连嫂说："王家俩弟兄把杀人当耍的？"

五谷妈说："他们男人的事，我弄不懂，也管不了。"

刘保定按王酉宝的遗言把王酉宝的尸首拉回天桥镇。老远看见王家门楼上插一根鹤头幡一捆岁数纸。岁数纸稀疏易数，王酉宝只活了三十八岁。

"回来了啊。"五谷妈迎出门，瞧着王酉宝的尸首，像瞧着一个大活人，满脸是笑，"我以前怎么对你说的？你们老王家根本没拿你这个二小子当人。我还说甚了？王酉金破了家，迟早要来祸害你！你看，让我说着了不是？"

刘保定吓了一跳，以为她疯了，可她两眼清亮口齿清晰，指挥众人把王酉宝的尸首抬进了灵棚，一边说："莫磕碰着了。对，慢慢地，不要忙。"

灵棚按两河湾风俗布置，正上方写着"驾鹤西游"四个大字，两边立着纸人纸马和纸糊的五进院落，院落里亭台楼阁假山花园应有尽有，院工丫鬟来来往往，金银财宝堆积如山，看得刘保定恍惚起来，他想王酉宝活着拼了命想要的，死了可全都有了。小五德走了进来，穿一条齐脚面的白绸袍，外面又套了一件几乎同样长短的带袖的白绸褂子，指指点点反对这样布置王酉宝的灵棚。五谷妈说："去去去！你走远些儿。我忙着哩，顾不上听你说话。"

五谷妈打开缠裹王酉宝的白洋布，用事先预备好的白石灰把他身上的枪眼儿堵好，叫刘保定提来一个干净桶，又叫他搬来一个五十斤装的大酒篓，撕开封口，将酒一滴不剩地倒进桶里，亲手将王酉宝全身擦洗一遍，给他换上新衣，当众在他额上戳了一指头，笑笑儿地说："掌柜的，你让我说你什么好。你看你这辈子活得就像一出戏。"

安置好了王酉宝的尸首，五谷妈坐在正房王酉宝常坐的那把椅子上，教刘保定给王酉宝的画像磕头叫大，给她自己磕头叫妈，然后拿出一包银子当众称了，递给刘保定一个账本说："你把钱数记在这个账本上，把事前事后一切花费都记下来，记详细了。事情办完后，你一定要仔仔细细盘查各项支付。不为别的，就为让你心里有个数，记住我的话了？"

刘保定说："记住了。"

"你大认定你心忠，能给我们养老送终。他真精明，甚都算着了，就是没算着他哥会杀他。"说完，她又安排开来，谁去哪家油房买多少篓油，谁去哪家杀坊订多少只羊多少斤猪肉牛肉，头蹄下水哪些要哪些不要，木耳黄花海带各要多少，哪家干货铺的货好价格公道，谁去拉柴谁去拉水，帮灶的女人们哪几个在荤案上做哪几个在菜案上做，王酉宝的尸首在家停放三天，每天三顿饭，每顿吃什么，几时开饭，出殡那日的馍一定要高大裁缝的婆姨蒸，要开大花的。

众人一一答应下来。

她又问刘保定："你妈在哪儿？"

刘保定走出正房，往灶房那边叫张月仙。

张月仙正跟水连嫂搓油果子，油手都没顾上擦一把便走了过来。

五谷妈请她跟刘保定到五谷住的西耳房说话。五谷正无声地哭。王荣华头上包着白布靠在她跟前。

"你还把这个仇人小子留在家里做甚？"五谷妈对五谷说，"我要是你早把他掐死了。"

王荣华一听撒腿跑了。五谷还要出去寻他，被她妈一把拉住。

"你大死了，有些事你也该知道知道。"五谷妈对五谷说完，又对张月仙说，"亲家，我家掌柜一辈子爱排场，我们其实没钱，现在的铺面和房子多半是借钱置办的，借马先生的钱，这是借据。"她把借据递给刘保定，"你收好了，算上利息，全卖了也不够人家的。王酉金白白害了他兄弟的命，有他后悔的日子。"

刘保定觉得她说话的语气很是幸灾乐祸，仿佛她已经看到了王酉金凄惨的末日，就像她终于在王酉金心上捅了致命一刀。

"刘保定跟五谷的婚事不用等到二十那天，也没可能大操大办了。"五谷妈继续说，"我的意思等我家掌柜的下了葬，你们就把五谷领到两河湾去，按他大活着安排下的，九月二十那日就让他们圆房。"

"这样做，我们当然便宜，只是委屈了五谷。"张月仙说。

五谷哭个不停。

"五谷儿，"她妈说，"你心里比谁都明白。你大年轻时犯了大错，害你哑了，但后来啊，他可是真疼你。他让你嫁给刘保定，没一点儿错。"

五谷望着她妈，表情焦灼，充满哀求。

"妈——"

刘保定突然听到了五谷的声音，像艾儿河上的水汽一样不可名状。他看到她张着嘴，她没有发出正常人的声音，但他确切听到了，听到她说："妈，我不走。我不能把你一个人留在天桥镇。"刘保定顾不上管她正在说什么，也不管这声音是从哪里发出来的，总之他听到了她说话的声音，他相信这世上唯有他才能听到，他激动得差点喊起来，几乎忘记了眼下悲惨的处境。

五谷妈又说："五谷儿你记住，结婚那天，你要穿上妈给你做的红嫁妆。你大已经被王酉金一枪打死了。死了死了，一死百了，你穿十年孝也没用。"

五谷妈说完，起身走了。五谷捂着脸号啕起来。张月仙背转身擦眼泪。刘保定想说几句安慰五谷的话，五谷厌烦地挥着手，意思让他出去。他张耳细听，五谷一句话也没说，她的身体里充斥着绝望的哀号。

吹手班子进了院子，高大裁缝在门外叫刘保定出来给前来吊孝的人们磕头。刘保定刚要走，听到"扑通"一声。桌上的青花瓷瓶颤了颤，刘保定认出那是高水连的瓶子，他望着这个瓷瓶，像与高水连重逢一样悲喜交集。

"有人跳井了！"院子里有人惊慌失措地喊。五谷的脸惊骇地扭成一团。刘保定听到她说："我妈跳井了！"

天桥镇的井都是二三十丈的深井，五谷妈跳下去摔在井架上，撞破了头，脑浆尽情流进她想去的地方，那里冰凉深邃，日夜流淌着清洁的暗流，诱惑着一代又一代悲痛绝望的女人。许是井里湿润的水汽化开了她心里的疙瘩，当井匠将她背上地面时，刘保定看到她脸色安详如同熟睡。

马先生带着一个外国神父匆匆赶来，神父拒绝给自杀身亡的五谷妈施行葬礼，五谷的舅舅们便拒绝让他给王酉宝施行葬礼，并激愤地将他和马先生赶出了大门。

马先生站在王家大门外说："王二掌柜为追随主而死，他的灵魂不许你们这样做。"

"你走你的。"五谷的舅舅们对马先生说，"这会儿王酉宝夫妇的灵魂早相跟着过了奈何桥了。"

王酉宝夫妇埋在天桥镇，坟头没竖十字架，人们很快便忘记了他们曾经奉过洋教，或者根本就不相信他们曾经奉过洋教。但王酉宝被他亲哥哥开枪打死这件事却一直传下来，还有人说他婆姨跳井时肚里怀着小孩子，埋人的谁也没看出来，到了阴间孩子足月就生了。天桥镇摆夜市摊子的结巴说见过一男一女穿得鲜阔，男的帽子戴得很低，女的包着脸，抱着娃来买冰糖，出手很大方，不要找零，等到天亮点钱，竟点出一个纸元宝，他确定他们就是王酉宝夫妇，结巴说王二掌柜说话的声音我不会记错。

有一段日子天桥镇所有摆夜市摊子的面前都放一个铜水盆，前来买东西的人都得把银钱扔进水盆里，天桥镇的夜里便多了一些零丁的敲击声，冰冷而清脆，像那些趴在高远的秋夜上空旁观人世的星宿。

五谷

　　王酉宝夫妇刚埋出去，家里的客还没待完，王酉金就领着十几号人手持铁锨斧棒闯了进来。王酉金两眼放光，面色枯黑，举着王酉宝写下的生死约，站在当院里叫王五谷出来说话。

　　"出去！"高裁缝第一个站出来赶王酉金走。

　　"你们走！"王酉金胳膊一扬，把在场的人统统指了一遍说，"这是我老王家的地方，轮不到你们耍威风。"

　　"王老大，你快快回你家歇去。"高大裁缝说，"王酉宝不姓王了。你到他坟头看看，碑上写的全是外国字。他不姓王了，这个地方也不姓王了。"

　　这时，马先生来了，身后跟着七八个后生，全背着长杆洋枪。马先生拿出王酉宝写下的借据保单，声称王酉宝的财产已经归他所有，王酉金如果想按王酉宝写下的生死约主张权利，就必须偿还他们的债务。他可以把钱借给王酉宝,但决不借给王酉金。

王酉金看过那些借据保单，气得浑身发抖，过了半天，把手一挥，对他带来的人说："打！"

马先生朝天放了两枪，王酉金带来的人就作鸟兽散了，比枪筒里冒出来的烟气消失得还快。王酉金喊张喊李，没一个人回应，结果喊出一条狗，全身的毛直竖着，又脏又硬，还沾着血。

"卧虎！"刘保定听到小五德不知在哪里喊了一声。

卧虎瞅准了王酉金飞身扑去——它跳得很高，身体在大门和王酉金之间画出一道弧线，王酉金右手往前一挡，胳膊被狗咬出几个血洞。小五德随后现身，又叫卧虎，可卧虎分明不认得他了，掉头冲他狂吠。刘保定看到它的牙齿巨大尖利，排列得十分整齐，牙缝里流着王酉金的血。人群四散，人们大喊："这狗疯了！"

马先生举枪打死了它。

"保定，咱走吧。"张月仙拉了一把刘保定说。

刘保定走进上房叫五谷。五谷早有了准备，打摞起一个手提的柳编箱子放在地上，上面搁一个洋瓷脸盆。这个箱子刘保定似曾相识，最后想起是高水连的箱子。王酉宝真有心，先从高水连手里买了箱子，后又弄走了瓷瓶，两样都是好东西。王酉宝是对的，刘保定想，好东西都要早早地一步一步地图谋，就像种庄稼，春天地里还空着的时候你就要想到种什么样的种子，花什么样的苦功气力，将来收获什么样的成果。如果你事先就看到麦浪滚滚，闻到丰收的气味，那你在田里挥汗如雨就不觉得苦。但是王酉宝真的对吗？他最后不就死在了自己的图谋里？一边是洋教，一边是祖宗，他两个都不舍，临了舍了自己一条命，还破了一个家。还是张月仙说得有道理，自己的命怎能放进别人手中。

刘保定往桌上看了看，瓷瓶子不见了，他回头问五谷，五谷点点头，往箱子上瞟了一眼。

刘保定提起箱子走出上房，五谷端着洋瓷盆儿跟在后头。马先生拿着写好的告示展开来念道："任何人不得从王酉宝先生家带走任何东西。"

刘保定站在院子当中，周围各色眼光一起投到他手里的箱子上，使他的手背像烧着一样痛。五谷腾出一只手按在刘保定手背上，一张脸毫无表情地迎向马先生。刘保定听到她对他说：我们走，看他能怎样。

刘保定哪能忘记从井里把她妈的尸首打捞上来之后，她扑在她妈身上，刘保定听到她哭着说：妈呀，我在你心里一点儿不重要吗？你留下我一个人在这世上。刘保定拦腰抱住她，让其他人给她妈清洗，换上寿衣。五谷转身抱住他的脖子。他浑身发抖，有些羞臊，还有些害怕。情绪失控的五谷却将他抱得更紧了，就像他在一本书上看到的图画：一个书生在洪水激流里抱住了一根树桩。

那时天桥镇一片寂静。铁匠师徒呢？刘保定寻思，如果此时响起他们的打铁声，世界便会正常运转起来。但是他们今天不打铁了，天桥镇二道街的手艺人在没人召集的情况下自动歇业一天祭奠王酉宝。王酉宝曾经住在二道街东头离春风巷最近的地方，后来又乔迁头道街，住进让人艳羡的叶掌柜的花园里。他们曾经对王酉宝说："王二掌柜，叶掌柜没得好死，阴魂不散，你敢住他的房？"

王酉宝笑道："怕什么，人有十年旺，鬼神不敢撞。"

二道街的手艺人们一个接一个走进灵棚，照天桥镇的老规矩给王酉宝的亡灵敬香烧纸钱。铁匠师傅在刘保定眼里最是一条硬汉，可只有他扶棺落泪，他说："王二掌柜，我的好兄弟，你说你图了个甚？"

刘保定超常的耳朵听到了女人们的窃窃私语，很可能她们根本就没说话，只是在心里默念：天哪，王酉宝的女子跟天桥镇的这个后生早就不清楚了。刘保定想，到了这种地步，她们最关心的还是这种事情。

那天，五谷从昏睡中醒来时夜已过半，九月十五的圆月偏到了西天上，王家院子浸在一片白波银雾里，风倏忽来倏忽去，桂花树重重的暗影落在地上摇曳不定，像一场忽起忽沉的梦。

王酉宝夫妇的灵棚里，祭案上两支白烛烧出粗壮的青烟，香炉里的香快烧尽了，刘保定续上香，把厚厚的香灰往平实按了按。"刘保定。"他听到五谷在叫他，这个声音跟他平时听到的人声不同,像冬天里往五德庙的玻璃窗上呵出的一股热气。刘保定扭过头,五谷穿着宽大累赘的孝服靠在门柱上疲惫地望着他,烛光照在她脸上,更显得她柔弱无助。她走进灵棚跪在他身旁,像一片落叶。刘保定想给她找块厚实的垫子让她跪得舒服点儿,她猛地拉住刘保定的手。

"不要走。"他听到她说。

"我不走,我给你找一块垫子。"他说。

她仍然不松手。他又听到她说:"我不要垫子,我像你这样跪着就行。"

"你像我这样跪着是不行的。"他卷起裤腿,露出磨破了皮渗着血的膝盖。

她端起蜡烛,食指蘸着蜡油抹在他的伤痕上。

刘保定和五谷上了一辆停在大门外面二十来丈远的马车,张月仙已经在车上等多时了。刘保定安排五谷跟张月仙一块儿坐在车厢里,自己跟车夫挤在架座上,回头看见马先生带来的那些背洋枪的人正在封绸布店的门,刘林子被他们从铺子里撵出来。

刘林子嚷道:"我从小就在这个铺子里,换了几个掌柜都没换我。你们封了铺子,我上哪儿去?"

"你要饭去。"其中一个背洋枪的人说。

"那不行。"刘林子回答得很干脆,"我还要赚钱赎叶小姐呢。"

"刘林子，你来不及了。"那人又说，"你的叶小姐昨夜在春风巷挂了牌了，老鸨子宠她，搭了彩台，教她抛绣球挑头名客，打中一名山西客商，二十来岁，也算才子佳人。"

"不可能！她还小呢。"刘林子说。

"你妈跟她那般大早生下你了。"那人想把刘林子扯在一旁，不料用力过猛，竟把自己马趴摔倒。

那人站起来时，刘保定认出他是史五子。史五子大变样了，穿得簇新，背一杆大托子长洋枪，头发梳得油光。

刘林子上前恳求史五子，说他也想跟他去扛枪。

"滚！"史五子举起枪托想要打他，反被他夺了枪一脚踹倒，在头上砸了几枪托。史五子抱住头说："洋枪队是五德庙的，归小五德管。"

小五德出现在绸布店门口，批准刘林子参加洋枪队。

绸布店门上十字交叉贴了两道封条，刘保定感觉王二掌柜还有叶掌柜都被封在那道门里，他们在对他笑，笑得很简单又很复杂，刘保定从他们的笑里似乎抓住一点儿对他有用的东西来，一晃却又没了。

马车离了天桥镇，刘保定站起来回望天桥镇，淡淡雾霭里，三街六巷比屋连墙绿树成荫。好地方啊，刘保定望着更远处那座寨子高深的围墙，心想这辈子我估计是没本事回来了。我就住在两河湾好好种地，跟五谷好好过日子，好好孝敬我妈，也算对得起我天上的老先人了。

　　回到两河湾，张月仙安排五谷晚上跟她睡一盘炕上，给她盖了新被子，体谅她初到这里不习惯，一夜点着油灯。

　　夜深人静后刮起了大风，风声尖啸，刘保定睡在大炕上，有些心慌意乱。细沙钻进窗缝儿落在他脸上，鼻子里全是干呛的味道，动动嘴巴，沙粒硌得牙齿酸痒难忍。刘保定翻身趴在炕皮上，两手紧抱着枕头。五谷在耳房睡在张月仙身边，接连的打击使她变得麻木，躺下就睡着了，呼吸轻盈均匀，偶尔发出颤抖的啜泣。

　　天亮以后，张月仙到处找猫子，他们在天桥镇那些天它不知上哪儿野去了。刘保定习惯地走到杨树底撒尿，抬头看见猫子被一根绳子吊在树梢上，尾巴无力地垂挂在空中，皮都干了，龇着尖牙嘴巴大张，像是要把两河湾的空气一口都吸进肚子。刘保定的头忽地变大，汗水当即从脸上流下来，前胸和后背也水淋淋的。他一点儿尿意都没有了，穿好裤子，拿起挂在树拐权上的弹弓射断了绳子。猫子在地上砸出一声哀叫，然而那只是刘保定想象中的声音。刘保定就地将它埋掉。这时，又听艾儿河畔人言吵闹，昨夜打更人被风刮进河里淹死了。

　　五谷揭起窗扇："刘保定，你在地里种什么呢？"

　　刘保定勉强笑笑。

　　张月仙走过来问："保定，你怎么了，一个人嘟嘟囔囔的？"

五谷悄悄一笑，放下窗子。

这是一个让人伤恸的秋天，也是一个美妙的秋天。刘保定一生都不曾忘记。

五谷什么活儿都能干，张月仙为了招待她，大概也为了试她的本事，接连几天吃好的。她事事抢着干，擀杂面烙煎饼蒸糕做凉粉，每样做出来张月仙都满意，都说好。她切的黄萝卜丝细而不毛，也用张月仙常用的那种醋汁调一调，拌点儿麻油，吃起来香脆可口，刘保定觉得简直就是一道美味。五谷闲下来就跟张月仙坐在炕上做针线活儿，几天工夫就给张月仙做了一双鞋，还绣了花。窗户纸破了，张月仙用麻纸糊上，五谷要在上面画花。她一手抓着窗棂，一手握笔，张月仙站在炕上一手端着一个小梅花瓣盘子，里面盛着几样颜料，一手扶着五谷的腿说："五谷啊，没想到你还有画匠的手艺哩，完后给咱青柜上画上几样山水。"

刘保定看着窗纸上的花，心里也开出一些小花来。他想跟五谷说点什么，或者拉她到艾儿河畔走走，但是张月仙白天晚上不离她左右，她上茅房张月仙也跟着一块儿去。张月仙看五谷似乎比刘保定还亲，她说，刘保定，你给五谷端洗手水去。刘保定，你给五谷倒碗茶来。刘保定，你给五谷把茶浮的沙吹掉。刘保定吹了一遍递给五谷，五谷一边对张月仙做出要喝的样子，一边对刘保定说茶里还有沙子，刘保定从她手里拿过碗放在嘴边又要吹，张月仙夺过碗，刘保定，五谷还没喝哩，你怎么就抢着喝？五谷低头喝茶，眼光从碗沿上溜过去得意地瞟了刘保定一眼，刘保定抿着嘴笑了。

九月二十不急不缓地到了，艳阳高照。

张月仙把自己的被子从耳房抱出来，放在正房，中午杀了两只鸡，打发刘保定叫水连嫂过来一起吃。

水连嫂家门锁着，院子里积了一层枯叶，王酉金打死王酉宝那天，她跟张月仙听到丧钟互相搀扶着高一脚低一脚地赶来。王酉宝的尸首平放在王秀才坟前，王酉金跪在跟前呆若木鸡，那么多围观的人谁也不说什么，只有水连嫂说："王掌柜，没想到你也是一头畜生。"然后她就夹着王酉宝给她的暗红色绸子包走了。

刘保定想把这个好消息告知五德和尚，看门的聋子刘把他挡在门外说，五德和尚还没回来，小五德不准许任何人进去。

晚上，张月仙点了两支红蜡，刘保定和五谷拜天地，张月仙对五谷说："对不住了，你俩一生的大事就这么简单地办了。没法子，这是你父母的遗愿。"

五谷打开箱子，拿出青花瓷瓶，还有一锭银元宝，递给张月仙。刘保定听到她说这是我大给的牛钱，又一次感到心痛难忍。张月仙也知道这是什么意思，眼里的泪水硬忍着才没有掉下来。

张月仙把一对红蜡端进耳房，叫刘保定领五谷进去，她亲自扶五谷上了炕，然后退出去关了门。

五谷的目光追着张月仙的背影盯在两扇合起的门上，脸色苍白神情凄惨。刘保定不敢看她，就去看她的新嫁衣。她的嫁衣遍体金花，刺得他两眼模糊。睡吧。刘保定的话说得很强硬，五谷的眼泪立刻流出来，好像刘保定不是刘保定而是一头饿狼。刘保定背转身，炕上只有一条被子，一个长枕头，他和衣倒在热炕头上，心想，幸好天还不是很冷。这样的日子过了两天。五谷一人盖着一条大被子枕一个大枕头睡得踏实悠然。刘保定想听她梦里会说些什么，但是听不到。他猜测她睡梦里的世界跟外面的世界一样幽然沉静，跟被子里一样温暖如春。半夜里刮起大风，家里一阵比一阵冷，刘保定摸摸炕，没一点热乎气儿。他暗自埋怨他妈怎么会忘了烧炕，想在外间炕上找自己的旧被子，又怕张月仙知道他和五谷这些天的情形，只好坐起来，点亮了灯，笼着火苗儿焐手。五谷坐了起来，把被子往他那边推了推。刘保定怕她着凉，赶紧把被子推过去。五谷又把被子推过来。他又推过去。五谷有些着恼，两脚把被子蹬在一边，靠在墙角，抱起膝盖打了个寒噤。

"盖上！"刘保定将被子搭在她身上，有些气恼地说，"莫着凉了！"

"保定，你半夜三更嚷甚哩？"张月仙在正房里问，"成亲才几天你就开始对五谷胡嚷嚷了？"

"我和五谷好好的，妈。"刘保定说。

"你出来给我说！"

刘保定拉开门闩。张月仙一只手举着灯，一只手捏个笤帚把儿站在门口，好像已经等了很久了，见他出来，举起笤帚把儿就打，下手很重，把她自己的眼泪都打出来了。刘保定记得，这是张月仙第一次打他。想起这几天的委屈，他嗡嗡哭起来。五谷爬到前炕边，跪在那里又摆手又摇头，张开嘴，对张月仙啊啊地说着什么。

"你还说你们好好的。你看看，五谷被你气得睡觉连衣裳都不脱！"张月仙手里的笤帚把儿在刘保定身上抡得更欢了。

五谷嘴里继续发出啊啊的声音，接着便开始解纽扣脱衣服。张月仙对着刘保定又举起了笤帚把儿，刘保定跑进耳房，闩上了门。这时，五谷身上脱得只剩一个花兜肚。两人对视着，同时愣了一下。五谷连忙钻进了被子，刘保定的动作比她还快。刘保定从五谷的瞳仁里看到他的裤子像一条黑鲤鱼，跳过灯柱掉在炕边，灯焰忽闪了几下熄灭了。

二十多年后的早春，刘保定得了一场重病，以为自己不久于人世。他回顾前尘往事，想到那夜，脸上仍旧浮出少年般甜蜜的笑意。他艰难地举起右手，清晰地看到两颗牙印，想起五谷怎样激烈地将她的疼痛烙印在这里还有他肩上，那种陌生的强烈的欢愉如何像一道白光贯穿了他的身体。刘保定喃喃呼叫五谷。一张年轻的脸向他俯下来说，大，我是三三，爱珍。刘保定心里仍然糊涂着，又叫了一声五谷。爱珍说五五正在院子里耍哩，叫她来？刘保定清醒了一点儿，知道五五是他的小女儿爱静，于是说让她耍去。又问爱贤在哪儿。爱珍说我大姐这会儿估计到黄河渡口边了。掌柜的，你好好的，等她回来。说这话的是他的妻子银彩。刘保定叹了口气，闭上眼睛又看到多年以前王五谷的脸，衰弱而平静。她无声的声音漫过漫长的岁月，再次飘到他耳边：我死以后，你把我架火烧了，骨灰存在罐子里，等你将来死后，把我放在你的棺材里，放在你肋骨边。

怀德！刘保定叫他的大儿子，快去取你大妈的骨灰罐。听不见刘怀德说话。他又叫他的小儿子怀民，叫你大哥来。银彩告诉他，怀民去渡口等爱静去了。

银彩，叫咱怀德去两河湾老槐树下取你五谷大姐的骨灰罐，放到他给我新打的墓窑里。银彩不说话。刘保定感觉她就在自己身边，便说我还没死，你们就反了？银彩说掌柜的，我们哪有那种心。自打你病倒以后，怀德领着一帮人回到两河湾，在大槐树周边找了半个多月了，连个瓦片子也没找到。他刚才吃过饭，又去找了。

刘保定又想起，五谷的骨灰罐早多少年前就找不到了。

那年，去天津口读洋学的宋义回到了两河湾。一别大约十年，他竟做了军官，像他哥宋诚当年一样带着一队人马回来。他亲手把刘保定绑在老槐树上，叫自己的手下刨五谷的骨灰罐。他说刘保定你看好了，王五谷是你的女人，我要尿进她的骨灰里，我要你想起她就能闻到我的尿臊气。刘保定告诉他，坟里只有一个空罐子，五谷像轻烟一样飘上了天，没留下骨灰。刘保定老早就听说火化时亡者要在烈火中跳出魔鬼的舞蹈，而五谷却在火中坐了起来，对他说我的翅膀被你妈藏起来了，你叫她还给我。刘保定便叫张月仙把翅膀给五谷。张月仙急得直摇头，意思叫他不要胡言乱语。那时她又要为死去的王五谷伤心，又要为看上去生不如死的刘保定伤心，真是心痛得无法再痛了，刘保定却对她吼，说五谷要她的翅膀，她说你把她的翅膀藏起来了。快给她吧！张月仙急得转圈圈，说人咋会有翅膀呀！

刘保定跟张月仙要不来，便教五谷在火里等着，他跑回家翻箱倒柜，最后在他妈的狗皮褥子下面找到一只风筝。他把风筝往火里一扔，五谷便跟着一阵轻烟飞上了天。刘保定伸手一抓，抓到她的裙摆，它又像一把沙子从他指缝里漏掉了。他把这些都告诉了宋义，宋义哪里肯信，他说他这次行军绕道回两河湾只想做一件事，就是要刘保定认得他宋义是谁。他用三道绳将刘保定绑在老槐树上，老槐树的白花瓣纷纷扬扬，香气淋漓如一场牛毛细雨，使得那些刨坟挖尸的人看上去就像在做一场风花雪月的事。刘保定虽然知道五谷没有留下一点骨灰，可还是有些害怕，他想，宋义即便尿在空罐子里也是对五谷的亵渎。墓门打开之后，飞出一群黑色和驼色的蝴蝶，罐子不见了。刘保定疑惑不已，也许他的生命中根本就没有五谷，她只是他无数梦境中最美的一个。

初夜以后，五谷对刘保定的迷恋超过了刘保定的想象。她仿佛忘记了她大她妈，忘记了她以前信赖的一切，一双黑眼睛发出迷离的梦幻的光,寸步不离刘保定。刘保定上茅房她也跟着,站在外面问:刘保定,你完了没有?

"你走远点儿。"刘保定说。

五谷心里咯咯笑。刘保定放声大笑。

张月仙在家里高声问:"保定,你蹲在茅厕笑什么,五谷在外面等你呢。"

刘保定提着裤子站起来。张月仙正往耳房炕上换炕皮。

"炕皮塌了?"刘保定有些难为情地问。

"正好有一块新炕皮,放着不如用了。"张月仙说。

五谷问:你妈为什么这么聪明呢?

"我也不知道。"刘保定说。

你为什么这么傻呢?她又问。

"这个你比我清楚。"刘保定说完又笑。

张月仙突然从家里跑出来说:"保定,你像是能听见五谷说话哩!"

"是哩,妈。"

"为甚不早告诉我?"

刘保定答不上来。五谷教他:你就说妈,我想让你自己看出来。于是刘保定对张月仙说:"五谷说,妈,我想让你自己看出来。"

十月小阳春啊,小院里温暖得仿佛能孵出小鸡来,刘保定跟五谷双双站在张月仙面前。

张月仙在房檐下挂出一串鸟笼子，搜翻出鸟网递在刘保定手中："去，带上五谷，把这些鸟笼子都给我捕满了。"

秋天都有什么鸟呢？五谷拿出纸和笔，请张月仙告诉她。刘保定给五谷磨墨。奇怪，五谷的墨怎么有股子茶香味？他想起王酉宝喜欢喝茶，五谷大概把他的茶叶一块儿带来了。刘保定往她箱子上看，听到五谷说：对，我把我大的茶叶带来了。刘保定吃惊地哦了一声，五谷抬起头，刘保定，只许你听见我的声音，就不许我猜透你的心思吗？两人相视一笑。

刘保定不知道深秋还有新草叶儿从地里生出来，还有一些小花绽放。五谷到处找着踩菟丝子泡状的花，脚下发出轻快的啪啪声。刘保定心里是愉悦的，嘴上却说："看你那双大脚。"

五谷把脚伸出来，大脚怎么了？大脚跑得快。说完她就跑了，刘保定在后面追得气喘吁吁。五谷坐在柳林里水连嫂坐过的地方，缠着问刘保定：大脚好不好？刘保定的心早不在她脚上了。

等到五谷系好扣子重新盘好头发，刘保定偎在她怀里说，你怀里开着两朵水莲花。五谷在刘保定颊上亲了一嘴。

他们并不捕鸟。他们把鸟网扔在柳林里，从早到晚在两河湾人迹罕至的地方逛荡。他们还上了苍乌山。刘保定跟王艾儿坐过的那片油菜地荒了，长出了一片沙蓬，五谷的脸上泛起了忧愁。

"你跟艾儿姐来过这里。"她说。

"来过。"他回答说。

"你还想着她？"她问。

"不想。"刘保定非常干脆地说。

刘保定再不想王艾儿，此时提起王艾儿他心里不仅没有一丝波动，反而感到悔恨，想起自己曾经那么动心地为她笑过哭过为她憎恨自己希望自己快点死掉，就觉得自己是个可悲可笑的傻子。此刻，他爱王五谷，他只爱她，他觉得自己生下来就是为了和她相遇相爱，而将来他也将在对她至死不变的爱情中死去。她是火热的、跳动的，似乎还是会飞的，刘保定把她抓在手里就不敢再放开，唯恐转个身她就不见了。她身上的气味就像云彩，世上再没有哪种气味比它清爽甘醇，能让人忘却生命里所有的烦恼愁苦。

五谷在沙蓬林里眯起了眼睛，刘保定像塌陷的沙梁无可挽救地向下滑去，他担心自己也要变成床癫疯了。

刘保定摘掉五谷头发里的草叶儿，两人一块儿往两河湾望去。五谷说你听，到处是我们的笑声。刘保定听到了，他还看到到处都有他们快乐的身影。五谷说两河湾是我们的了。刘保定握住五谷的手。两河湾从前是刘保定祖父的，又变成王老先生的，王老先生传给了王酉金，王酉金苦心经营它，结果还是失去了它，王酉宝设法谋求它，还没来得及向它伸手就告别了人世。眼下两河湾又是五德庙的，但是刘保定跟五谷却用这种原始的美好的方式享有了它，此时此刻，它好像真的就是他们的了。

刘保定背着五谷下山。五谷把鼻子伸进刘保定脖子里，说你身上有麦田的味道。我听到了鸟叫。鸟在柳树梢上，树下开着小花，黄的，紫的，白的。刘保定心痛地想，这么美的声音，为什么不能说出来让所有的人都听到，不能让她自己听到？转而又庆幸自己长了一双与众不同的耳朵。

五谷在刘保定背上睡着了，在梦里嗫嚅什么。刘保定一抬头，便看到五德和尚穿着一件白长袍站在钟楼上，手里提着一盏灯笼。刘保定站了一下，五德和尚身上突然燃起一团火，紧接着就听到人们的惊叫声，五德和尚消失在黑暗里。一切复归平静。刘保定打了个寒战，五谷从梦中醒来。她说刘保定你放我下来吧，你太累了，又说我梦见五德和尚回来了。

刘保定说："我刚刚看见他了，我看见他回来了。"

回到家五谷开始发烧，吓得刘保定跟张月仙一夜没睡。张月仙给她灌姜汤，放十指血，冷敷，半夜以后五谷出了一身水，脸上的潮红退了下去。刘保定催张月仙去外面大炕上歇息。

"从今儿起，你到大炕上睡。"张月仙说，"五谷怀孕了。"

秋越来越凉，黄风从早刮到黑，张月仙再不许刘保定和五谷到处疯跑了。五谷被肚子里的小生命折磨得寝食难安，难得跟刘保定说上几句话。

年轻的刘保定日子过得有些黯淡。白天还好，张月仙不停地使唤他，放下水担拿起扫帚，夜里他一个人孤睡在大炕上，听风看月，想起许多很久都不想的事情，比如王艾儿，自从她跟柳匪进山以后，再都没听过她的消息。

两河湾的风季过去，水连嫂回来了。五谷见到她比张月仙和刘保定见到她还高兴。水连嫂陪着五谷给她说这里那里的新鲜事，她听不到五谷的声音一点儿不碍事，跟她在一起，不哑的人也只能用得上一双耳朵。

一天深夜，刘保定听到有一队人马静悄悄地走进了两河湾，不一会儿听到五德和尚在两河湾大路上低声说，一路辛苦党营长了。刘保定正想党营长是谁，便听到了党春喜说话，声音也很低。他说我把你们安全送回两河湾，宋旅长就放心了。刘保定提了个灯笼披衣出去，摸黑从地里找捷径走向五德庙，走到门口的时候，一队人马从树林那头开过来，后面跟着一大连驼队，不带铃子。五德和尚和党春喜走在队伍中间。刘保定躲在了树后。五德和尚和党春喜带领人马进了五德庙，聋子刘关上了庙门。刘保定站了一阵，庙门又开了，听到党春喜跟五德和尚道了别，只带了两个护兵骑马出来。他连忙点着灯笼提到面前，想跟党春喜打个招呼，又不知该怎样称呼他，便说："是我，刘保定。"

党春喜拉住马，在马上抱起了拳。他胡子拉碴，腰直背挺，黑亮的眼睛里反射着灯笼的光，在刘保定脸上飞快扫了一下，威严中带着一丝凶狠。刘保定一下觉得他和他拉开了很大一段距离，尽管他就在他面前，他能闻到他和他的马身上的汗气和腥气。

"你来得正好。"党春喜跳下马，从马鞍上解下一包响洋，递给刘保定，"明天送到我家去。"

刘保定接过响洋，用力抱在怀里说："你出息了。这么多的银子，你亲自送回去，你大不定有多高兴哩！"

"半夜三更的，我不回去了。"党春喜在黑暗中往东滩他家的方向照了一眼。

"你妈天天念叨你哩。"

"你告诉我大，叫他凡事都让着我妈一点儿，不准跟她吵，更不准打她。你告诉他，就说这些话都是我亲口说的。"

"你能走到这里就能回你家。"刘保定说着，想把响洋交还给他。

"听令！"党春喜硬声硬气地对刘保定说，"我这次回来专为护送五德和尚。宋旅长有令，要我完成任务立即返回。"

"宋诚升任旅长了？"

"还会往上升。"党春喜上了马，拽紧马缰，又往他家的方向照了一眼，声音终于软下来说，"我不想回去了。以前怕见我大，眼下又怕见我妈。"

刘保定很久都没见过党春喜他妈了，听说她想念党春喜把眼睛都快哭瞎了，熟人走到面前也只能靠说话的声音分辨来人是谁。

"这是多少块？"刘保定拍着怀里的响洋说，"我得知个数。"

"我没数，信得过你。"

党春喜快马加鞭，一会儿的工夫便跑出了两河湾，听不到一点儿声响。五德庙里正在卸货，声音在刘保定耳朵里清晰回响，他们卸的好像是大木箱，里面装的是枪弹和银圆。

输赢

灾难由一辆单马轿车驶进两河湾开始。

赶车人穿着一身黑衣，头上包着黑头巾，他把车停到五德庙门前的椿树下，拴了马，走到大门边撒了老长一道尿。聋子刘轰他，骂他不长眼的，在这里撒野。那人一边尿一边抬头看大门上高悬的大字说我不认字儿，这是个甚地方？聋子刘指了指大字中间一个醒目的标志说你除非眼瞎，才会不认得。那人涎着脸一笑，冲着聋子刘指的地方甩了甩。

史五子和刘林子端着枪走了过来。龟孙子！史五子用往日别人骂他的话骂那人，提上你的裤子走人，不然老子一枪放了你。那人猥亵地笑着，往前走了几步，两手叉在胯间，对着史五子挺了挺。史五子掉转枪把正要打他，旁边的刘林子直接向他开了枪。事后刘林子后悔不迭，自从进了洋枪队，他打什么都不中，那天打那人的鸟儿，端地就给炸飞了。那人肚上开了一个血窟窿，跌跌撞撞向他们走过来。刘林子转身跑了，史五子被那人抱住。聋子刘也像被催眠似的站在门口，听到那人对史五子说：兄弟，一块儿死吧，黄泉路上做个伴儿！接着就听到爆炸声。

五德和尚和小五德带人赶来时，聋子刘早吓得犯了羊角风，缩成一团倒在地上，口吐白沫。五德和尚叫刘林子快去敲钟，自己走到马车前，扯下轿帘，只见车上一男一女两具尸首一颠一倒绑在一起。女的是水连嫂，嘴里塞着一条布巾。小五德解开他们身上的绳子，推开水连嫂，认出男的是苍乌县的于县长，全身乌黑，七窍流血。

刘保定记得，那辆马车走上两河大路时他就听出轿子里发出呜呜的声音，一听就知道是水连嫂的声音，水连嫂的这种声音常常出现在夜里，穿过墙，爬过房梁，钻出炕皮，摇荡着刘保定隐秘的梦境。有一回他白天也听到了，声音来自苍乌山口废弃的驿站里，传说那里经常闹鬼。当时他正和党春喜在山上放羊。党春喜说，你听，鬼叫。刘保定紧闭嘴巴往驿站的狗脊梁顶上看，想起前一天水连嫂挡住一个年轻的货郎儿，爱上他货车里的几颗蓝紫色的琉璃纽扣，水连嫂将它们拿起来，一个挨一个排在自己手心里，看它们在自己手心里发出的光。

这回的声音竟然在轿车里，一路被车轱辘碾过，听上去有些疼痛挣扎的味道。后来声音越来越低，渐渐听不到了。五谷走过来问他竖着耳朵是不是听到了什么？刘保定不知该怎么说，便说没有。

那些天五谷吃什么吐什么，瘦得很厉害。她皱着眉头对刘保定说找个地方把我的箱子藏起来。刘保定问她为什么，她说我也不知道，反正我觉得要把它藏起来。

张月仙正在打褙子，擀面的大案板翻过来放在灶台上，用糨子把些破碎布头儿一层一层往上粘。她说："我也觉得心慌，要不，你就把箱子搁粮窖里，听水连嫂说最近各地都不太平。"

"水连嫂在家里？"刘保定问。

"不知道，今早起没看见。"张月仙说。

这时刘保定听到那辆马车停在了五德庙门前。他下到粮窖，把五谷的箱子藏在一个隐蔽的地方。他刚从粮窖里爬上来，就听到枪响，接着是雷管爆炸的声音。五德庙的钟声没命地敲起来。刘保定抱起张月仙打褙子的案板盖在窖口上。

"挡贼又不是挡雨，"张月仙说，"你这是给贼领路哩。"

五谷说刘保定，你把柴垛搬到上面去。

"把柴垛搬到上面去。"张月仙也说，又叫五谷回家抱被子。五谷抱出被子，也往柴堆上放。

张月仙说："你把被子给保定，让他给你抱上，你冷的时候好盖。你们赶紧往五德庙走。"

刘保定问张月仙："你的箱子怎么办？"张月仙从她的箱子里挖出一个小包，撩起上衣，把小包往后腰上一绑，跑了出来。

庙里安排前来躲难的女人和小孩子在大殿里坐着。男人在外面，每人发一把大刀靠墙坐。小五德向他们训话，让他们做好肉搏的准备，庙门一旦被攻破，他们就要勇敢地上前保卫自己和家人。

过了一个多时辰，外面连一点儿响动都没有。有些人便高兴起来，以为眼前的情况跟上次一样，又是一场虚惊，吵闹着要回家。这时，刘保定听到有数不清的人向两河湾涌来。他连忙喊道："等一等！"

不一会儿，五德庙就被围了。小五德接到报告，转告五德和尚说："外面有两路人马包围了我们。一路是藏巫神的神兵，共有一百二十人。另一路是土匪，土匪头子叫赵逢春，五百多号人马。他们都要跟您亲自谈谈。"

五德和尚决定到钟楼上面跟他们会一会。刘保定正好站在他们旁边，小五德递给刘保定一杆洋枪，叫他跟刘林子一起去保护他们。刘保定感到害怕，又想起党春喜说过，人的命在骨子里。他走到五德和尚身边，想表现得扛硬一点，然而身子却软软的，握在手里的枪似乎也软软的，像一根在水里泡了很多天的细木条子。

楼梯越往上，五德和尚和小五德的身子越往下低，刘保定刘林子也学他们的样子。到了钟楼口，五德和尚跪了下来，慢慢向前爬，最后躲在墙垛边向下张望。钟楼下面坐着一群袒胸露背赤手空拳的人，每人胸前贴着一道黄色的符条，领头的是藏巫神，骑在他的灰驴上，腰里插一把洋盒子，旁边插一面旗，旗上写着：讨伐五德和尚伸张正义神兵营。后面站着王酉金和住在两河湾东滩的十几个村民，拿着铁锨锄头。刘保定仔细寻搜几遍，没见党春喜他大党在福，他的心稍安了一些，听到刘林子嘟哝：这种阵势还想跟我们打仗？一炮把你们轰成屎渣渣儿！刘保定咬住了嘴唇，还是没忍住笑。

"不可轻敌！"小五德严厉地对他们说。

五德和尚朝下喊道："藏先生！"

"五德老和尚，你站直了跟我说话！"藏巫神说。

小五德按住五德和尚，自己爬到一个洋枪队队员身边站了起来。

藏巫神离得远没认清楚是谁，对着小五德说："五德老和尚！还我徒弟的命来！他在你们五德庙门口被人炸死了。还于县长的命来，他也死在了你们五德庙门前。"

"这分明都是你们对我们的栽赃陷害。"小五德说。

藏巫神一听，仰头跟小五德激辩起来，意思是说他们不干那种没德行的事情。五德和尚继续向前爬，刘保定跟在后面来到了钟楼北面。下面驻扎的是赵逢春的人马。原来赵逢春就是土匪赵掌柜。刘保定这是头一回见他真人，他的人马列队整齐将他围在中间，他自己骑在马上，正低着头用一根比手指还粗的木棍儿剔指甲。五德和尚站起来，对他露了一下脸，又快速隐蔽起来。

"五德老先生！"赵掌柜在马背上对着钟楼告了一揖，"我这次下山，是想给我的兄弟们备些过冬的牛羊。"

"赵掌柜，"五德和尚站起来说，"这里是五德庙。你要牛要羊，走错地方了吧？"

"五德庙正好在我找牛找羊的路上。"赵掌柜笑道，"我见这么多人围在这里，就凑来看个稀罕。"

五德和尚说："我们备下诚意，请赵掌柜前往草地买牛买羊，如何？"

赵掌柜说："精诚所至，金石为开。"

五德和尚挥了挥手。几只木箱从围墙上吊了下去。

赵掌柜对护兵说："叫柳二爷开箱验货。"

被称为柳二爷的人跳下马背，走上前来。刘保定吃了一惊——他是柳匡，柳匡竟然做了他们的二爷。

土匪们吹起一阵口哨驮上箱子打马而去。

藏巫神直着脖子喊："赵掌柜，我进山请了你一回，送了你五十块大洋，你一枪没放就走，好意思啊？"

赵掌柜回过头笑了笑，朝天放了一枪，又一枪打掉了藏巫神的高帽子。

围墙上的洋枪手也开了火。藏巫神的神兵喊着咒语从云梯往上爬。站在五德庙墙头的洋枪手等他们离得很近了才开枪。一枪一个，掉下梯子死的死伤的伤，命大的爬起来穿过席棘林跑了。王酉金也跟在后头，身后拉着铁锨，像拖着一条刺耳响的大尾巴。小五德身边的洋枪队队员瞄准了王酉金。五德和尚喊道："别伤村民！"话音未落，枪已经响了，王酉金扑在地上，刘保定以为他死了，一会儿却见他掉转头往后照了照，站起来跑了。

藏巫神掏出盒子枪，可他的枪法糟透了，好像根本没练过，子弹全都射进五德庙的围墙里。趴在地上观战的刘保定和刘林子忍不住笑起来。钟楼下面又开始往围墙上射火箭，火箭不等射上围墙自己就灭了。五德庙的洋枪队又将他们打死打伤几人。

傍晚时分，五德庙围墙外面响起了炮声，听说藏巫神他们请的援兵到了。枪声响得很紧，墙头上抬下来一具尸首、一个伤员。五德和尚要上去查看，刘保定看到他手里提着一盏灯笼，想起那天在大槐树那里看到的情景，连忙拉住他。五德和尚亲切地笑了笑，叫他跟别的村民一起在墙根底坐，自己打着灯笼上去了。

过了一会儿五德和尚被人抬了下来，脸白得像变成了瓷，停止了呼吸。

"开枪！开炮！"小五德冲上钟楼，在最后一个台阶上摔了一跤，鼻血流了一脸，他站起来没顾上抹一把又冲了上去。

枪炮声响得更为激烈，周边的树也被烧着了，像一把又一把大火炬照亮了夜晚。刘保定跪在五德和尚身边。五德和尚脸色安详，皱纹也平展了许多，就像一个老天使。听他身边的人说，临死前他叫了两声妈。原来他一直都在想念他远在故乡的母亲。

刘保定泪如雨下，仿佛看到他的老母亲在千里万里的地方，一天天数着日子，还在盼他回家。

一夜又一天，打退了五德庙外面的两次进攻。第二天傍晚，藏巫神他们退到席棘林后面的树林子里。小五德命令刘保定领着西滩的几个年轻村民上钟楼放哨，洋枪队就地休息。

刘保定他们爬上了钟楼，天已经黑透了，星河辽阔，两河湾看上去安逸宁静，只有空气里的隐约的火药味儿在提醒他，这是个生死攸关的夜晚，稍不留神他就会断送掉自己的性命。但是他又该怎样留神呢？说到底人只能靠天照应，他想，大命交给老天爷，该活就活，该死就死。想到这里，一股悲壮之情油然而生，他滴下两点泪，心反而稳下来，胆子也正了。

天麻麻亮，刘保定听到铁锨镢头挖土的声音，听到有人小声说，快点儿，赶天亮前一定要挖进去。刘保定寻着声音走到墙根下，听到外面正在挖地道，要挖到院子里来了。他赶紧报告给小五德。

"正防着他们这一招呢。"小五德说。

地道在五德庙门房西边开了口。刘林子和三个洋枪队队员端枪守着，刘保定和另外两个村民在洞口按住了第一个上来的家伙。他的头被压在了地上，痛得呜呜叫，刘保定翻转他的脸一看，原来是天桥镇李铁匠的徒弟曹元娃。刘林子拿枪对准他说："曹元娃，世上大路千万条，你哪条不能走，专挑死路走。"

曹元娃扔掉手里自制的火铳，一连叫了三声刘林子，求他放了他，哭着说："我是被他们抓去的，我并不情愿替他们卖命。"

刘保定抓住刘林子的枪管："没有小五德的命令，我们不能随便处置他们。"

"也对，把他绑在大门边的那棵大杨树上。"刘林子下令说。

刚把曹元娃绑停当，地洞里又钻出一人。刘林子不等他做出反应，就用枪指着他的脑袋说："你快投降！"

"我投降。"那人把手里的洋枪扔在地上，双手举过头顶，认出对面站的是刘林子，得救似的说，"刘林子，林子哥，我是李毛四，二道街毡匠铺油毛毛的大徒弟李毛四。"

"剥了皮我也认得你！"刘林子说，"每次给你师娘买洋糖都要让我加一颗。"

"林子哥，我师傅跟你们以前的叶掌柜和后来的王掌柜都是好朋友哩。"

"谁管这些！"刘林子用枪管在李毛四脑袋上戳了一下，"你拿枪跑来杀我，就是我的仇人。"

"我跟曹元娃一样，都是被他们抓去的。"李毛四说，"田慧中的大儿子田存信在天桥镇成立了护商团，天桥镇每个商铺和工匠铺都要出一个人一杆枪。平时就是集合起来训练半天，完后管一顿好饭。前天后晌又把我们叫到一块儿，吃了一顿白面蒸馍牛大骨，吃完不让回家，田存信给我们训了半天话，又发了子弹。我一看像是真要上战场，瞅空儿跑了。跑了四五里碰上了曹元娃，又遇上一阵鬼圈风，我们走它也走，我们站它也站，整整跑了一夜，天亮了却还站在五谷河畔上，又被他们抓回去了。"

"你笑死老了了！"刘林子踢了李毛四一脚说，"乖乖的，到曹元娃那儿去，仗打完再收拾你们。"又叫刘保定拿起他的洋枪，把他押在树下绑起来，自己跟其他人继续守在洞口，以防再有人爬出来。

"你认不得我？"刘保定走在李毛四后面说，"咱在天桥镇见过，当时我跟王掌柜从你们铺子前路过，你还向他问好哩。"

"认得，你是王二掌柜的女婿嘛，"李毛四说，"王二掌柜可是好人哩，可惜死得太惨！他和他婆姨出殡那天我跟我师傅一起去他家帮忙了，他的灵柩就是我跟曹元娃和另外几个后生一起抬出去的。"

"你也是好人。"刘保定说，"这仗说打就打起来了，咱都弄不清甚缘故就稀里糊涂对着干上了。"

"你还不知道甚缘故？田存信田团长听说藏巫神的神兵和赵逢春的土匪一起攻打五德庙，就带我们过来支援。"李毛四说。

"你们来支援五德庙？"

李毛四含混地嗯了一声。

刘保定放松地笑了，说："自家人不认识自家人。"

"刘保定，你杀过人没？"李毛四问。

"我连枪栓都没拉过。"刘保定说。

"我也没杀过人。骑马也是头一回，这两天在马身上把我的屁股和大腿都磨烂了。"

"我一会儿跟小五德讨点儿药膏给你抹抹。"刘保定把李毛四带到了绑曹元娃的那棵杨树下,"你不要乱动。我先把你绑这儿,一会儿小五德来了,搞清状况就放你们走。"

"我能信你们?"李毛四反剪了刘保定,不知从哪儿抽出一把匕首支在他脖子上。

"毛四,不能信他们!刚才刘林子差点一枪把我崩了。"曹元娃说。

"刚才是我们弄错了,不知道你们是来支援我们的。"刘保定说。

"支援你们的烂脑袋!"李毛四说,"五德和尚和王酉宝合谋害死了我们田团长的亲兄弟田存礼,他是来找你们报仇的。"

"毛四,你赶紧把他解决了,当心他反扑。"曹元娃说,"满苍乌县谁不知道刘保定心黑!为了一头耕牛就娶了王酉宝的哑巴女儿王五谷。"

"你们听人胡说哩!"刘保定辩解道,"我实心看上了王五谷。"

"你不实心也没办法了。"曹元娃说,"王酉宝家破人亡,单单剩一个王五谷,你敢对她不好,她大她妈的鬼魂也饶不过你。"

"你放开我,我立马放你走。"刘保定对李毛四说。

"我放开你,刘林子他们不就把我打死了?你得跟我一起走。"

"李毛四，你把大哥解开。"曹元娃说，"李毛四，你不敢把大哥撂下。"

李毛四着急地说："我空不开手嘛！"

刘保定想趁机逃脱，没想到刚一挣扎脖子就碰到了刀刃上。血先流到李毛四的手上，很快洇湿了他的肩膀。

李毛四盯着汩汩流出的血，浑身打着哆嗦，牙齿抖得咯咯响。"你叫你们的洋枪队把枪放下。打开大门，让我出去。"

刘保定说："你把手放开，我对他们说。"

李毛四真松了一下手，刘保定一头撞在他耳朵上，他痛得放开了刘保定，双手抱住了脑袋。刘林子跑过来对着李毛四的后脑勺一枪打得他仰面栽在地上再没动弹。

刘保定"扑通"坐在了地上，全身软成一摊泥。曹元娃瞪直了眼。刘林子又拉开了枪栓。刘保定连滚带爬挡在了曹元娃面前，对刘林子说："不敢不敢！"

"走开。"刘林子一脚蹬开刘保定。刘保定爬起来又要来挡，刘林子早把枪口顶在曹元娃脑袋上扣动了扳机。

"他全都看见了！"刘林子盯着马趴在地上还在蹬腿的曹元娃，一直等他僵在那里，扯下自己的一绺儿衣服，将刘保定的伤口包扎起来说，"我们如果不打死他，他迟早会打死我们。"

刘保定说："外面跟咱们开战的是天桥镇的护商团，他们的团长田存信给他兄弟报仇来了。"

"你信这种谎话？"刘林子鄙夷一笑，"他们跟赵逢春赵土匪一样，都是来抢五德庙的。"

"抢五德庙？护商大队虽然是民办，但经过了官批，不能那么无法无天。"

刘林子哼了一声。"咱不说这事，咱说不清。"他叫人拖走了李毛四和曹元娃的尸首，对刘保定笑了笑说，"你要记住，今天我救了你一命。不过，谁叫咱俩都姓刘呢？"

刘林子这种关头竟然开起了玩笑，不禁使刘保定想起王酉宝来。刘保定心里对刘林子感恩的同时又多了一层亲切感。

"我无兄弟，你无亲人，完后咱俩结拜成弟兄，你看行不行？"刘保定问刘林子。

"不行。"他说。

刘保定尴尬得不知如何是好，却听到他又说："要拜就拜，还等甚完后！你看这情形，完后还不知有谁没谁。"说完便拉着刘保定跪下，一起对天磕了仨头，互相握了握手，就算结为了异姓弟兄。非常时期，两人连谁大谁小也没来得及盘问，便一起跑上了钟楼。

天大亮了，太阳红艳艳地升起来，战斗已经结束，围攻五德庙的人马走得一个不剩，两河湾烧成一片火海。西滩租种五德庙土地的村民的房子在火中燃烧，东滩也未能幸免，王酉金家的房子、党春喜家的房子也在火中燃烧，两河湾所有的房子都在火中燃烧，王酉金在着了火的两河湾里又跳又叫。

"你看，大火不长眼睛哩。"刘林子对刘保定说，"他们放了火，不承想把自己的家也烧了。"

"是哩！"刘保定的心情是沉痛的，他跟刘林子不一样，他家的房子也在火中。

有三个村民被钉死在树上，还有一个是水连嫂的尸首，钉成一个倒十字。刘保定老远看见，一下跌在刘林子身上，像趴在一棵树桩上似的，膝盖打着战，气喘吁吁。

刘林子一把将他推在地上，说："多大的事就把你吓得软唧唧的！"

小五德走过来看了他一眼，摇着头说："刘保定，你也是经过大风大浪的人，你要勇敢，不可懦弱。"

刘保定嘴里说不出话，心里一个劲儿地想：她是水连嫂，是我们多年的邻居，相处得像亲人一样。当年她和高水连为寻一条活路来到两河湾，不料年纪轻轻竟都死在了这个异乡天地，谁也不知道他们从哪里来，也不知道他们究竟是谁，特别是水连嫂，连个姓名也没留下。

刘保定走进庙里的大殿。张月仙看见他，穿过人群走了过来，摸着他脖子上的伤痕、衣服上的血，眼泪流了下来。

"水连嫂死了，我也险些被油毛毛的大徒弟杀了。"刘保定哭了，呜呜咽咽，不像经历过一场血火洗礼的男人，倒像被谁欺侮了的孩子。

"我儿命大福大！"张月仙像他小时候一样摸着他的头发

说，"保定，不论甚时候你都要牢牢记住妈的话：你命大福大！"停了一下又说："你水连嫂的事你也不要太难过，各人有各人的命哩。"

刘保定又把五德和尚的死讯告诉了张月仙，张月仙悲伤地点了点头，她已经听说了。

"妈，五谷呢？"刘保定大梦初醒似的问。

张月仙往一群女人扎堆坐着的地方指了指，说："她烧得厉害。"

刘保定跺了跺脚，埋怨道："那你还站在这里做甚哩，快去看她呀！"

"我放心不下你，看你来了嘛。"

"看我做甚哩，我又不发烧。"刘保定拉着张月仙，将她往女人们那边送了几步。

两河湾平安了。五德庙的大门大敞开来。刘保定去给水连嫂收尸，半路等上了党在福，也去帮忙。快到水连嫂尸首跟前时，党在福叫刘保定背转身。

"你还年轻，莫看这个。"他说，"莫得了嫌弃女人的毛病。你妈还等着抱孙子哩。"刘保定顺从地转过身。

"嗨！嗨！"党在福像打铁似的喊了几声，接着"嗵"的一声坐在了地上。

"莫看。"党在福又叮嘱刘保定，"让我慢慢把他们塞进去这根木棍子捣出来。水连家的，不要怪我啊！"

"她若在天有灵，定当感激不尽。"王酉金来了，很客气地对党在福说，"我帮你拽着，你狠劲捣。不然她做鬼也难看。"

"可惜她一个标致女人。"党在福从地上捡起了斧头。

"是哩，"王酉金说，"我第一次在两河湾见到她，就看上她了。"

"王掌柜！"党在福的声音活像被蜂蜇了一下说，"刘保定在那儿站着哩，可不敢说这没头没尾的话。"

"我怕甚哩，我都快死的人了！我走的地方不多，但在两河湾也算是见过世面的人，却没见过比洋烟花更好看的花，没见过比水连嫂更好看的女人。"

"嗵！"又响了一声。党在福说："这下妥当了。天神爷，都是人嘛！他们怎能下得了手？"

"藏巫神的神兵们干的。"王酉金说，"可怜的，她都死了嘛，他们还要糟蹋她。"

"我听说藏巫神死了。"

"我刚挖了个坑把他埋了。好歹相识一场，有我在，就不能让野狗把他的尸首吃了。"

"他咋死的？"

"我从他脑后一铁锨盖死的。没想到人的命那么不经打。"

"王掌柜，你也算对得起水连嫂了。"

"我这辈子对不起谁都对得起她啊。我上一回她的炕送一回我的钱，没空过一回。"

"王掌柜莫伤心。"党在福安慰王酉金，"人都是要死的。水连嫂自从跟高水连走到咱两河湾，吃了多少苦，明眼人都看见了。高水连那少爷羔子，不会耕不会种，又抽洋烟又赌博，隔三岔五就住在春风巷不回家，家里门外全靠她，她也是个苦命人啊。"

"命苦得跟黄连一样。死了还得埋在高水连旁边。"

"这样最好。不能叫她死了还是个孤鬼，没人照应。"

"照应个屁！做鬼都不让她安生。"

"刘保定，你转过来吧。"党在福说。

刘保定转过身，正不知如何跟王酉金见面打招呼，却发现王酉金痴呆呆蹲在水塘边，像是在回忆什么，并不看他。党在福用王酉金抱来的一张席子裹了水连嫂，刘保定在她头上抬，党在福抬着脚，安放进王酉金事先打好的墓坑里。

"这仗打得稀里糊涂，把我最后的家底儿也赔进去了。要不，我也不能只给你裹一张席。"王酉金站在墓坑边，对水连嫂说了最后几句话，"钱往多处走哩！高山上填土，平地上挖坑。老天爷不公道啊！原想着打下五德庙，跟藏巫神一起分他们的土地和银子，结果连我的吃饭钱也弄没了。"

刘保定和党在福安顿好水连嫂的尸首，从墓坑里爬上来。一只蛤蟆跟着爬上来，跳到王酉金脚边，王酉金顺后腿把它捉了，囫囵吞进肚里，拍拍手走了。

刘保定干呕不止。

"娃儿，你省省力吧。"党春喜他大拍拍刘保定的后背说，"王掌柜被疯狗咬了，到今天还没犯病全凭这个土方子。"

"他就不恶心吗？"

"他想活下去哩！荣华还小，他想多照应他两年。"

那年秋天，老天爷对两河湾的人格外仁慈，等大家把被火烧过的房屋整顿好了，才开始下雨。雨下起来便没完没了，像一个哭不尽自己伤心的人。完后天就冻了。王酉金到底没熬过去，死在一个大雪天里。

刘保定听到王酉金家哭声大作，他也哭了起来，他不为王酉金，他为他的妻子王五谷，她自从秋底病了再没好转，从五德庙回来以后更严重了，睡在炕上昏昏沉沉，水米不进。刘保定哭着哭着号啕大哭起来，他趴在王五谷身边的炕席上，用头磕着炕席，用手掌拍用拳头打，脚踢腿蹬，炕席绽开，席棘扎进他的额头和手心，流出了血，他自己还不知道。王五谷睁开了眼睛，望着刘保定说你挂花了？他们的枪子儿打在你哪儿了？她以为刘保定打仗受了伤，以为自己还躲在庙里，说我左等你不来，右等你还不来，于是我就睡着了。说完，她笑眯眯地坐了起来又说："我大伯死了，我站在他跟前看见他咽了气。我在这世上的心愿了了，也该走了。"

刘保定抱住她，着急得话都不会说了。

"五谷娃儿！你胡说甚哩！你走了，保定咋办哩。"张月仙说完才意识到她会说话了，叫道，"五谷，你会说话了！"

"妈！"五谷把手伸向张月仙，没碰到她的手梢儿，就闭上了眼睛。刘保定叫五谷的名字时，她的嘴角露出一丝微笑，看上去满足而幸福。

重归两河湾

到天桥镇

刘保定一生中两次被迫离开两河湾迁往天桥镇。第一次是为谋条生路，住了十八年。第二次是为安度晚年，又住了十八年。

第二次也是最后一次离开他又住了十八年的天桥镇回到两河湾，刘保定已经九十八岁高龄，再过两年就整一百岁了。在这世上活一百岁，以前他从没想过，过了九十岁就成了他内心最大的愿望，尽管他逢人就说阎王爷老憨了，跟他一样记性不好了，忘记收他了，然而只要偶感风寒，或者身体哪里稍感不适，他就从枕头底下拿出装药的大布包，戴上老花镜对症吃药。人老经验多，不仅是对付人和事，也在于对付自己仿佛只用一张又皱又硬的老皮包着的枯瘦身体，就像一个老司机对付他开了多年的车，他常常不靠看也不靠听，只凭手感就知道哪儿有问题该怎么处置。如果天气不好，他就待在家里，连卧室前面的阳台都不去。亲戚朋友如果在这种天气来看望他，他都要让他们在客厅里坐上十分八分才出来相见，担心他们身上带来的寒风冷气弄病他。刘保定不是个惜命的人，抗日战争期间他曾受党春喜委托以羊绒毛商贩的名义经过敌占区为他们的部队购买过枪支。前两回都有惊无险地通过了，第三次运货回来时，他发现自己被日本人盯上，于是跟一个常年往内蒙古贩茶叶和红枣的蒙族老商人调换了驼队。蒙族老商人义薄云天，喝了刘保定一碗酒，将碗摔碎在桌上，扶起跪在地上叩谢他的刘保定，扔下自己的驼队和货物，冒着生命危险在日本人的眼皮子底下拉走了刘保定的驼队，顺利把枪支运送到党春喜的抗日部队。日本人将刘保定抓起来严刑拷打，令他一度失明，而他抱着必死的决心，咬紧牙关一字不吐，直到最后被营救出去，跪到母亲张月仙膝下才开始痛哭流涕。有时候人只有不怕死才能活下来。这是党春喜的信条。在被日本人关押期间，刘保定根本没想到他能活着走出去，甚至只求速死。他反复琢磨党春喜说过的话，觉得它真正的含义是，人必有一死，所以每活一天都得有个人样儿：说人话，做人事，走人路。而今刘保定想活到一百岁，如果能再长就再长一点儿，他要好好看看这日新月异的世界，然后把消息尽可能多地带到另一个世界去，说给他的五谷，说给母亲张月仙和妻子银彩，说给他所有的故人听。

这次回两河湾是刘建成的主意，他和刘保定半年前就说定了。当时正是年三十,雪下得稠密,趴在家里的玻璃窗上只能看到满世界的白。刘建成在门口的地垫上跺了跺脚说:"爷爷,我回来了。"

门向里推开,风雪随之进来,像一只怪兽的舌头在暖气充足的房间里舔了一下,又被关在了门外。刘保定眼前的世界明光光的,变成了一面大镜子,刘保定在镜子里看到了依旧年轻的自己,他听到年轻的自己说:我回来了。

保定,你回来了?这是他母亲张月仙答应他的声音,他又看见她那双总是带着无尽的担忧悄悄打量着他的大眼睛。老了以后母亲眼窝深陷,眼神越发善良慈悲,每看他一眼都传递出对他的关心和疼爱,在强大的世界和命运面前,这种关心和疼爱是那样无力、无奈,却让他感受到一种温暖又稳定的牵绊和支撑。慈母就是大地,当大地消失之后,人便悬置在空中,望着滚滚袭来又逝去的岁月,不知道终将往哪里归去。

张月仙殁在那年大寒之夜,正是刘保定头一回在天桥镇住了十八年后又搬回到两河湾那年的大寒节气。风彻夜号叫,冲过房顶,撞击着围墙,不放过每一扇门每一个窗口,像要把人们仅有的栖身之地也吹成寒冰冻土。

张月仙睡在炕上说:"保定,你在哪儿?"

"我在这儿,妈!"刘保定跪在张月仙跟前。银彩也跪下了。

"保定,妈看不见你了。妈还以为自己离死远着哩,还想着慢慢帮你和银彩把你们的老五——爱静也带大了,看她跟爱贤和爱珍一样出嫁了，亲手给她戴上盖头。妈还想着明年春三月再去一回老地方摘一筐头苲儿苣蕒做一顿洋芋沾苣蕒给你们吃哩，又想着从明天开始跟银彩一起熏花样子教爱静和怀德媳妇剜窗花，再好好打扫一下家，高高兴兴过年哩。"说到这里，张月仙轻轻一笑，"原来是风里的一盏灯儿，忽绕一下就灭了。"

"妈！你没事的。"刘保定握着张月仙的手哭起来。

"怀德媳妇呢？"张月仙问。

"她回娘家还没回来。她妈有病了。"银彩说。

"怀德呢？"张月仙问，"我那会儿看见他站在门口。"

"妈，不要再提怀德了。"银彩也哭了起来，"台湾远得不知在哪里，这辈子恐怕谁也见不着他了。"

"妈忘记怀德去台湾了。"张月仙说，"银彩不哭。都怪党春喜，他跑台湾竟把咱怀德也带走了。"

"妈，这事不能全怪党师长。"刘保定说。

"你还叫他党师长？"银彩怨恨地望着刘保定。

"听说台湾没有冬天，庄稼一年产三季。怀德在那里应该冻不着也饿不着。"张月仙说，"怀德从小长得亲，人又灵嘴又巧，不能怪我偏他。"

"妈，怀民不比怀德差。"银彩说。

"怀民皮实，下得了苦吃得了亏，拿心对人哩。"张月仙的眼泪滚到了枕边，问道，"怀民来信没有？"

"来了。"刘保定说，"他们的部队已经开过了鸭绿江。"

银彩又哭起来。

"见不上了，都见不上了。"张月仙说，"爱贤和爱珍两个孙女，一个家在银城，一个家在包头，各有各的光景，我就不牵挂她们了。"

"爱静睡着了，我去叫她。"刘保定说着便要起身，却见张月仙的脸黑了，眼皮合在一起。他摇晃着她的身体，声泪俱下不停叫妈。

张月仙又睁开眼，眼珠直直地向上瞪着，说："保定，你不要哭，你一哭妈就腿软走不动了。你大在门外等我哩，冻得脸煞白上下牙磕得咯噜噜响，妈再不走他就走了，妈就又撵不上他了。"

银彩打了个哆嗦，眼睛滑溜往窗口瞟了一眼，悄悄往刘保定身边凑了凑。刘保定收住哭声。张月仙的脸慢慢白了，沉睡似的闭上了眼睛，再叫不醒了。

大寒过后就立春了。张月仙没有活出数九寒天，没能再次看到两河湾的春三月。但让刘保定感到安慰的是，他毕竟带她回到了两河湾,在离开十八年后,她又回到了生她养她的两河湾,那是她初次遇见刘保定父亲又被他一眼相中的地方，是她曾经等待他前来迎娶她的地方。也许她是害怕有朝一日又要离开，所以回来不到半年就急急忙忙地殁了，好让自己能永远留在那片土地上。她对刘保定说，那片土地曾经跟刘保定的先人们一起姓刘。小时候刘保定对此深信不疑，然而越到后来，越难以置信，觉得这只是母亲张月仙一生诸多梦境中最真切最难忘的一个。

张月仙病得很突然。那天，刘保定穿过两河湾漫天的风雪走进家门时，银彩坐在灶下的木墩上烧火，张月仙站在银彩旁边把手笼在刚刚升起热气的锅盖上取暖。看见他回来，高兴地催他上炕，叫他把被子拉下来裹在腿上。口里念念叨叨说天一年比一年冻了。吃过晚饭，她上了一趟茅厕回来说头疼。走到炕栏跟前腿就不会动了。刘保定和银彩一起把她扶上炕，安抚她躺下，半夜一点就殁了。刘保定看了一下墙上的挂钟，想起王五谷也是这个时刻殁的。

王五谷殁的时候怀有身孕，按照两河湾的乡俗应当给她举行火葬，这也是五谷本人的心愿。刘保定在火还没有着起来的时候就递给她一只风筝，亲眼看见她飞走了。事后，张月仙把一个密封的陶罐放在他手里，说是五谷的骨灰。刘保定认定陶罐里没有骨灰只有土，但是那些土是接纳过五谷血肉的土，所以他独自一个人偷偷将它寄埋在两河湾的大槐树底。他怕被人发现了盗走，不敢做任何记号，又怕将来找不到她，便站在大槐树正南面，回想着五德和尚居室里挂钟的表盘，将陶罐埋在了五谷咽气时的一点钟的位置上。回家后，他又在他和五谷一起住过的耳房墙上挖了一个四方龛儿，安放了她的牌位，每过七天，他都去五德庙为她念经。

五德和尚就埋在五德庙的西园里，刘保定每次去了都会在他坟前站一会儿，既不磕头也不烧香，就像五德和尚还活着，只是关上门在他的寝室里睡着了。小五德接管了五德庙，跟以前人们传说的那样。他又养了一条狗，跟死去的卧虎长得不差分毫。庙里洋枪队的人数比以前多了几倍，排成四行从人面前经过也要走上好一阵子。刘林子当上了洋枪队的队长，见到刘保定爱理不理的，好像已经忘记了跟他拜过把子的事。

冬至那天，刘保定在庙里念完经正要回去，刘林子叫住了他，问他打算何时加入洋枪队。看刘林子的表情，就像这件事他们早就说定了一样。刘保定说我没准备去扛枪。刘林子便说他家今年给庙里的租子没按时交，往年欠下的也没交。

刘保定不解地站在那里。"我家不欠你们的租。"他说。

刘林子拿出一个账本，翻开写着刘保定名字的那页让他看，亩数及所欠地租斤斤两两都写得清清楚楚。刘保定耳内一阵轰鸣，只见刘林子嘴巴一张一合的，却听不见他在说什么，只能大概猜到一些：马上要过冬了，你尽早交租。我们养着多少号人，不能等米下锅。

"你们的日子不好过，就让我交租？这些地可都是我们家的。"刘保定说。

"以前算是你家的，现在不算了。"刘林子说。

"你说不算就不算了？"刘保定眼都急红了，面前的刘林子变得面目模糊，"我去找小五德。你不讲理，他不能不讲理。"

"这正是小五德的意思。我只是他的传话筒儿。"刘林子笑道，"小五德说世事变了，该变的都要跟着变。"

刘保定想，自己肯定是在做梦，否则他和他妈张月仙在两河湾挣了多少年的家当不可能说没就没。他捏起拳头捶打自己的胸口，一边转动脑袋前前后后看了一番五德庙，看到小五德正不紧不慢向他走来，端着那张不苟言笑的脸，后边跟着他的卧虎。

"你放明白点儿！"刘林子用枪托在刘保定肩上顶了一下小声说。

刘保定往后退了几步，发现自己的腿已经麻了，像有一万条虫子要从皮肤里面往外拱。

"王酉金家的手续办完了吗？"小五德问刘林子。

"办完了。王酉金婆姨张桂桂今天早上按了手印，哭得一行鼻涕两行泪，跪在王老太爷的画像前，谁都扶不起来。"

小五德说："王酉金的儿子王荣华虽然年纪不大，可他才是真正的房主。"

"王荣华昨天就签字盖章了，还说他明天就搬离王家大院。房契在咱新来的账房先生高子建那里，他说午饭的时候就交给你。"

"王荣华明天就搬？没想到他这么痛快。"小五德想了一下，嘱咐刘林子，洋枪队搬进王家大院之前要把屋里屋外彻底清理一下。

"今年搬不进去。"刘林子说，"一把火烧成那样，彻底

266

修好恐怕要到明年夏天。"

王酉金家的院子卖给五德庙了。刘保定眼前又出现了王酉金开枪打死王酉宝的一幕。他们是同父同母的亲兄弟，然而利字当头时，说不认也就不认了。刘保定背上渗出一层冷汗，他往前凑了一步，想问小五德几句话，却见刘林子端着枪死死盯着他，他又把话咽了回去。

小五德异样地看了看刘保定，嘴角抖了抖，叫了声卧虎，往别处去了。刘保定瞪着他的背影，眼里干热冒着一股火。卧虎"呼"地扭过头，恶狠狠地盯着他看了几眼。

"我家的十二亩水地是我们出钱买的。"刘保定对刘林子说。

"你们买地把钱给了谁？"刘林子背好洋枪问。

刘保定一一报出地主的姓名。

"他们的地从哪儿来？"刘林子问完便说，"两河湾西滩的地全都是五德庙的，没人不知道。"

"他们卖给我们的地是他们自己的。他们买下了当初租种你们五德庙的那些土地。我们也把我们租种的买下了，我们和高水连两家一起买的，我们把租住的房子也买了。"

"你们的买卖契约在哪儿？"

"没写约，五德和尚在他的皮本子上记着哩。"

"那个皮本子在哪里？你别看我，你得拿出证据来。"刘林子说完像小五德一样耸了耸肩。

"按你们的说法，我们的钱全都白出了？"

"啰唆来啰唆去，没完了是不是？"刘林子立起吊梢眼瞪着刘保定，"你不服就告官去，我保你白掏一摞打官司的钱。人都是贱皮子，挨砖不挨瓦，出了冤枉钱就歇心了。"

刘保定再说不出话来。他也知道，自从于县长惨死之后，苍乌县县长的位子一直空着，眼下世道乱马迎阵，老百姓谁想打官司，等于是自己把头往胶锅里伸。

"交吧，"刘林子把枪挎在肩上，拍了拍刘保定说，"兄弟，两河湾该交的农户全都交了。"

"我把这些年攒下的颗子都交了，怕也不够你们算下的数哩。"

"不够就欠上些，活人还能短下活人的？地里明年还会有收成嘛。"

"明年我还要交租？"刘保定问罢便叹了口气，自己也觉得这是一句废话。

"除非你不种那些地。"刘林子的回答不出所料。

"不种地我吃甚哩！"

"吃粮嘛。"刘林子扭转肩，让刘保定看他背着的洋枪，"你参加我们的洋枪队，不愁吃喝，还有饷，比你种那十来亩地强得多。"

"我吃不了这种粮。"

"吃不了你就搬走。"刘林子盯着刘保定，那眼神再都不像从前那个在天桥镇商铺里站拦柜的刘林子了。他把枪从肩头拿下来，用袖子擦了擦，闭上一只眼向远处做了个瞄准的动作，刘保定觉得自己也像变成了他练习准头的靶牌。

"你知道，那场大火把房子烧得只剩几堵黑墙。我们才把它修好。"刘保定无可奈何地说，"我婆姨也刚殁。"

"我知道有甚用哩！"刘林子说。

"我们搬走了，房子给谁住，还不是空放着？"刘保定不甘心地问。

"给洋枪队和那些情愿为我们种地交租的人住嘛。"刘林子压低了声音，"这一仗我们虽然打赢了，但不是一件好事情。我听小五德说，我们的对头往后会越来越多，我们的洋枪队只能往大做。不然我们连自己的命都保不住，更别提保五德庙和两河湾了。"

刘保定回家上了房顶。

战火之后的两河湾就像一副死骆驼的骨架。刘保定想到的那只死骆驼是王酉宝的白桃。王酉宝死后，白桃被包头城的马先生拉走了。五十多天后它瘦骨嶙峋地出现在两河湾大路上，摇摇晃晃，驼铃被人摘走了。它在两河湾大路上、在五德庙门前的树巷里走来走去，在它所熟悉的道路上寻找着它的主人。它一定经过了很多地方，那里的人们也许还给过它水和草，所以它才能活着回到两河湾。作为一个不会像人一样灵活思考明辨事理的牲口，一只骆驼，人们眼中活着的舟车，一种交通工具，它千里迢迢返回了主人的故乡，依然找不到主人的踪影，于是它倒在了地上，像一座崩裂的山，再都站不起来了。刘保定得知这个消息后，它已经被人宰杀在路边，皮肉内脏都被分食，只剩一副血淋淋的骨架空洞洞地望着刘保定，如眼下的两河湾。

入冬以来三天两头下雪，被白雪覆盖着的两河湾更像一条静默的广阔无边的河流，不知它起于何处又止于何处。刘保定忽然想，人也是一种鱼。鱼一辈子忙忙碌碌在水里游来游去，又有哪一片水花是真正属于它的呢？

向南而望，两河湾西滩的五德庙依然恢宏气派肃穆如初。东滩那里，曾经让刘保定有些向往又有些仇恨的王家大院只剩残墙断壁，如同一块伤疤长在曾经给王家生过黑金黄金的洋烟地上，没见过洋烟地往日盛景的人一定不会相信它曾经有过那么魔性的疯狂的生命力，让人生出那么多欲望和贪念。而今这些土地已经不姓王了，也不姓赵钱孙李，它们和凋谢其中的王家大院都归了五德庙。这些年刘保定母子极有耐心地扯起它的一角，想慢慢地在它身上写上一个刘字，但是他们的愿望和十多年的努力在别人说话间就落空了。

失去了自己在两河湾的土地和房子，继续留在两河湾种地当一个佃户，不是刘保定的选择。望着苍乌山下艾儿河与五谷河之间浩荡的两河湾的沃土，想起这些年他在自家地里一茬又一茬的春种秋收，青青的麦苗金黄的麦浪，对这片土地难舍难分的热爱头一回从刘保定心中生发出来。

"妈，我回来了。"刘保定从房顶下到院子说。

"保定，你回来了？"

正房门开着，母亲张月仙跪在正房炕上收拾被褥枕头，把它们用一块大单子包起来："你上来给咱把这捆起。绳子在前炕边。"

刘保定站在那里，腹内冰凉，像喝了几瓢冷水。"你都知道了？"他问。

"刘林子昨天就告诉我了。"张月仙说，"不怕。妈那年从死人堆里爬出来，把你生在几百里外的通浪港，人生地不熟，势单力薄，咱还不是活下来了？如果不是两河湾又遇上这场大难，咱的日子过得也算好，不缺吃不缺穿。"

"我怕甚哩！"刘保定跳上炕，几把捆住行囊说，"他们明抢哩。咱房也没了地也没了。眼下的世道,咱有理都没地方说。"

"乡邻们死的死散的散，两河湾又成了鬼地方。咱不能待了。"张月仙说，"苍乌山上还有咱八亩地哩。"

"你想上苍乌山？"刘保定说，"我想去天桥镇。"

"你跟我想一块儿了。苍乌山上的八亩旱地顶不上二亩好地，靠天吃饭，只知种不知收，山上又常闹土匪，收成好了也不一定能收进自己的粮窖里。算了，咱有它就当成没有。"

"爷爷！"

刘建成进门换了鞋，往刘保定跟前走来。

刘建成是刘保定的孙子，大学毕业后在省城工作了好些年，五年前辞了工作，回到了两河湾，在土地上做营生。

刘保定问刘建成两河湾下雪没下，刘建成说下了，雪大得很，有时连路都看不清。

刘保定往窗外看，耳边响起王五谷的声音："刘保定，你回天桥镇为甚不领我，把我一个撂在两河湾？"

这是刘保定和他母亲张月仙搬到天桥镇的当天晚上，刘保定在梦里听到的声音。

在梦里，刘保定睡在一个支在地上的门板上面，头冲着门。卸了门扇的门洞上包着一张棉门帘，王五谷站在他面前，像正常人一样嘴巴一张一合地对他说话。刘保定想说五谷你会说话了！又想起她临死前说了好些话，还叫了张月仙一声妈。刘保定吃惊地想，五谷已经死了，为什么又在这里？五谷说我看见你和咱妈坐在一辆大驴车上，大包小包的，离开了两河湾。我说保定你去哪儿，等等我。我的声音很高，小五德的狗在五德庙都听见了，冲我咬起来，你那么尖的耳朵硬是没听见，头也不回。驴走得很欢，我追了半天，绑腿带儿都散开了才抓住了后车杆，眼看就要爬到车上坐在你背后了，驴嘶叫着跳起半丈高，吓得我松开手，再看我就回到咱家里了。咱家里搬得空空儿的，就咱俩住的耳间里还剩小半张炕席。我在炕席上坐了一会儿，小五德的狗就跑来了，站在院子里不依不饶地咬了一前晌。我不敢出去，就在炕席上坐了一前晌。我实在不明白，那个狗娃子咋就不晓得累！后来小五德和刘林子来了。小五德拉上狗先走了。刘林子走进了咱家，进门时被一片蜘蛛网糊了脸，他闭上眼睛撕了几下，跌跌撞撞就到了我坐的炕栏跟前。他睁开眼睛，眉毛一下飞到了头顶，我吓得正想钻进墙角，谁知他掉头就跑，仇人拿刀撵着他要命似的，边跑边叫，还把一只鞋丢在咱院子里。我拾起鞋扔给了他，他不但不要，还脱下另一只鞋去打那只鞋，就像它变成了一个要咬人的东西。我在院子里站了一会儿，思来想去没地方去，又回家坐了一后晌。窗纸烂乎乎的，风一刮，呼啦呼啦，跟我说话似的，也响了一后晌。

刘保定想，五谷不可能在两河湾，我明明看见她已经飞走了呀！

五谷说我那天跟你要我的翅膀，你却给了我一只风筝。我往南飞往北飞往东飞往西飞，飞来飞去，发现有一根绳拽在你手里，我挣不脱飞不远。天黑下来，我又出来找你们。雪大得连路都看不见，五谷河冻成一块铁板。过河的时候我滑倒了，我坐在冰上又一滑就到了天桥镇。五谷说着上了炕，刘保定感到她浑身瘆冰，不禁汗毛倒竖。五谷呵了呵手，笑着说冷死我了，揭起刘保定身上的被子就要往里钻。刘保定唬得坐了起来，叫了一声妈呀！

张月仙在炕上划着火柴点亮了油灯。灯光照亮他们临时租住的小房，一盘窄炕，一边放着他们从两河湾带来还没打开的包袱和箱子，一边睡着张月仙。午夜已过，天桥镇的夜市还没散，人声喧闹。

"保定，你刚梦见甚了？"张月仙问。

"没梦见甚。"刘保定说，"明天我上街寻个营生做。"

"爷爷你不想在家待了，想工作？"接话的是刘建成，他扶着年老的刘保定坐下来，含笑坐在他身边，眼珠在刘保定红润的鲜见老年斑的脸上瞅来瞅去，像是想看看他到底有多少诚意。

"我都多少岁了还想工作，"刘保定嘟哝着，一边摇着头，"谁家又不缺老先人。"

"人老经验多。你回两河湾，我请你当顾问。"刘建成说，"活儿不难，讲讲你们过去的事情就行。"

"你给我挣多少钱？"刘保定笑着问，他知道刘建成在跟他开玩笑。

"你想挣多少？"刘建成问。

学艺

"管吃管住就行。"

刘保定站在天桥镇石匠铺里，对菜山菜掌柜说。

菜山戴一副镶金边的石头眼镜，坐在一堆凿得乱七八糟的石头中间，捧着一把茶壶嘴对嘴地喝茶，对面烧一个大火炉子，铺子里暖暖儿的，刘保定进去就有些不想走了。

"你是刘保定，王酉宝王掌柜的女婿。"菜山竟然认识他，"昨黑夜我在头道街南山茶庄跟人喝茶，听说你婆姨——王掌柜的哑巴女子也殁了，你和你妈在两河湾好容易才挣下的四十亩水地和两进十六间大院也白白丢了，你们只背了两床铺盖，连夜从两河湾逃到了天桥镇，在土地庙巷租了一间平房住下了。"

刘保定苦笑了一下，心想，两河湾四十亩水地，两进十六间大院，什么时候我才能挣下这些家当！

"天桥镇石头街，吃也要钱喝也要钱，你们赤手空拳来，打算咋过活？"菜山问。

"我想学个手艺。"

"学手艺没工钱。"

"管吃管住就行。"

这话他天一亮就对张月仙说过，同时将自己的被褥卷起来放到炕上的箱子上，又把自己昨天拆下来睡觉的门板重新装到门框上。张月仙囫囵身子睡了一夜，起来穿上鞋下了炕，生着了灶火，坐上锅开始烧水，叫刘保定从堆放在地上的行李中把小米袋子翻出来，舀了半勺小米，准备熬稀饭。搬家的时候，他们在刘林子的允许下带了几袋粮食。刘保定算计过了，节省着也只够吃到明年开春，主要是他的饭量大。在两河湾生活了十几年，他从一个小娃长成一个大后生，没别的本事，只会种地。天桥镇有天桥镇的活法，他想学个谋生的手艺。

"你是大人了，想做甚就去做。"张月仙说，"只要是正经营生，妈都同意。"

刘保定他们租住的小平房在头道街西头的一条小巷子里，确实跟菜山说的一样，叫土地庙巷。他走出巷子朝东望了一眼头道街，折转便往二道街走。二道街冷清清的，大雪黎明前就下停当了，却没人出来扫，雪厚厚地铺在街面和各家店铺门前，他每走一步脚下都会陷一个坑。太阳一丈高了，店铺的门依然不开，位于街头第一家的铁匠铺从外面上了锁贴了封条。街上连一声鸟叫都听不到，他咯吱咯吱的踏雪声竟然伴生出一阵回音。他站在铁匠铺前面，看着被雪深压着的铁匠炉，想起他第一次跟着王酉宝经过这里时，街上曾是何等热闹。当时他以为手艺人的日子是最顺溜的，虽然说不上大富大贵，只要人勤快，就不缺吃不愁穿。

"后生，你站那儿看甚哩？"油毛毛打开了他家的铺门，怀里抱着一把扫帚，跟刘保定打招呼。"李铁匠的生意倒塌了，他回老家了。"油毛毛说，"闹不清是谁跟谁有仇在两河湾打了一仗，竟把我和他的好徒弟都打死了。好徒弟才是手艺人的顶梁柱哩，比亲生的儿子都强百倍。"

刘保定的心颤了颤，想起李毛四和曹元娃的死状，就像他们刚刚被刘林子打死在自己面前。

"我看你面生。外地人？"油毛毛不认识刘保定了，眯起眼睛瞅着他问，"你学手不学？出了手我就给你挣工钱。世道不太平，我的小徒弟刚出师就走了，不知天高地厚，以为元宝摆在路上等他捡哩。"

刘保定给油毛毛告了一揖，连忙走了。油毛毛在他后面扫起了雪，扫帚划在地上的声音就像撵着他脚后跟似的，他一步走得比一步快，一抬头已经快到春风巷了，旁边正是王酉宝的旧家，门前两只石狮子披着一层厚厚的白雪，看着比往日更加威风。刘保定怔了一下，那年王酉宝从这里搬走的时候，不是连石狮子一起搬走了吗？走近细看,发现这对石狮子是新打的,模样表情比以前那对更鲜活,又见大门右边竖着一块石头,刻着几个字:菜山石匠铺。王酉宝家原来的高围墙拆掉了,原地翻盖了几间铺子,铺门前以及前面路上的雪都扫得干干净净,太阳一照光明热烈,感觉这里就像另一个世界。

菜山问刘保定多大了,等刘保定报上年龄,他想了一下说:"你这个年纪学手,晚了点儿。"

"我勤快,"刘保定说,"我头一天晚上睡得再晚第二天也能早起。"

菜山问他会不会剪窗花,刘保定说不会。又问他会不会绣花,刘保定恼了,说:"你不想收我当学徒就说不想,为甚羞臊我?"

菜山摘下石头镜,指了下镜片说:"小伙子,你先去磨你的心。甚时你把心磨得像这个石头片子一样不毛糙了,我保证你学甚会甚,无师也能自通。"

刘保定一步跨出门槛,想了想,回头又看了一眼菜山,发现他坐在一把石头刻的莲花椅上,莲花每一片花瓣都刻得栩栩如生。他的心动了一下,想把菜山刚说过的话重新捋一捋。对面鞋铺的门打开了一扇,里面走出一人,隔街向他招了下手,中指上的铜顶针正对着太阳,一闪一闪的,问他揽工不揽,接着就说他家茅坑冻实了,他淘不动,想雇人淘。

"这是王二掌柜的女婿,你没认得?"

菜山说着走了出来。刘保定这才看出他个子老高，微微驼着背。

"老贺，你的眼神儿越发不好了，"菜山对那人说，"你不要天天坐在家里光瞅女人的鞋面子。你也往别处看看，世上有意思的事情多着了。"

"管他有意思没意思，哪儿能挣来钱我就往哪儿瞅。"老贺举起一只手登在眉头上看了看刘保定，龇出他的铜包牙笑了笑，又对菜山说，"你遇见合适的人给我打发过来，我家茅坑堆得快成马鞍子了。"

"变成马鞍子你就骑上跑么！"菜山说，"你的鞋铺子半年没开张了，你还死挺在天桥镇做甚哩。"

"不开门不等于没生意。"老贺说，"我前天接了一个大单，棉鞋单鞋各要几千双。"

"军鞋？"菜山悄声问。

"军鞋。"老贺点了点头，"人家催得紧，我正到处雇人哩。做成了能坐下吃几年。"

"你挣大钱，也照顾照顾我嘛。"菜山说。

"咋照顾你？"贺鞋匠两只眼睛挤在一起，呵呵一笑说，"给我提前买上一副棺材，再刻上一块墓碑？"

"行嘛！棺材我亲手给你打，用柏木料子，再加一个杉木套。"

"那个我可用不起。"贺鞋匠摆着手说，"除非你好心送给我。"

"棺材我送不起。我送你一块碑。我亲手打亲手刻。"

"好主意！碑上就刻五个字：好人贺生明。"

"我再给你加三个字：天桥镇好人贺生明。"

两人说得十分高兴，一起哈哈大笑。

"不开玩笑了，"菜山说，"我婆姨在家闲着，你给她分上几双鞋做一做，让她赚两个香粉钱。"

"你让她过来拿鞋样儿。"贺鞋匠说，"我把话说到前头，材料要咱自己备。人家验货的标准高，验不上可要认赔哩。"

"我老婆的针线活比你强十倍。你做的能验上，她做的肯定能验上。"

听到这里，刘保定对贺鞋匠说："我去给你家淘茅坑，不挣钱。"

"你也想做鞋？"菜山笑着问。

"我妈会做。我妈做得好。"刘保定说。

"我给你妈分上几双棉鞋，棉鞋价高。"贺鞋匠说，"我家茅坑嘛，你淘也行不淘也行。王二掌柜虽然殁了，情还在嘛，我帮扶你就顶帮扶他哩。"

"我这就去淘。"刘保定跑过街，跟贺鞋匠回去了。

太阳快下山时，刘保定淘尽了贺鞋匠家的茅厕，拿起扫帚将茅坑里外扫干净，顺带将他家的柴垛拾掇得整整齐齐，然后开始打扫院子。

菜山领着他婆姨来贺鞋匠家要鞋样子，见刘保定还在干活，忙问他吃过饭没有，又站下说："这么冻的天，你干了一整天，累不累啊？"

"我不累，就是有点热。"刘保定说。

菜山夸他有心劲儿，又说："年轻的时候谁都有些力气，但是一个人光有力气不行，有心劲才能成事哩。"

刘保定感激地笑了笑。

"老贺！"菜山对着上房喊。

贺鞋匠趴在窗口看了一眼，跟他婆姨一起出来招呼菜山夫妇进家，菜山让他婆姨先进去，自己拉着贺鞋匠查看了一遍刘保定做过的活儿，笑着走到刘保定跟前说："你明天一早到我铺子里来。"

"你不是想收他当徒弟吧？"贺鞋匠问菜山，又对刘保定说，"石匠不是个好营生，你不如跟我学做鞋，苦不重，而且干净。"说完抖了抖衣裳上的线头儿。

菜山说："玩笑不能这么开，凡事都有个先来后到哩。"

"刘保定是个好后生，"贺鞋匠说，"你如果真想收他当徒弟，我愿意给他当个保人。"

"保人可是保钱哩，"菜山说，"我的学徒期三年。如果徒弟半道儿想走，不论长短都要给我放下三十块大洋。"

贺鞋匠愣了一下，问："你敢要？"

菜山想起什么似的，脸倏地红了，搔了搔头皮说："收徒弟有收徒弟的行规哩，我咋不敢要？"

"你敢要我就敢保。"老贺看了看刘保定，对菜山说，"这个保人我做定了，我不信王酉宝王掌柜看好的后生会亏了我。"

刘保定给贺鞋匠告了一揖，又给菜山告揖，说了些感谢的话，然后说他先要跟母亲张月仙商量一下，明天一早去石匠铺回话。贺鞋匠取了鞋样子递给他，另有一张纸上写着布料颜色等具体要求，注明定做十双棉鞋，腊月十四交货。贺鞋匠说回去告诉你妈，想做的话一两天过来签约按手印。最后又叮嘱了一遍："眼下钱不好挣，咱给人应承下，就要顶上事哩。"

第二天，刘保定去了石匠铺才知道菜山在他的石匠铺旁边还开着一家棺材铺。天还没亮，菜山已经打开了铺门，折起窗上的护板，点着一盏油灯坐在桌前算账。刘保定寻着映出的灯光走过来，推开门见地上摆着几副棺材，以为自己走错了地方，慌忙退了出去。菜山叫他进去，说："这间铺子也是我的。打石狮子雕石莲花只能算我的爱好，我的主业是刻石碑，天亮了你去后院看看。"刘保定扫了一眼地上的棺材，明白他说的石碑多半是墓碑。菜山问他想学石匠还是想学做买卖，在他这里都能学，又说："你起得这般早，不像个买卖人。不过，要是王掌柜在世，他肯定让你学做买卖了。"

刘保定听到可以学做买卖，有点拿不定主意，听他提起王酉宝，学做买卖的心一下凉了，笑了一下说："我是为学石匠才来的，我妈也同意。"

头一天晚上，张月仙说，保定，妈从来没想过你会当石匠。

她呆望着墙上的灯影，似乎已经看见刘保定从头到脚都是石头末子，蹲在石头林里受苦。刘保定自嘲地笑笑，说我也愿意回咱刘家在天桥镇的老宅当个少爷。可惜我大我爷都死得早，天桥镇没有一个人真正认得我。说完忽地想起菜石匠说他们在两河湾有四十亩水地两进院子，于是扑哧一笑。张月仙问他笑什么。他说石匠可是个细发手艺哩，等我学会了打石狮子刻石莲花，绣花剪纸就全会了，说不定还会裁衣裳做饭。妈，到时候你就甚活都不用干了，天天坐在炕上享福吧。张月仙笑道，我的腿又没折，坐在炕上像个甚。人活着不吃这种苦就吃那种苦，脚勤手利能干活才是有福哩。又说咱搬家的时候雇的车太小，搬不动石碓，把它丢在了两河湾。等你将来学石匠出了手，你先就给咱打个石碓。刘保定说我给咱打一盘石磨。

"你真不怕吃苦？"菜山问刘保定。

"吃药也苦，却能治病哩。"刘保定说。

菜石匠站了起来，裹紧他身上的羊皮袍，拉住刘保定的手往石匠铺走。

石匠铺里香气扑鼻，刘保定的肚子不争气地叽咕起来，火炉子烧得正旺，炉坑里烤着土豆和红薯，已经熟透了，炉子上坐着一个铜茶壶，里面的水也开始打响哨。

"茶滚了，快扬。"菜山递给刘保定一把铜勺子，问他会不会熬茶。

"会，"刘保定说，一边揭茶壶盖用勺子扬着茶水，"我还会点奶茶哩。"

菜山叫人从铺子后门出去提进来一桶刚挤的羊奶，放到刘保定跟前，看他用勺子舀起来，倒成一条细线慢慢转着圈儿淋进茶壶，一勺接一勺，茶水变得醇厚变成了浅褐色，溢出一股浓香。菜山抓了一撮盐扔进去，脱下羊皮袍子搭在一旁的椅背上，在炉子对面的石雕莲花座上放了一个棉垫子坐下来。刘保定倒了一碗奶茶给他端过去，又找了一个柳条盘子盛了土豆和红薯放在一块方形的石头上。菜山拿出一小罐酥油，打开来叫刘保定也倒上一碗奶茶，坐下来吃喝。刘保定答应了一声，给自己倒了一碗茶，坐在了菜山跟前。菜山剥了两颗土豆放进一个空碗里，舀了两调羹酥油和土豆一起搅匀了，撒了一点盐递给他。

"真香！"刘保定吃了一口说。

菜山让他再喝一口奶茶，说："吃一口再喝一口才香哩。"

刘保定猛吃了半碗，不觉得饿了，又细细品尝起来。菜山又给他剥了一颗烤红薯，叫他好好吃，吃饱了上山背石头去。他新收的徒弟都要在山上背两个月石头，一个月下一次山。他说："这个冬天格外冻，你背上一个月就回来不要去了，咱就请上三个证人两个保人行拜师礼。"

"莫要坏了规矩，"刘保定放下碗说，"我也背两个月。你等我回去换一身衣裳就来。"

菜山叫他等一等，起身找出一身补丁摞补丁完全看不出原本是什么颜色的衣裳，在自己身上比了一下，说："这是我学徒时穿的衣服，我一直留着作纪念，你拿去穿，背完石头还给我，我再补补放起来。"

刘保定接过衣裳，感觉很厚，单衣都补成夹衣了。大冬天进山多穿一件是一件，他麻利地将衣裳套在自己的棉衣棉裤外面，挽起长出一截的裤腿和袖口。

"人凭衣裳马凭鞍，"菜山说，"你穿上这身衣裳要饭，有人会省下嘴边的馍给你吃哩。"

"我这辈子不会要饭。"

菜山哂笑道："没把你饿上。"

刘保定意识到菜山是要过饭的，再不敢多说，赶紧问上山的事。

外面传来一阵扫街声。天半阴不晴，像涂了一层鸡蛋清。地上已经能看见人影。菜山吹谢了灯。刘保定听到街对面贺鞋匠婆姨正在叫众人起床。他家西房的大炕上好像睡着很多女人，大概都是他们雇来做鞋的，一时间瓷盆瓦罐倒水接水的声音不绝于耳。他捂了一下耳朵，放开来便听到菜山家后院西耳间里传出一个女子喃喃的说话声，像是在说梦话，又像是抱怨着，不想起床。那是王五谷住过的房间，刘保定第一次到天桥镇曾经站在正房窗前看到她像一道光飘进了西耳间里。眼下住在里面的应当是菜山的女儿了。

银彩，银彩！菜山的婆姨小声叫，你还不起？我今儿要纳两双鞋底，你也纳上一只。那女子说昨儿晚上给你搓麻绳儿，把我的腿梁子都搓烂了，今儿你又想让我纳鞋底。我甚时候一天纳过一只鞋底？你存心想把我的手捋烂。菜山婆姨说我又不是你的后妈。快起，哪个女子一天不纳一只鞋底？那女子说我就不纳！留着我的好手还要写大字哩。你就听上你大的话胡作乱，每天写写画画，针都不捏。明年春上出嫁，你婆家要看你的针线活儿，看你咋办哩！我给他们写一副对联。你写对联，葛明堂做甚？人家可是从日本国留洋回来的大学生。那女子笑着说让他给我写写横批。

"你想甚哩？"菜山见刘保定呆在那里，问道。

刘保定低下头笑了。自从王五谷死后他的耳朵就再不灵了，只能听到平常声音。没想到今天竟然又能听到其他人听不到的声音了，更没想到那个叫银彩的女子几年后会成为他的妻子，为他生下两儿三女，与他共同生活了半个多世纪。关键时候她总能让他信赖，总能给他勇气和信心让他挣扎着活下去。而有的时候，她又让他厌恶、憎恨，就像一块大石头堵在他心上，堵在他想去又不能去的路上。每当那种情绪主导他的时候，他就会彻底忘记他曾经那么爱她，为她饱受相思之苦，因为不能与她相见，曾经感觉暗无天日生不如死，为了能正式把她娶回家，跟她名正言顺地睡在一起再不分开，他差点搭上了自己的性命。

菜山打发人拉了一头驴送刘保定上山。刘保定绕道回家跟张月仙道了别，进门的时候还没忘脱下那套补丁摞补丁的衣服。他背起铺盖，往里面塞了两件换洗的衣服，说："妈，我暂时回不来，你不要忘记到贺鞋匠家里按手印。我好不容易才问他分来十双鞋，咱住在这石头街上，挣一个算一个。"

张月仙说："这事你不要操心，妈晓得哩。"

刘保定到达苍乌山上的采石场时，日已黄昏。给他领路的人叫人找大工头，等那个被大家叫作大工头的人来了，领路的人在他耳边交代了几句，便走开了。

大工头除了眼珠鼻孔嘴巴缝儿，全身罩着一身石头末子，如果他站着不动，猛一看准会把他当成一个用石头打下的石人，仔细再看，他面容和善，衣裳也是补丁摞补丁的。

"我刚炸山去了。"他用手抹了一把脸上的石头末儿，眨了眨像女子一样又浓又长的睫毛，抱歉地笑了笑，就像他早就跟刘保定约好了见面的时间，自己却未能守时来迟了。他领着刘保定下到一处山坳里，那里搭建了许多毡房，是采石工人吃饭和睡觉的地方。刘保定在一座毡房前站定，长吁了一口气，揭开了门口的毡帘，做好了接受臭气难闻杂乱不堪的准备，却发现里面井然有序异常清洁：由西到东顺长摆着十来张同样长短宽窄的门板，统一用一尺见方的石砖支得平平整整，门板北头叠放着铺盖，南头摆了一溜儿四四方方的小石桌，看不到一件乱扔乱放的衣裳和臭鞋烂袜子。

"走吧，"大工头拍了下刘保定，把毡门帘放下来说，"你住另一间。"

"这是哪儿？"刘保定问，一边四下瞅，正好看见送他到这儿来的那个脚夫在远处山脚下回头看了他一眼，消失在他的视野里。

"你不管，"大工头说，"你跟我走。"

刘保定站着没动。大工头笑了，说："你是菜掌柜派人送上来的，他嘱咐我要把你照顾好。"

刘保定说："我要学石匠，下月就拜菜掌柜为师。"

"我知道，"大工头笑道，"我也没打算让你干别的。菜掌柜把你送到这里是想试验你，看你有苦没苦。"大工头边说边往前走，"菜掌柜自从搬到天桥镇都没收过徒弟，主要是他看不上，他说来的都是些想发财不想下苦的货。"

刘保定背着铺盖跟在大工头后面。大工头脚下不停，继续说："这里苦是重了一点儿，但是伙食好。我们自己养猪养羊，有时还能在深山里打到野物。一年四季菜也不缺。"他说着站在前面的一个毡房前，等刘保定走过去了，掀起毡帘让他看。里面冻兮兮、酸唧唧，摆满了酸菜缸。

"你们是做甚的？"刘保定想问清楚。

"我们是采石工啊！"大工头说。

"这个我知道。"刘保定说。

"知道这个就行了。"大工头说，"菜掌柜是我们石场的大主顾，他在他老家当石匠的时候就用我们的石料，有时还帮我们联系别的主顾。"

"菜掌柜老家在哪里？"

"这个嘛，你以后问他去。"大工头又站在一个毡房前，掀起毡帘说，"你住这里。"刘保定看了一眼门上的"十七号"三个字，腰一弯走进毡房。里面暖融融的，原来这个毡房里不支门板，有一盘大炕，炕洞里煨着柴火，石头炕板光洁如新，挨后墙放着几床铺盖。

大工头叫刘保定放下自己的铺盖。刘保定不知该放到哪儿。

大工头说："这间毡房住的人少，这么大一盘火炕才睡四五个人，谁都不挨谁，你随意放。"说着接过他的铺盖放在后炕边，领他去伙房吃饭。

伙房是两间连在一起的毡房，中间打通了，一边是饭厅，石桌石凳。有四个厨子在灶台、菜案和面案前忙碌着。大工头进了门，他们正说笑间就闭了嘴。

果然吃得好，肉烩菜黄米饭。

"好好吃，"大工头对刘保定说，"吃得多才干得多，你看《西游记》里的猪八戒。"

厨子们哈哈大笑，刘保定也笑了笑。他问大工头为甚只有他们两个人吃饭。大工头掏出怀表看了一下，告诉他其他人还没收工。

刘保定吃过饭回到十七号毡房坐着打了个盹儿，住在这里的其他人便陆续回来了。天完全黑了，他们点了灯才看见了刘保定，得知他是新来的工友，全都热情地向他问好，一个个主动做了自我介绍，然后洗的洗涮的涮，换上了干净的衣裳。他们说话的口音各不相同，全都不是苍乌县本地人，还有两个是从外省来的。刘保定后来想，人有时候更愿意和陌生而又友好的人待在一起，在他们中间你不经意地就会忘记那个被生活和往昔制约、定义的自己，你似乎变成了一个新人，一个让自己也感到陌生的人，心里生发出从来没有过的勇气和自信，于是就敢说几句你从前不敢说的话，敢想甚至敢做一点儿你从前不敢想的事，你会隐约觉得自己还可以有另外一种活法，甚至开始向往过上一种全新的生活。

不一会儿大工头也来了，他也换了一身干净衣裳，胸前还插着一支自来水笔，就像换了一个人，一点儿都看不出是个采石头的工人。

"今天就数你们十七号毡房最热闹。"大工头说。

"因为我们新添了生力军。"一个叫穆义亭的青年笑着说。

大伙都笑起来，一起看着刘保定。

大工头对刘保定说："咱们都是穷揽工人，谁也不嫌弃谁。你初来乍到，有困难尽管说，我们当中不论是谁，只要能帮就一定帮你。"

刘保定从来没听过这么暖心的话。他望着大工头，不知他是不是在说客套话。多少年来，他一直待在两河湾那个小村庄里，除了天桥镇，几乎哪儿都没去过，就像党春喜说的，他都不知道外面的世界是怎样的,如果不是担心他妈张月仙会受罪，他真想出去闯荡闯荡。

大工头说："刘保定，你先睡。其他人跟我去二号毡房听课。"

大工头一走，工友们都上了炕。刘保定以为他们都要睡觉了，却见他们各自从被子后面翻出包袱或者箱子，找出纸和笔，先后出了门。穆义亭在门口站了一下，问刘保定："你去不去？"

刘保定想起大工头的话，摇了摇头，但又忍不住问他们听什么课。穆义亭说："我以后慢慢告诉你。"

刘保定在采石场只干了三天，这也是他一生中最遗憾的事。早上听到吹哨声，他就和大伙一同起床洗涮吃饭，再听到吹哨就跟大伙一起出工，午饭不回来吃，有人送到工地。吃过午饭歇工的时候，工友们就聚在一块儿，生一个火塔，围着火塔读报纸。刘保定上工的头一天，报纸是由穆义亭读的，说的竟是苍乌县两河湾村一批农户的土地和房屋被某武装势力强行抢占的事情。刘保定从没想过五德庙的洋枪队是某武装势力，只晓得他们为了保住五德庙才组织了一个洋枪队。他更没想到自己家的事情竟然上了报纸。那时报纸是稀罕的东西，刘保定以前也见过一两次，上面登的不外乎谁当了什么官，谁拉起了什么队伍，谁的队伍打了什么仗。都是些远在天边感觉与自己无关的事情，而且到他手里的报纸都已经是几月前甚至几年前印发的了，世事早又变过几回，只能当作认字的纸片儿看看。

穆义亭读完报纸，工友们举起手，都想谈谈自己的看法。

大工头示意他们等一等，看着刘保定说："你刚从两河湾来，也属于新闻里报道的那些失去土地和房屋的人，请你先给大家讲一讲。"

"我因为跟五德庙买地买房没写地约才闹到了这种地步。"刘保定说，"五德和尚把我们跟五德庙买地买房的事记在了他的账本子上。他殁了，我们找不到他的账本子，因此就说不清楚了。"

"你有没有想过，这件事从开始就是一场阴谋？"穆义亭望着刘保定。

刘保定感到一阵痛心。五德和尚的音容笑貌历历在目。他在他的生命中是星辰一样的存在，他不仅教导过指引过他，还救过他的命。往事一幕幕呈现，他想，土地和房子失去了还能再挣，命丢了就什么都没有了。他眼含热泪涨红了脸，不想再说什么。古人说，对人只说三分话，不可全抛一片心。他来到这群人中间才一天，根本不知道他们都是什么人，万一说错了话，谁知会引来什么后果。他不想给自己惹麻烦。

穆义亭说："刘保定你要勇敢些，不能总是逆来顺受，要有决心跟一切恶势力做斗争。"

"小穆，这件事情我们以后再讨论。"大工头让穆义亭再读一段报纸。

收工之后，工友们排队唱着歌返回营地。刘保定不用排队，他跟在他们后面，一会儿咧嘴笑，一会儿跟着他们的曲调哼两声。

眼前的山山峁峁还是昨天他往来走时看到过的那些山山峁峁，却莫名地好看起来，天空瞬息变化着红橙青紫的色彩，麻雀不知疲倦不畏严寒地欢叫着，远处山洼里的一片毡房看上去黑乎乎的，却让人感到说不出的安全和温暖，使得强劲吹来的西北风也变得不那么凛冽刺骨了。

晚饭后，大工头又来到十七号毡房叫大家去二号毡房听课。穆义亭又想叫刘保定一起去，大工头却又让刘保定早点休息。他把穆义亭叫到外面说，刘保定上山是为日后学石匠打基础的。穆义亭说我观察过他，干活不怕苦和累，头脑又聪明。我想他不论学什么准能学通学透，是一棵好苗子。

大工头说："你不了解他的情况。他妈十几岁守寡到现在，就他一个儿子。"

"那他一定吃了不少苦，"穆义亭说，"我们更应该把他争取到我们的阵营里来。"

大工头让穆义亭先征求刘保定的意见，然后叫上另外几个工友先走了。

穆义亭回到毡房问刘保定："你昨天问我们学什么功课，现在还想了解一下吗？"

刘保定望着穆义亭热切明亮的眼睛，觉得他们都是一群干大事的人，绝不是普通的采石工人，同时又觉得他们所做的大事情是秘密的危险的，想起还在天桥镇临时租来的小房子里等他回去的母亲张月仙，他低下了头，说："我想睡觉。"

苍乌山上

"爷爷，你想什么呢？"刘建成握着刘保定枯瘦的手摇了摇。

"尽是些过去的人和事儿。"刘保定从迷思中醒来，用劲往大睁了睁眼睛，"以前我只有睡着了做梦的时候才能梦到那些人那些事，现在眼睛还睁着就能看见，有时正跟眼前人说眼前事，忽地又跟过去的人说上过去的事了。"

"爷爷会穿越了。这个本领您可得教给我。"

"一个老糊涂罢了，还有甚本事能教你。"刘保定张开一颗牙不剩的嘴巴，笑呵呵地瞅着刘建成。他看他比哪个都亲，因为他跟他最像，跟他一样热爱土地。刘保定想，土地是人的根本。树有根，根扎在土地里。人其实也有根，人的根也扎在土地里。树的根是有形的，再长也短。人的根是无形的，要多长就有多长。所以人可以在地面上自由地行走，可以住在离地面很远的高楼上，甚至可以坐上飞机火箭飞上天，然而最后还得落下来回到土地上，这样你的心才能回到它原先的位置上，你才觉得踏实，才能香甜地吃饭做事睡觉做梦。

"爷爷，你又穿越到哪个时空了？"

"哦，你怎么才回来？"刘保定的注意力终于回到刘建成身上，"你都没赶上和我们一起吃午饭。"

"午饭我吃过了，爷爷。我们农场今天还有两个外地技术员没回家，我开车把他们送到了火车站。回来遇上了堵车，几公里的路走了差不多一小时。"

"忙三十嘛！"

"嗯，忙得跑到大街上看堵车。平时都不知道干什么去了，大年三十冒着大雪跑出来，就像要去抢什么似的。"

"抢时间嘛！一年的最后一天，总会想起许多该做又没做的事，许多做了又没做好的事，都想抓紧做了，不拖到明年去。"

"今天我也觉得时间飞快。忙了一上午，事情一件接一件。本来我还打算去看我哥，也没顾上。"

"你哥他不回来过年了？"

"你不知道？"

"他到底在哪儿？四五个月了，没个音信儿，我给他打电话也说关机。"

"爷爷，你又忘了？我哥跟你道过别。"

刘保定想起来了，建宇那天是跟他道了别。他住在两河湾的老房子里，建宇不等推开大门便喊起了爷爷，话音刚落门就开了，风卷起雪扬到比门顶还高的地方，他穿着蓝布棉猴儿闯进来，插在棉手套里的手向两边撑开，鸭子一样扭着屁股跑，自己却以为自己是一架飞机，掉了两颗门牙的嘴巴里"呜呜"地发出飞机的轰鸣声。

"建宇，大雪地你咋跑回来了？快上炕到爷爷这儿来！"

"爷爷，我看见野兔了。你跟我逮野兔去。"

"野兔跑得比人快，逮不住。"

"我见有人挑着野兔皮和野兔肉去供销社卖。"

"那是猎户。他们给野兔下套儿挖陷阱，有时也用猎枪打。"

"爷爷，你打过兔子吗？"

"我不会打枪。"

"王要革的爷爷会打枪，什么枪都会打。"

"王要革是哪个？"

"王要革是我们班的班长。他爷爷是省军分区副司令员，从前是个猎户，后来参加了革命。"

"他爷爷是不是叫王荣华？"

"他爷爷就是叫王荣华。"

刘保定现在还记得，他和母亲张月仙离开两河湾前在五谷河边遇见了王荣华和张桂桂，各背一个铺盖卷儿。张桂桂望着坐在马车上的刘保定母子，露出羡慕的神情说没想到我们母子连你们也赶不上了。王荣华把她推了一把，瞪着她，不让她说那种泄气话。

张月仙下了车，刘保定也跟着跳下去。张月仙叫他帮张桂桂把铺盖放到车上。

"你们这是上哪儿去？"张桂桂问。

"搬家。"张月仙说，"你没听说？我们的地也没了，房也没有了。"

"唉，你不说我都忘了。我每天净想着自己家的事，胶在了上面，睡着都梦不见个好梦。"

"想开些儿。"张月仙说，"我们娘儿俩攒下的一点儿东西也都撇完撇净了，连窖里的粮颗子也成别人的了。晓得有今天，不如挣一个花一个，让我家保定吃香的喝辣的。唉，十几年白白熬煎了。"

"我不止十几年！"张桂桂说，"太阳不起我就起，鸡叫头遍我还没睡。舍不得吃舍不得穿，不承想都是给别人往下挣往下省哩。老人们常说吃了穿了是有福的，买田置地是驴娃子。以前还以为这话是胡说哩，后来才知道这是一句大实话。保定妈，我们可不就像驴娃子一样吗？像驴一样受苦，就短跟驴一样吃青草了，临了都是给不相干的人受了一场。"

张月仙挺了一下腰杆说："人人都一样，最后，谁也都是两手一撒，甚都没有！"王荣华回过头，异样地看了张月仙一眼。

张月仙叫他把铺盖放在车上歇歇。王荣华哼了一声，撅起屁股将铺盖卷儿往肩头送了送，埋起头走得更快了。刘保定在后面暗暗打量他，发现他跟王酉金一样精瘦，背影里透着一股硬气，步子迈得稳当有力。

"荣华哪儿都好，就是性子倔。"张桂桂说。

"倔性子有出息。"张月仙说。

"我们上苍乌山上去。"张桂桂说，"山里还有二十来亩旱地能种，有两孔当年给揽工汉打下的土窑能住，还有一大缸瓜干薯干，不知能不能对付了这个冬天。"

"妈，有我哩，你饿不着。"王荣华说。

"就你们娘儿俩上山？"张月仙问。

"我本来想带上盆儿，打算将来凑合给荣华做个婆姨。"张桂桂说到这里，偷偷看了看王荣华，压低声音说，"荣华说甚都不要。你说我们家都这样了，好赖有个女人传宗接代，还不如当个孤鬼？"

"这事不要你操心。"王荣华扭转头，气鼓鼓地说，"我的婆姨我自己挣。"

"你挣个泪眼窝！"张桂桂说，"你爷你大挣了两辈子，挣下两河湾几道滩，咱娘儿俩还不是要上苍乌山住土窑洞？"

"妈，你咋不说咱还有两孔自己的土窑洞能住哩！"

"是哩，再过些日子，说不定土窑洞也成人家的了，咱娘儿俩还要住窝棚哩，风大漏风雨大漏雨。"

"妈，有我哩！"

"有你哩，所以我想死都不能死。"

"妈！"王荣华站在那里，闭上眼睛朝天喊了一声，把手里拄着的打狗棍扔到了五谷河里。

"你咋说这种话嘛！"张月仙小声责备张桂桂，"人常说欺老不欺小。将来荣华说不定过得比谁都好，娶一个人人眼红的好婆姨哩。"

"妈，不是我大活着的时候浅看你，你就是不如人家刘保定他妈！"王荣华说，"刘保定家有甚了？咱吃过的穿过的用过的他们见都没见过。多少年了，两河湾人谁见过刘保定他妈哭鼻抹泪了？我大活着的时候经常说，她头抬得比他还高，就像家里不知有多少银钱一样。"

"你是说我把你王家哭穷了？"张桂桂责问道。

"妈，我没把话说对，我错！你也不要挑理了！"王荣华喊道，"我再说一遍，有我哩！只要我不死，以后保准让你享福。"

张桂桂连忙擦干眼泪，说："荣华你不要着急。妈也没把话说对，但是心里总盼你好哩！只要你好好的，妈苦点累点都不算事。"

"荣华，世上再没有比你妈更心疼你的人了。"张月仙说。

"我知道我妈对我好。"王荣华流下了眼泪，"我也是好心，不想让她那么伤心，想让她相信我能靠上。"

张月仙夸王荣华有志气，刘保定也忍不住看了他两眼。

他们一起过了五谷河，在天桥镇入口处分了手。张桂桂问张月仙母子准备到哪儿去。张月仙说："保定想去天桥镇，我听他的。以后你也多听荣华的。"张桂桂看了看王荣华，答应下来。

"你们在苍乌山上还有七八亩地哩，明年春种的时候咱就能见面了。"张桂桂说。

"想见面咱随时见，明年的事明年再说。"张月仙说。

刘保定和王荣华互相瞟了一眼，谁也没跟谁道别。没想到的是，才过了四天，他们就在苍乌山上又见面了。

那是刘保定上苍乌山采石场学艺的第三天，天冻得哈气成霜。吃过早饭，大工头叫住穆义亭，问今天轮谁读报，穆义亭说该周队长了。一个披灰大衣的男子从前面的桌上敏锐地回过头来，四方脸上的一双小眼睛望着穆义亭。穆义亭对他笑笑，做了一个读报的动作。他将双手抱起来，点了点头。刘保定感觉好像在哪里见过他，又觉得不可能，一定是自己记错了。大工头安排穆义亭跟他去炸山，其他人早上去二号毡房听周队长讲课，下午休息半天。

刘保定追上去问大工头："我怎么办？"

大工头说："你跟工友们一块儿学习。"

"我不学习，我是为学手艺来这里背石头的。"

大工头站下来问穆义亭："你不是自告奋勇去做他的思想工作了吗？"

"我还没开始做呢！"穆义亭说，"我想让他自己先看一看想一想，然后再给他讲。"

"你敢不敢跟我们去炸山？"大工头问刘保定。

刘保定回头看了一眼正往二号毡房走的工友们，说："我跟你们去炸山。"

山上路滑。越往高处走积雪越厚，反而越好走了。刘保定脚步轻快，身上渐渐热起来，眼睛也变得格外清亮。这时太阳升到了山顶上，积雪覆盖的山头红光闪闪。刘保定解下缠在头上的包巾，对着太阳挥着，一边大喊："哟——"

大工头笑道："这才像个年轻人！"

"刘保定，窦指导员表扬你呢！"穆义亭说。

窦指导员？刘保定默默望着大工头，前两天不明白的事情都像是明白了。

"胡喊什么，我是大工头。"大工头训穆义亭，又问刘保定会不会唱歌。

刘保定把包巾缠到腰里，说："我不会，可眼下我真想唱一嗓哩！"

"你不会唱，还不会吼？"大工头说完扯开嗓子吼了起来。穆义亭也吼起来。刘保定也跟他们一起吼。他的心热腾腾的，闻到了一股清新得令人热血澎湃的味道。他把这种感觉告诉了穆义亭。

"这是青春的自由的滋味。"穆义亭说。

刘保定又吼了两嗓，大声说："这是青春的自由的滋味！"

"这就对了！"大工头说，"刘保定，你平时总绷着脸，就像个老头儿。"

"我发愁嘛！"刘保定说，"我婆姨死了，我家的房和地也丢了，穷得连个站脚的地方也没有。我大冬天跑到山上来采石头，就为有个住处和吃处，哪里能高兴起来。"

穆义亭说："我给你讲，好日子跟自由的感觉是一样的，都要靠我们自己去创造和争取。"

"挣去？"刘保定听错了音，嘟哝道，"我们以前挣下的也让人拿走了，还挣个甚！"说到这里，刘保定突然想到了米二，这才明白他当初说的话句句是实，原来人真的可能昨天还吃穿有余，今天就变成一个穷光蛋了。以前他还以为只有赌博汉和走霉运的人才会遇上这种事情。

"所以我们要打破这黑暗的不合理的旧世界，建立一个光明的人人都能安居乐业的新世界。"穆义亭说。

"小穆说的话你能明白吗？"大工头问。

刘保定呆呆地望着前面山顶上一棵孤零零的柳树，想如果是夏天，那棵柳树在那里会像一朵绿色的云彩一样好看。

穆义亭为难地摇了摇头。大工头笑着说："不急，我们以后慢慢炸他心中的石头，现在先去炸山上的石头。"

炸山并不像刘保定想的那么危险。大工头在前面设计线路，他和穆义亭在一个山洞里找出放在那里的雷管和炸药，跟在大工头后面布置停当。大工头引着他走到事先踩好的安全地点埋伏下来，穆义亭上前点着了引线，也跑过来跟他们一起埋伏。随着第一声爆炸声响起，石头末子和雪霰飞上天空又落下来，大大小小的石块在山坡上跳腾着滚动着，整座大山都在怒号颤抖。刘保定抱着头趴在那里，听到大工头缓慢地数着数，最后说，各个点都爆了。

"成功了！"穆义亭说着就要站起来，大工头顺脚后跟儿拉住了他。

"你平时咋学安全知识的？我们每次执行任务，脑袋就像提在自己手里，要对自己的生命负责。"

穆义亭趴在那里不说话，眼睛透过呛人的尘埃往下面的山洼看去。大工头也安静下来。刘保定听到了一阵马蹄声，鬼鬼祟祟地从山后传来。"有人来了，"他小声说，"在山后离这里大概有两里路。"

穆义亭掉头往后面的路上看。"我也感觉到了，"他说，"估计是在山里游荡的小股土匪。"

大工头从怀里摸出一把盒子枪，示意穆义亭和刘保定跟紧他，然后往一块大石后面爬去。三人隐蔽好后，大工头对穆义亭说："如果对方不怀好意，你带着刘保定先跑，我挡一会儿。听到枪声营地那边周队长会派人接应。"

"咱一起跑！"穆义亭说，"来的时候我就把退路看好了。东边二十多米处有道斜坡，土山坡，没有石头，我们可以滑下去。山脚下是一片原始树林。"

大工头踌躇了一下，问："来得及吗？"

"来得及。"刘保定说，"他们离这儿还有半里多路。眼下他们停住不动了，也没人说话。"

"你怎么知道的？"大工头把枪口对准了刘保定。

"我听见的。"刘保定指了指自己的耳朵说，"听！有一匹马开始走动了，只有一匹，往我们这边来了。"

穆义亭把耳朵贴在地面上听。"没动静呀！"他说。

"他们在马蹄上包了布。"刘保定说。

穆义亭又听了一下，说："跑！"猫起腰带大工头和刘保定撤向东边一处山崖。

三人先后滑下了山坡，跑进了一片原始树林。大工头担心有埋伏，叫穆义亭和刘保定先隐蔽起来。刘保定竖起耳朵听了听，说："你们放心，这片树林里一个人都没有。"

穆义亭问："那队人马呢？"

刘保定说："他们还在原地。刚才那个鬼鬼祟祟的骑手也转回去了。我们可以在这里歇会儿。"

大工头又拿枪指着刘保定，说："你老实讲，怎么知道的？"

刘保定摸了摸耳朵，"我天生一对灵耳朵。从小我妈就叮嘱我不能告诉其他人，怕我小命不保。"

"保定，你的耳朵很宝贵啊！"穆义亭说，"加入我们中间来，我可以把你培养成一名优秀的侦察员！"

大工头瞪了穆义亭一眼。"小穆，你什么时候才能真正成熟起来呢？"说完，收起枪对刘保定说，"但愿你没骗我们，更不要影响到我们对老莱的信任。"

走出树林，刘保定发现他们走进了王酉金家的地界，一眼便看到了他家买下的那道坡，就在河对岸，覆盖着厚厚的雪。熟地熟路，他的心立刻稳了下来，脸上露出笑容。

王酉金活着的时候不把山地当地，刘保定猜想，可能因为山地干旱种不成洋烟，又因为他急着要娶春柳做小老婆，便把地分块卖给了别人，当下只有靠南边的这片山坡还是他家的，半山上有两孔土窑洞。王酉金当年一定不会想到，正是他看不上的这块山地才是他留给儿子王荣华的唯一的遗产，而他发了一点儿善心给揽工人挖下的两孔窑洞，成了这个冬天他妻儿的避难之所。

一个裹着虎皮长袍的人坐在沟底结冰的河岸上钓鱼，像一只金黄的老虎蹲在阳光下。冰天雪地里，那副不急不躁的样子让他看上去有四五十岁。他扯起了鱼竿，一条足有二尺长的大鱼飞上他头顶，鱼身上的鳞片和飞溅的水滴像宝珠一样光芒四射。"唷唷！"那人欢快地叫着。刘保定听出他是王荣华。王荣华将鱼放进脚边的木桶，木桶边扔着一只野鸡和一副弓箭。

"他穿一件虎皮袍子，真正的老虎皮。"穆义亭说。

"这人肯定天不亮就起来了，"大工头充满好感地说，"暮冬寒天，能够早起打猎的都是吃苦耐劳的人。"

"他叫王荣华，"刘保定说，接着给他们讲了王荣华的身世。

大工头和穆义亭听罢相互看了一眼。

王荣华收拾起鱼竿背起弓箭，提起木桶和山鸡转身离开河畔。刘保定听到他自言自语说，一定要让我妈吃好。突然看到前面站着的三个人，王荣华停下来向四周看了看，时光也像停了一下，群山无垠积雪连天，时起时落的鸟鸣在空气中溅起一阵一阵的光晕。

"是你？"王荣华的目光重新落到他们三人身上，认出了站在中间的刘保定，"你开始讨饭了？穿成这样！"

刘保定扭脸往山上指了指，"我在采石场背石头哩。"他说。

王荣华怔了怔，说："走，到我家吃饭走。"

"我不饿。"刘保定说。

"不饿就不能吃饭了？"王荣华把木桶放到地上，"看，我钓了三条大鱼。"

穆义亭一听便跑了过去，往木桶里看了看。"了不得，"他说，"两条虹鳟，还有一条金鳟，个儿都够大的。"

"哦，我生平头一回下钓，认不得鱼。"王荣华说。

"你分不清鱼的种类？"穆义亭说，"有机会我可以教你。"

"我妈喜欢吃鱼，我不喜欢。"王荣华说。

"我估计你是不会做鱼，"穆义亭说，"今天的鱼我来做，保准你吃了还想吃。"

王荣华笑了。刘保定看到他脸上的愁云忽地散了，又慢慢聚拢起来。

"你哪儿来的这副弓箭？看上去有些年月了。"穆义亭跟王荣华一起走在刘保定和大工头前面，看着他的弓箭问。

"我妈给的。"王荣华自豪地笑笑，"这件虎皮袍子也是。都是我外爷给我妈的。"

刘保定看了看王荣华身上的虎皮袍子，那是他一生中第一次见真正的虎皮，也是最后一次。

"我外爷比我爷爷有钱。银川大发西商贸公司你们知道吗？以前就是我外爷的商号。"

王荣华说有一年苍乌县周边都发生了灾荒，他爷爷王秀才带着两河湾丰收的黄米又带着他大王酉金一路伪装成席棘贩子去银川城倒卖，走进了他外爷大发西商贸公司下属的粮店。粮店的代掌柜见王秀才的黄米成色好价格便宜，便想全部现钱收下，可是数量太大又不敢自作主张，便打发小伙计请来了王荣华的外爷，也就是他们的总掌柜，可他们不叫他总掌柜，而是叫他张棋王，并且叮嘱王秀才父子也这么叫他，因为他自己喜欢这个称号。

张棋王一车一车亲自抽验了王秀才的黄米，拍了拍手说美得跟金子一样，吩咐代掌柜叫伙计们赶紧过秤。王秀才打发儿子王酉金跟他们带去的几个人一起盯着称斤，自己跟张棋王闲聊起来，说自己年轻读书时研习过棋谱，也曾下得好棋。张棋王一听便在粮店里摆下棋桌与他对了一局。这一盘王秀才赢得十分痛快，心里笑张棋王棋艺平平，只是一个爱下棋的棋王。

　　灾年灾天，大雨下起来就不知道停，王秀才卖完黄米回不了程，张棋王便天天差人将他父子请到自己的茶楼里，王秀才跟他下棋，王酉金在旁边的桌上习字。一天下来，王秀才便明白张棋王的棋王之称不是浪得虚名。又过了一天，张棋王就下得他三盘赢不了一盘。头几日，王秀才并不在意，坐在张棋王上有起脊玻璃天井下有荷花锦鲤水池的茶楼里，一边喝着他白供的好茶落子无悔，一边给他讲他从来没去过也没听说过的两河湾，把两河湾说得好像流油流蜜之地。张棋王不管他说什么都像没听见，他的心思全在赢棋上，每一盘下来都杀得王秀才足无寸土，片甲不留。哪里像个棋王，简直就是个棋霸。王秀才白天坐在紫檀椅上品着张棋王的好茶摆出一副云淡风轻只交朋友不计输赢的架势，夜里睡着却捶胸捣背又喊又叫，吓得王酉金屡屡从梦中惊醒每夜都好睡不成。

　　王荣华说他爷爷王秀才说，人活在世上有两样东西缺不得，一是气，二是钱。气出在自己身上，可是气多了就会变成水往人头顶上淹，人若控制不了，它就给人带病带灾甚至把人活活憋死。钱是身外之物，钱多了就会变成羽毛给人添上翅膀，人若把持得住，它就能带人看到更大更好的世界，过上更好的生活。王秀才隔着一副棋盘坐在张棋王对面费尽心机也只能任他打杀毫无还手之力，害怕长此下去会让自己在没看到比银川城更大更好的地方之前就气死，于是装病睡在旅舍里不肯再见张棋王。张棋王盘着手里的核桃，望着茶楼天窗顶上下漏天的大雨，百无聊赖坐立不安，便要教王酉金下棋。当时王酉金正值年少聪明俊秀，银川城和大发西商号令他眼界大开如入仙境，对创下偌大家业的张棋王他更是惊为天人充满敬仰之情。学棋期间王酉金对张棋王言听计从，殷勤点烟倒茶，只要他咳嗽一声便为他奉上痰盂。张棋王教导了他几天，竟将自己的大女儿许配给了他。她就是张桂桂。

"世上竟有这种事，"穆义亭说，"你外爷真是个怪人。"

"我爷爷也说过这样的话。"王荣华说，"我爷爷说我外爷上辈子积了德，这辈子凭空一抓也能抓出大把的钱来。可惜他这辈子爱摆阔，又迷棋，还爱当个棋王，以完胜为赢，下棋杀气太重，步步使狠，不给对手留余地，结果把自己的好家业好光景都给葬送了。"

王荣华说到这里嘿嘿笑，接着便哈哈大笑。大工头问他笑什么。他说："我笑我爷爷和我大。我爷爷不迷棋，我大也不迷棋。我爷爷一辈子不摆阔，我大也不摆阔。我爷爷发觉我二叔王酉宝爱吃爱花爱浪荡，便把全部家业都交给了我大，想让他挣更多，想让两河湾边边角角的地方都姓上我们的王，然后交给我。可惜他没想到，我眼下竟住在了苍乌山上他们给揽工人打下的土窑洞里，深冬的黎明就要爬起来打猎钓鱼，只为填饱肚皮。幸亏我妈藏着我外爷摆阔用的虎皮袍子，不然，这么冻的天，说不定就把我冻死了。"

王荣华抖了抖身上的虎皮袍子，虎毛竖起来，像风里的松针一样飒飒作响，使得王荣华也看上去威风凛凛。

"这东西真的保暖。"王荣华说。

"当然，"大工头说，"你看老虎总是稳泰泰的，一副自尊自信的样子，还不是因为它能吃饱穿暖。"

"是哩，只有兔子才经常打哆嗦哩。"刘保定说。

"兔子不是吃穿的问题，"王荣华说，"它是因为自己软弱，人人都想谋它的皮和肉，没本事，害怕哩。"

"兔子不害怕又能咋？"刘保定说，"它又不长獠牙利爪。它生下就是吃草的。"

"哼，我不跟你说。咱俩想不到一块儿。"王荣华瞪了刘保定一眼，对大工头说，"这个世界不公平，迟早得变一变。"

大工头赞赏地点了点头。

"你外爷把你妈的生活毁了。"穆义亭说，"难怪你妈爱吃鱼，我们银川城又叫塞上江南、鱼米之乡，它才称得上是流油流蜜之地。"

原来穆义亭是银川城人。直到那时，刘保定只听说过两座城市，一座是包头城，一座是银川城。他曾经有机会去包头城上学，又亲手把那个机会断送掉了。如果当初他知道自己会失去两河湾的土地和房屋，他就不会留恋两河湾，也许就去包头城上学了。刘保定想，以后等我也有许多钱，长出羽毛，生出翅膀，我也飞到苍鸟县外面看看。

"我妈好着哩，"王荣华说，"我外爷丢了自己的性命，毁了大发西公司。"

王荣华说："就因为爱下棋，我外爷遇上了安县民团的史团总。史团总以前是个土匪头子，棋艺不佳却最恨别人赢他。他给我外爷输了第二盘棋便掏出一把盒子枪拍到了茶桌上。我外爷没见过这种阵势，害怕得说我不下了。他拿枪指着我外爷，逼他再来一盘。我外爷看出不能赢，再赢就死，便输给了他，不料还是没逃过一死。史团总开了枪，对着我外爷冒血的耳朵说，你竟敢耍奸输我！"

"看来那个史团总是去抢你外爷的大发西公司的。"大工头说。

"他霸占了我外爷的大发西公司。"王荣华说，"那时我妈已经在两河湾生下了王艾儿，正预备抱着她回一趟银川城哩，却见我外婆带着我四个舅舅从我家下院走进来。他们是一路讨吃过来的。"

"你四个舅舅后来也住在两河湾？"大工头问。

王荣华没回大工头的话，抬手往山腰上一指说："我家到了。"

刘保定看到向阳的山坡上有两孔土窑沐浴在早晨的阳光里，透出勃勃生气。院台上的雪全扫了，院台下面也扫出一条小路，足有三四里长。窑顶上飘着一缕炊烟，使得四周的孤山旷野看上去都活泛起来了。刘保定想起这两孔土窑以前破门烂窗杂草丛生的样子，不禁感叹人是房子的灵魂，同样的房子，不同的人住进去就会显露出不同的气象。他瞄了一眼年少的王荣华，只见他的步子迈得很大，眉宇间闪着亮光。看样子他早就做好准备离开两河湾上苍乌山居住了。

选择

张桂桂正坐在灶下烧火，看到王荣华领着几个人回了家，刘保定也跟在他们后面进了门，高兴地站起来招呼他们上炕坐。又问保定从哪儿来，为甚穿成这样。

大工头说："大婶子，我们是采石工，在山上采石。"

"我那会儿听到炮响，"张桂桂说，"原来是你们炸石头哩，我还以为哪里又开仗了。"

刘保定对张桂桂说："我想学石匠，想拜天桥镇的菜石匠为师。他叫我先上山背一个月石头。"

"学个手艺也好。"张桂桂看了看王荣华。

王荣华哼了一声。

穆义亭说到做到，挽起袖子就开始帮王荣华拾掇鱼。洗完放进锅里，大工头示意他该走了，两人一起向王荣华母子告别。王荣华拉住不让他们走，说："我请你们来家吃饭，咋能一口没吃就走嘛！"

"我们还要赶路。"大工头说，"冬天日头短，不敢再耽搁了。"

"我们还能见上面吗？"王荣华问。

大工头想了想说："只要你真心想见，就能见上。"

"到时候我教你认鱼。"穆义亭说。

"你们不要客气，我们不缺吃。"张桂桂也留他们吃饭，又说，"保定，你说甚都不能走，你走我就恼了。"

"保定不走了。"大工头写了一张字条折起来交给刘保定，"你把这个交给菜掌柜，我告诉他不必叫你上山背石头了。"

"你们没看上我？"刘保定问。

"你是个好后生。"大工头对刘保定说完，和穆义亭一起走出了窑洞。刘保定跟出去，坚持要跟他们一起走。大工头说路上有危险，劝他留下来。刘保定望着穆义亭，想让他替自己说句话。穆义亭抱歉地笑了笑，说："你先回天桥镇跟菜石匠学手艺。咱们有缘再见。"

刘保定与二人依依告别，望着他们绕过窑洞走进山中的一片树林，转身便要下山。张桂桂拽着他的胳膊说："我跟你妈是结拜姊妹，你来我家没有不吃饭就走的道理。"刘保定推不开张桂桂，一手抱住了一棵树，死活不进去。

"妈，他不想吃饭就让他走。"王荣华说，"拉拉扯扯的，难受不难受！"

张桂桂松了手。王荣华对刘保定说："窑洞后面有条小路，你顺着向北走七八里就到两河湾和天桥镇的岔路口上了。"

"我能找着路。"刘保定说。

"我知道，你以前常来这里偷揪我家的嫩苜蓿。"王荣华说。

"我甚时偷过你家的苜蓿？"

"你没偷过我家的，偷了谁家的？谁不知道你妈爱吃苜蓿。"

刘保定想说你妈才爱吃苜蓿，见张桂桂站在那里，便改口说："春上的嫩苜蓿，谁不爱吃？我家留半分苜蓿地，每年春上的头茬苜蓿自己吃不完，还送人吃哩。我没偷过苜蓿。"

"你总偷过我家的鸟蛋吧？"王荣华不服输地说，"我听说你有一年掏鸟蛋掏出一条黑蛇，钻进你袖筒里，差点就把你吓死了。"

"鸟蛋是你家的？"刘保定嚷道，"苍乌山到处都有鸟窟窿，里面都有鸟蛋。"

张桂桂说："你们不看看自己都多大了，还像小娃娃一样吵架。"说完生气地先回了家。

几只黑色的大鸟惊叫着从天上飞过。王荣华不说话了，站在那里四处张望。刘保定又听到了马蹄声，总共五匹马，首尾相接。

"土匪来了！"王荣华跑回家关上了门，又打开对刘保定说，"快进来躲一躲。"

刘保定心一阵乱跳，平静下来时，发现自己已经站在王荣华家的窑洞里。

"娃娃们不要慌。"张桂桂说，"咱这里只有两孔破窑洞。老鼠进来都长吁气哩，土匪来了也白来。"

"你的虎皮袍子咋办哩？"刘保定问王荣华，接着又看他挂在墙上的那副弓箭。

王荣华摘下弓箭藏进一口空缸里，又跟刘保定一起把虎皮袍子卷进一张炕席里。刘保定怕席棘划伤了虎皮袍子，解下自己的包巾包住了它。

张桂桂递给刘保定一块洗脸布，让他把脸揩净，坐下来给她烧火。王荣华拿起笤帚把地扫了一遍。

马蹄声越来越近，刘保定不住地往门口瞅，只能看到门缝里露出的一点儿光。

马队站在窑洞外面，叫里面的人出来。

王荣华略站了站，不顾张桂桂的阻拦走了出去，一边说："我不怕，怕有甚用哩。妈，你看咱家这些年，哪件事情靠怕就怕过去了？"

"妈跟你一块儿。"张桂桂拉着他的胳膊跟了出去。

刘保定想了一下，硬着头皮也走了出去。五匹马，三个人，骑在中间一匹黑马上的人摘下了棉帽和围嘴。

"柳匪！"刘保定看见救星似的叫道，"柳大哥。"

柳匪向王荣华拱起了手，说："王少爷好。"

"柳匪，你是来膘我的？"王荣华斜眼看着柳匪，"我眼下穷了，想当个揽工汉都没地方当去。"

"柳匪，你果真当了土匪，我还以为别人胡说哩！"张桂桂说，"你们快走，免得旁人以为我们通匪。"

柳匪叫了张桂桂一声太太，说："这年月通匪已经不是一件坏事情了，还能叫别人害怕，保自己的命哩。"

"你有事说事，不要闲磕牙。"王荣华从怀里掏出一把枪对准柳匪的脑袋。

刘保定认出那把枪正是王酉金打死王酉宝的那把，枪把上拴一根红绳，就像流下一串血。

"不要乱来！"柳匪骑在马上，一动不动地说。他带来的土匪同时举起了枪，分别对准王荣华和刘保定。

"今年入冬以后，你隔三岔五给我捎书带信，让我在这儿等你，甚意思？"王荣华问。

"救你的意思。"柳匪说。

"我家艾儿呢？"张桂桂问。

"她已经是我们的二掌柜了，正在山上等你们哩。"

"我的嫩妈哟！"张桂桂哭道，"你们婆姨汉两个都当了土匪，把脑袋拴在裤腰上叼吃抢喝，将来你们的娃娃咋办哩，也当土匪？"

"我和我们二掌柜不是一家人。"柳匪说，"二掌柜当初的身孕是装的。我们离开两河湾哪儿都没去，直接就跟赵掌柜走了。"

"柳匪，你昨天传信说你们回到苍乌山是想打五德庙？"王荣华说，"你们也不掂量掂量，五德庙有多少人多少枪，就你们一股小土匪能攻下五德庙？"

"我们的势力不同从前了，今年冬天又收编了两百多人。"柳匪说，"你们就等着听好消息吧！"

"你是说王艾儿他们已经进攻两河湾去了？"王荣华又问。

"我们不是打冒仗的人。二掌柜叫我先把你们接上山。"

"休想拉我儿子下水。"张桂桂说，"我们不当土匪，不做那些杀人放火畜生不如的事儿。我们是人，穷要有个穷样儿，死也要有个死样儿。"

"赵掌柜的意思是先把你们请上山，保护起来，免生意外。"柳匪说。

"别想让我们念赵土匪的好！当年若不是他抢了我王家，我们咋会落到这种地步？再说我们眼下除了一条命甚都没了，不要谁保护。"张桂桂说。

"赵掌柜就怕有人想要你们的命哩。"一个土匪说。

"你们是说小五德？"张桂桂说，"小五德拿走了我们王家火烧过的烂大院还多少给了几个钱哩，不像那些土匪，拿命来抢。"

"小五德跟土匪有甚不一样？"王荣华说，"如果他背后的刘林子不带枪，我宁肯在我王家大院里再放一把火也不卖给他们。"

"是哩，他们抢人不带抢字。"刘保定说。

"时候不早了，咱回去再说。"柳匪一手抓住马辔头，一手在空中一扬，另外两个土匪同时下马，将王荣华和张桂桂掳上了马背。也许是担心张桂桂大喊大叫，他们堵住了她的嘴。

"得罪了！"柳匪对张桂桂说，"二掌柜盼着早点儿见到你们哩，她打发我带弟兄们黎明就出发了，又叫伙房杀了牛，准备今天晌午就跟你们一起吃肉哩。"

"要走就快走，"王荣华说，"我都想不起牛肉是什么味道了。"

"本来我们早就到了。"柳匪说，"半路上听到炮响，发现有几个采石工在炸山。我在山里转了转，看到山洼里有几十座毡包，知道是通浪港断臂王爷的采石场，不敢得罪，于是绕远道过来了。"

"原来是断臂王爷的采石场，难怪么好！"刘保定鬼使神差地说，"我这两天就在那里采石头哩。"

柳匪拉转马头，问刘保定："你跟我们走不走？"

刘保定张开口，刚想说不，就觉得头上被重重一击，眼前红黄蓝绿闪了几下，扑在地上。

"爷爷！"

刘保定睁开眼，一张年轻的面孔在他面前晃动着。"建宇？"他叫道。

"爷爷我是建成。咱俩正说着话你就睡着了。你梦见建宇了？"

"是王荣华。"刘保定说，"他跟土匪走了，他们吃牛肉去了。"

"我王爷爷不是土匪，他是老革命。"刘建成说。

"谁是你王爷爷？"

"你的发小，二十多年前来咱家看过你。我当时还小，但记得很清楚，他穿着绿军装，红领章红帽徽，领着女儿女婿外孙女回到了两河湾。王爷爷又老又帅，进门给你敬了个礼，说我是王荣华。我小时候勒死了你的猫子，特来向你道歉，请你原谅。"

"我不原谅他。"

"你当时对他说，小时候的事你都不记得了。"

"我记得。他跟土匪上山吃牛肉去了，他姐姐王艾儿是苍乌山最大的土匪团伙里的二掌柜。"

"王艾儿不是你的老相好吗？我奶奶骂了她一辈子狐狸精，应该长得很漂亮。"

"单眼皮，高鼻梁，细腰长腿。她缠过小脚，后来放了，半大脚走路不像大脚那么利索，经常马不离身。她骑一匹黄骟马，叫大狮子，听说是她初上山时土匪赵掌柜送给她的，直到她死的那天大狮子都是她亲自喂养亲自洗刷不叫别人上手。大狮子也只认她，谁骑摔谁。她死了以后，它跳了崖，也死了。"刘保定说，"通人性的牲口比人都忠诚。"

"王艾儿比我奶奶漂亮？"

"比不成。你奶奶是什么人，王艾儿是什么人！"

"你是说我奶奶没王艾儿漂亮？"

"我是说王艾儿是个土匪头子。那一年，五德庙就是她亲自带兵打下来的。小五德跑了。他们活捉了刘林子，整编了洋枪队，炸飞了五德庙钟楼上的尖顶子。她本来想炸掉五德庙，可五德庙就像用金子打的，炸药点不着，炮弹打不进。王艾儿比趴在麦地里捉鸟儿的猫子都有耐心，她跟着赵掌柜和他的一伙土匪藏在苍乌山深处，从头一年冬天等到第二年秋，直等到小五德翻修好王家大院，他们的洋枪队搬进去，才开始向赵掌柜讨兵去攻打他们。"

"赵掌柜没参加？"

"没有。"刘保定张开没牙的嘴笑了一下，"那个姓赵的土匪头子精得怕人哩，他只给王艾儿派了十五个人，其中一人还是王荣华。柳匡是自己偷着去的。"

"他们十几个人就攻下了五德庙？我以前听你说过，五德庙易守难攻，还有一支训练有素的洋枪队，赵掌柜的几百号土匪全上去也不是他们的对手。"

321

刘保定问刘建成要了一支烟，点着抽了几口。"事实上，王艾儿提前拿下了刘林子。刘林子暗地里反了五德庙，跟王艾儿里应外合，没费什么枪弹就把五德庙打下来了。"

"王艾儿用什么拿下了刘林子？"刘建成望着刘保定。

刘保定低下头抽烟，烟雾罩住了他的脸。

"啊啊！"刘建成拍着大腿，笑着说，"我明白了。"

"你明白什么了？"刘保定从烟雾中移出脸。

刘建成继续笑，不说话。刘保定又抽了一口烟，猛烈地咳嗽起来。刘建成连忙在他后背上拍。刘保定指了指桌上的湿巾，扶着茶几又咳了几声，呼吸慢慢平稳下来，说："王艾儿绑了叶芙蓉，揪住了刘林子的心。"

刘建成不知道谁是叶芙蓉。刘保定想了想，告诉他叶芙蓉是刘林子的相好。

叶芙蓉和刘林子后来到底是什么关系，刘保定其实不清楚。他只知道他离开两河湾以后，刘林子当真从天桥镇春风巷里赎出了叶芙蓉。神不知鬼不觉，把她送到了银川城，资助她在大新街上开了一间绸布店，人称花儿掌柜。刘保定后来有几年住在银川城，在蒙古断臂王爷开设的商号里做管账先生，有一天他陪银彩在大新街上买料子做结婚衣裳，才知道银川城生意最红火的绸布店的掌柜是叶芙蓉，当时银川城时髦讲究的太太们都是她店里的主顾。再后来刘保定辞了断臂王爷的差事，带银彩离开银川城回到了天桥镇，开始拉骆驼跑自己的生意，每回路上路下他都在银川城歇一站，把骆驼财物安顿在旅店里，有事没事总喜欢到叶芙蓉的绸布店转转。叶芙蓉知道他心好嘴牢，他跟她分明打小就认识，他却一直以新结交的朋友相待，从来不提以前的是是非非，她便经常请他在她店铺后院的小花园里跟她的几个商家朋友一起喝茶，常常请银川城有名的唱家来给大家唱花儿。刘保定老了以后再想起来，觉得叶芙蓉喜欢听花儿，所以才得了花儿掌柜的别名。

王艾儿跑到银川城绑了叶芙蓉，给出她两条路：第一，跟她回苍乌县上苍乌山，保她全身浑全。第二，割她一只耳朵带走，她继续留在银川城做生意。

"这怎么选？"刘建成像是面对自己的难题。

"叶芙蓉当即割下自己的一只耳朵用七层红布包好，装在事先预备好的银盒子里，送给了王艾儿，说你完事以后，银盒子可以留下，但是要把耳朵还给我。我活着用不上它了，死后请人缝在原处，也算得个全尸。"

"厉害人！"刘建成说，"叶芙蓉是男人？"

"我说了半天，你还不知道她是女人？说明你就没注意听嘛！"

"我知道她是女人，但听她做的那些事，又觉得她像个男人。"

"叶芙蓉是一个俊女人，少了一只耳朵也耀人的眼。"

"比王艾儿长得还好？"刘建成问。

"唉，你跟你哥建宇一样，但凡听到女人名字就问人家长得好看不好看，好像女人就是花花草草，也不看看人家做事高不高，品德好不好，最后糊里糊涂栽在女人手上。"

"爷爷，咱现在不说我哥，咱说的是王艾儿。"

"王艾儿后来双手打枪，杀人不眨眼。多少有钱人听到她的名字都吓得打摆子哩。我后来想起她，都觉得我根本不认识她。那年她打发柳匪把她妈张桂桂和她弟弟王荣华接到山上，很快就打下五德庙，占了两河湾。她没让张桂桂和王荣华回去，而是把张桂桂安顿在了银川城，又暗中支持王荣华联系上断臂王爷采石场的大工头和穆文亭，支持他参加他们的游击队。所以王荣华后来才成了老革命。最后土匪赵掌柜都是她杀的。"

"赵掌柜不是她自己看上的人吗？她为什么又杀了他？"

"她和柳匪要带山上的弟兄参加游击队，赵掌柜不答应，还想除掉他们。土匪有土匪的规矩，内斗时用刀不用枪，害怕引来官兵。一场血拼之后，她杀了赵掌柜，自己却被刘林子从身后给了一刀，流血死了。柳匪本来有机会跑，为了救她，也被刘林子杀了。柳匪是我认识的最重情重义的人，死心塌地对王艾儿好。"

"阴差阳错，王艾儿却只对你好。我奶奶说你也被土匪掳上了山，是王艾儿救了你，偷偷把你放了。"

"听你奶奶胡说！柳匪就没打算掳我。他带的两个匪兵不知情，一下打烂了我的头。最后还是柳匪把我送回了天桥镇。"

回到天桥镇，刘保定听说贺鞋匠家遭人抢了，抢客扮成官兵，抢走了他弄好的几千双军鞋，在他家门口放下几麻袋给死人烧的纸钱。腊月十五早上贺鞋匠拉起一麻袋纸钱从他家门口撒起，一路走一路撒，撒完以后，吊死在路旁的一棵榆树上。

"妈，咱家也赔了十双棉鞋？"刘保定问张月仙，"赔了多少钱？"

"咱没做。你走以后，我上街走了走，发现天桥镇十个女人九个都在给贺鞋匠做鞋，感觉有些不对，就没去写约。"张月仙说，"贺鞋匠实实在在一个手艺人，做的小本生意，自己赔了不算，又欠下众人一大摊，一下就活不成了。"

刘保定来到菜山的石匠铺，菜山不在。他又去他的棺材铺里找。棺材铺前后门对开着，寒风窜来窜去，铺子里比外面还冷，他进去刚站了站鼻涕就流了出来，他擤完鼻涕，抹在鞋底上，眼泪又流了下来。

"刘保定，你也哭老贺了？"菜山从后院走出来说，"我也哭了半天。王酉宝死了我都没哭。唉！王酉宝叫他坏心肠的大哥害死了，你说老贺是让谁害死的？"

"他是被抢客害死的嘛。"

"你知道抢客是谁？就是跟他订鞋的那些人，正规军里的冒牌货！老贺临死前给我说过。"

老贺对菜山说，他跟他们定好了当月十四交货。十四那天他从日出等到日落，他们没来。天黑了，吃过晚饭，他们还没来。

月儿亮得把后炕都照亮了,他坐在鞋堆里,以为他们路上耽误了,便裹紧皮袄躺下来。左等天不亮,右等天还不亮。刚刚有了一点儿睡意,上眼皮和下眼皮合在一起,就听见耳边有人问:老贺,你要钱还是要命?他说:这还要问?当然是要命嘛!

贺鞋匠睁不开眼,以为自己是在梦中,心想在梦中头脑还这么清楚,真少见!当他醒来的时候,发现自己睡在一层干草上,小山一样堆在炕上的鞋一双也没有了,他身上的皮袄也让人剥走了。又听见婆姨娃娃围着他揪心哭。他从心头凉到脚底又凉到头顶,以为自己死了。又想,死了咋还能看见听见?他双手撑地慢慢坐起来,这才明白他昨晚上被人用药迷倒了,他家被人抢了。

老贺起来走到对面石匠铺,跟菜山一边喝酒一边拉话。他说他家从他爷爷起就开始做鞋,到他大手上鞋做得更好了,来到天桥镇开了这家鞋匠铺。他从小没愁吃没愁穿。长大了靠着一双手,也过得滋润,逢年过节,提前半月二十天买鞋的就站下一铺子。眼看老了,竟到了这种地步,要账的站下一道院,都快把大门挤塌了。菜山劝老贺不要急,他刚四十,山背后日子正长,慢慢挣慢慢还。对他说,如果哪天他一家老小吃穿有了问题,尽管向他开口。老贺笑了笑,站起来回家去了。菜山以为他把他说通了,过了一个多时辰,便听说他吊死了。

菜山把刘保定领到后院,给他看他正在给老贺刻的墓碑,上面写着:天桥镇好人贺生明。刘保定想起那天贺鞋匠跟菜山你一言我一语开心说笑的样子，当真为他落下泪来。

菜山告诉刘保定，他不能收他当徒弟了。老贺死了，没人给他当保人了。刘保定想另请一个保人。菜山说："老贺刚答应给你作保就倒了霉，不吉利，天桥镇谁还敢给你作保。"又说刘保定不是学石匠的料儿。主要是他手笨，写不了也画不了。石匠看上去是粗活，实际是一件最细的细活儿，耍的就是"手巧"二字。他认为刘保定学上十年八年也成不了一流的石匠。

刘保定把大工头写的字条交给菜石匠。菜石匠看了一遍，问他可知大工头给他说了什么。"我没看，"刘保定说，"条子是给你写的，我咋能看嘛。"

菜山说："保定，你还是做生意吧。我两儿一女，女子大儿子小，大儿子眼下才十岁，顶不上事。你心眼儿活，品性好。苍鸟山上的大工头也说你是个好后生，身勤嘴牢，做事靠得上也靠得住。你要是愿意做生意，我给你免了学徒期，让你直接上手挣工钱。"刘保定答应下来。菜山叫他先往通浪港送上二十车石料。

"爷爷，从那时起，你就开始做生意的吗？"刘建成问刘保定。

刘保定点了点头。"我押着二十车石料到了通浪港，见到了断臂王爷，他就是收货人。断臂王爷看了菜山写给他的信，问我叫刘保定？打量了我一番说我们以前见过，那时你还是个少年。断臂王爷好记性，竟然还记得我们在天桥镇见过一面。

断臂王爷又打发我跟着几个经验丰富的老生意人往银川城押送一批皮毛，我们拉着十几连骆驼，是一个大驼队。送到以后，我才知道银川城只是个过路站,我们最后把货物送到了天津口，又从天津口拉着绸缎布匹和日用百货返到银川城,从银川城拉着大米白面回到了通浪港。我在通浪港断臂王爷的旅店里休息了几天，又押了二十车白煤回到了天桥镇。这一趟顺利回来，我就成了天桥镇年轻人当中有名的跑生意人了。"

"爷爷，如果当年你跟我王荣华爷爷上了苍乌山，也许你现在就跟他一样，成老革命了。"刘建成说。

"一人一个命。如果那天柳匪把我掳上山，也许我就没命了。"

"王艾儿会要你的命？"

"谁知道。她后来变成一个杀人的人了嘛，又那么恨我。"

"如果有来生，你愿意跟王艾儿重续旧情吗？"

刘保定立马摇了摇头："我跟她有甚旧情哩，没有。"

"那你愿意跟谁再来一场，我奶奶还是我五谷奶奶？"

"你五谷奶奶多少年前就飞得没影踪了。我后来想，当初你五谷奶奶其实是万般无奈才跟了我。仙女一样的人，如果把她放在现在的社会，放开让她挑，说不定她半只眼睛都看不上我。"

"这么说，只有我奶奶才是真心爱你的人。"

刘保定哈哈一笑，露出粉红色的牙龈，不好意思地看了看刘建成，眼泪从眼眶里流下来。

"你什么时候领我回两河湾？"他抹着眼泪问刘建成。

"爷爷，你等到春分，春分我带你回两河湾栽树去。"

刘保定说："这次回去我想住在两河湾，不走了。"

重归两河湾

半年以后，农历六月初六早晨，刘建成从天桥镇接上刘保定，离开天桥镇，往两河湾驶去。刘保定透过车窗凝望着他又居住了十二年的天桥镇，看到的却是一座现代化的面目生疏的小城，如果让他独自出来行走，他肯定会迷路，说不定连东南西北都分不清。历史上的天桥镇叫过很多名字，年近百岁的刘保定从年少起就喜欢其中的一个，叫作蓄根镇，说的是它像草一样，有不死之根。野火烧不尽，春风吹又生。从前，当他还年轻的时候，曾经在一本《苍乌县志》上看到，天桥镇先后十七次毁于战乱，后来他亲身经历了一次。当时他的大儿子刘怀德刚刚结婚，娶的是田存信的女儿，田云兰。

田家在天桥镇是两代富户。田存信的父亲田慧中虽然杀猪起家，但一直做的都是正经买卖，在天桥镇商户中间颇有威望，担任过天桥镇商会的会长。那年田存信的弟弟田存礼与王艾儿新婚之后回娘家，意外死在两河湾五德庙墙外的乱石林中，田存信他们趁机勒索了王家一大笔钱财。从此田家富上加富。田存信后来在天桥镇成立了护商团，不久就与藏巫神的神兵和赵逢春的土匪合伙攻打了五德庙，打死了五德和尚，又被小五德打得大败，护商团损失惨重，田存信没法给天桥镇各位商家交代，只身逃到了日本。过了几年，他又回到了天桥镇，与担任苍乌县伪军司令部参谋长的宋义交往密切，当上了天桥镇商会会长，暗中为日本人输送物资。用刘保定的话说，田存信就是苍乌县最寡廉鲜耻不仁不义之徒，他与他势不两立。可他的儿子刘怀德却爱上了他的女儿田云兰，两个娃娃从小一起上学,情投意合。抗战胜利前夕，党春喜受宋诚和上级委派，带领一个团的兵力攻打驻扎在天桥镇的日伪军，这是刘保定亲历的天桥镇第十八次遭战火毁坏。

党春喜的兵团开进天桥镇的时候，一个团的兵力只剩二百四十几人，配合党春喜兵团作战的是刘林子带领的两河湾民团，他们也伤亡过半。刘保定站在头道街夹道欢迎的人群中，繁华的头道街几乎被日本的飞机大炮炸成一堆乱石瓦砾，苍乌县县委县政府被夷为平地，天桥镇人传说中的牛家大院，刘保定母亲张月仙所说的刘家先人们的大宅院，从此在世上消失，偶尔出现在刘保定昏昏垂老的梦中，也是当年被炸毁的模样。

党春喜骑马进了天桥镇，眉头紧锁，一脸愤恨。他在天桥镇新修的天主堂里扎下人马，那幢石头建筑是那场战争里唯一保留完整的地方。党春喜命人贴出告示，重赏捉拿大汉奸田存信，活要见人，死要见尸。

刘林子带着自己的亲信在田存信家地窖里捉住了田存信。田存信长袍短褂中式打扮。他从地窖里爬出来，向刘林子示意里面还有人。刘林子喊了几声没人答应，扬言要往地窖里撂炸弹，里面才有人出声，说不敢撂。爬出来的人穿黑皮鞋白衬衣，留小胡子三七分头。他是宋义。田存信献给刘林子四根十两大金条和五百块大洋，求刘林子放他和宋义一条生路，告诉他宋义是宋诚宋旅长的唯一胞弟，请求他不要把他们交给党春喜。宋义见刘林子收下了金条和银圆，又见刘林子每提到宋旅长都拱一次手，十分忠心的样子，不免露出喜色，请刘林子派人把他们送出城去。刘林子连连说是，趁天黑派心腹之人将他们送出城门，在背后开枪，将二人打死。

党春喜跟随宋诚征战多年，长久担任宋诚的警卫，岂是轻信他人之人，何况刘林子的两河湾民团在苍乌县一带民众眼里跟土匪不相上下，党春喜跟他联手打仗，一直派人暗中监视着他的行动。

刘林子的几名心腹将宋义和田存信的尸首拉到团部，还想领赏。党春喜亲自出来勘验，命人给宋义的尸首洗脸梳头，换一件新衬衣，特意嘱咐要白色的。然后将刘林子的心腹抓起来严刑拷打，得到了他们想要的情报。

刘林子在天桥镇春风巷浓香的夜里还没睡到天亮就被人赤条条捉到党春喜面前，身上只裹着一条绣花床单。刘林子说党团长，叫我的人把我的衣裳送来，让我先穿戴好嘛。党春喜笑道，你的民团已经解散，财产全部充公，你哪儿还有人有衣裳。我连件衣裳都没有了？刘林子哈哈一笑，裹紧床单说你长短给我一身衣裳穿，不穿衣裳哪像人嘛！党春喜说不穿衣裳才更像你自己哩。说完命令一个又瘦又高的护兵取来一身旧便服，扔给了矮胖的刘林子，让他穿上，然后叫他刘团总，说他抗日有功，在天桥镇抗日一战中立下汗马功劳。他已经为他向宋旅长请功请赏。没想到他竟然收受贿赂，放跑了汉奸。这件事他也电告了宋旅长。功是功，罪是罪。宋旅长下令枪毙他，除非有人愿意以他的名义为抗日捐钱，才可保他一命。刘林子说宋义和田存信两大汉奸已经被我的人打死了。党春喜说这是你犯下的又一罪行。刘林子说宋诚和宋义虽是亲兄弟，却是两条道上的人。如果宋义真拿他大哥宋诚当大哥，就不会几十年不跟他大哥来往，不会明知他哥抗日，自己却做了伪军司令部的参谋长。党春喜说，所以你就把宋义杀了？刘林子说宋义是大汉奸。党春喜笑道，如果汉奸人人得而诛之，还要法官和法庭做甚。刘林子说我明白了，想杀我的人不是宋诚。党春喜说眼下你最该明白的，不是谁想杀你，而是谁能救你。刘林子说我要见刘保定。

刘保定被党春喜的人从家中带去他们团部临时设立的牢房

里去见刘林子。刘林子穿着一身又窄又长的旧衣服，被关押在一个狭小的刚刚能直起腰的阁楼中。党春喜派人给他们送来一瓶酒两只碗。

刘林子说，保定，十几年前咱俩结拜成了兄弟，当时正打仗，都没顾上问谁大谁小。刘保定想把自己的生辰告诉他，他又说这辈子我要先走一步了，算我大。刘保定倒了一碗酒敬给他，说你救过我一命，我该叫你一声大哥。刘林子一饮而尽，反过来敬了刘保定一碗，说兄弟，我有件事求你。刘保定端着酒不敢喝，问他是不是想见叶芙蓉。他说我从不打扰叶小姐。以后你见着她，就说我刘林子还跟以前一样，实心盼她好。刘保定问他为甚一直没娶叶芙蓉。他说你为甚不问我当年赎她的钱从哪儿来。刘保定盘腿坐在他对面，等他告诉他。刘林子说当年逼你们母子离开两河湾的人是我，不是小五德。刘保定坐在那里，一言不发。刘林子接着说你离开两河湾以后，我以你的名义，将你家的土地房子和窖里的粮食都卖给了五德庙。钱全部拿去天桥镇春风巷赎了叶小姐。刘保定说我来到天桥镇把日子过好了。刘林子说你有本事，把生意做大了。眼下党春喜的队伍扎到了天桥镇，天桥镇商会会长的位子肯定是你的。我知道你以前没少帮过他，为了给他运送枪支，差点送了命。刘保定说我那是为了抗日。刘林子说老子也抗日了。前日跟日本兵在天桥镇一战，我刘某人的民团如何拼死拼活，天桥镇人都知道，不需要我说。刘保定说你是抗日英雄。刘林子说我不想当英雄，我其实想当天桥镇商会的会长，像叶士诚叶掌柜当年那样：开几间好店铺，挣一院好房子，娶一个好婆姨，生一群好儿女。刘保定笑。刘林子说我想要的你都有了，简直没费吹灰之力。刘保定苦笑。刘林子又说你知道我当年扛枪实在是走投无路，加上叶小姐又进了春风巷。刘保定喝了一口酒，问他到底想让他做甚。刘林子说我救过你的命。当年我在两河湾谋算拿走你土地房子的时候就想过了，我不算亏你。如果不是我出手快，田存信他们攻打五德庙那年你就让李毛四杀了，哪里还有今天。刘保定说你没亏我。刘林子说你真心这么想？刘保定叫他有话直说。刘林子举起胳膊叫刘保定看他身上那套滑稽的衣服，说我这辈子活了将近四十岁，有两个没想到：第一没想到像我这样的人，小时候家里过年杀个猪也要藏在门背后哭半天，竟然打打杀杀多少年，竟然杀了王艾儿，最后还成了两河湾民团的团总。有人说我刘林子在两河湾咳嗽一声，苍乌山都摇晃哩。第二没想到整个两河湾都已经在我手中了，天桥镇也伸手可探，我却像一条鱼，两眼瞪成一对环儿，光溜溜被人提上了岸，有口难辩，只剩挨刀的份儿。刘保定说咱还年轻。留得青山在，不怕没柴烧。刘林子说你不明白，党春喜不让我活了，除非有人捐钱赎我的命。刘保定以为自己听明白了，说我替你捐。刘林子笑了，说我原本也有过这种想法，而今却改主意了。我请你跟党春喜求个情，让我死的时候穿戴体面些。我怕叶小姐来祭奠我。我十一岁就开始在叶家铺子里学习站拦柜和记账，叶小姐才五岁，小模样儿人见人爱。叶太太爱打麻将，见我闲了就叫我领叶小姐上街玩。我要是衣服没穿齐整，叶小姐就哭，不让我抱。他们一家人都爱干净。叶掌柜活着的时候经常教训我，他说狗毛亮了顺了人都愿意多看一眼哩，刘林子，你每天少睡半个钟头，把洗净的衣裳烫平了再来铺子里站拦柜。刘保定想起他从前遇见刘林子的许多场景，的确穿戴得十分整齐，又想起叶士诚，感觉他们就像亲父子，于是开玩笑问他与叶芙蓉可是亲兄妹。他说反正不是你们想象中的那种关系，又说你告诉党春喜，叫他不要打叶小姐的主意，我的意思是不要动她的钱产，只要他能做到这点，我甘心死，死后若是有灵，我保证连他的梦里都不去。

刘保定求见党春喜，开口为刘林子讨一身好衣服。刘保定说你只要准许他穿就行，衣服我备。党春喜很诧异：刘林子没求你救他？我还预备让你送他这个天大的人情哩。刘保定连忙求他放刘林子一条生路。党春喜说你做人有没有一点常识？刘林子自己都知道我不能放了他，你还让我放了他？刘保定问他为甚不能放了刘林子。党春喜说我放了他就等于给自己留下一颗活炸弹。他问刘保定，刘林子还是我，你想让谁活？刘保定说你们都活着最好。党春喜说刘保定，像你这种人，运气再好，一辈子最多也就能给自己挣下一大把岁数纸。

党春喜请刘保定在团部大灶上吃羊肉搓面。厨师给他们那桌另外端上来一盘爆炒羊肉，一盆土豆烧羊肉。你咋跟羊肉对上阵了？刘保定问党春喜，你不是对我说过，你这辈子都不吃羊肉吗？党春喜夹起一筷子羊肉又放下，说我在哪儿对你说过这种话？在苍乌山上，给王酉金家放羊的时候。经刘保定一提醒，党春喜想起来了，那时他差不多天天跟羊在一起，羊能听懂他的喊声，他能听懂羊叫唤，所以就恨吃羊的人。党春喜告诉刘保定，他们刚刚收编了刘林子的民团，士兵们多数来自苍乌山山区，都爱吃羊肉。刘保定说羊肉不管咋做，清炖最好吃。党春喜说烤的也香，哪天你再来，我叫我们的蒙地厨师给咱烤一只全羊。两人正说着，一个护兵上前在党春喜耳边说了几句，党春喜扭头往窗口看，刘保定也看过去，窗门紧闭，彩绘玻璃绚烂夺目，窗下一声枪响，刘保定像自己被打中了一样捂住了胸口，感觉自己心上的血冲进了脑子里。党春喜说，刘林子被执行枪决了。

二十世纪八十年代党春喜从台湾回到两河湾给他父母上坟，望着远处的苍乌山，他感叹说，山还是这架山，湾还是这道湾，只有咱俩变成两个老头子了。刘保定用他常年在地里劳作的粗糙的手指挡住眼前的光线，脸上露出憨厚的微笑，问他还记得宋义吗，党春喜说我记得你就记得他。党春喜的部队打进了天桥镇，宋义跟田存信藏进田家地窖，事先每人写下一封遗书以防万一。宋义一生未娶，在苍乌县无亲无友，他把遗书交给田存信的小女婿也就是刘保定的大儿子刘怀德，请他转交刘保定。

"看来，就连宋义那个家伙也信任你。"党春喜说，"他把家财都托付给你了？"

"宋义在遗书上说他在两河湾有四十亩地，紧挨着五德庙，是从刘林子手中买来的。他曾经打算退伍以后回乡务农，门前种一院花，再抚养两个孤儿。他说如果他还有机会的话，他想去一趟五德庙，在五德和尚坟前献一把花。"

刘保定一边说一边望着党春喜父母的坟头。党春喜说："我愧对父母，感谢你像亲儿子一样照顾了他们几十年，最后安葬了他们。"

刘保定沉默地站在那里，他想着宋义，他把他埋在了苍乌山能望得见两河湾五德庙的地方。

"宋义把他的四十亩地送给你了？"

"宋义的东西咋会送人嘛。他立下遗嘱把他的四十亩土地按当时的价格卖给了我，附了地约，地约上四界清楚。"

党春喜大笑，说："宋义打小就是这种人，到死都没变。"

"宋义在遗嘱中把我应当付给他的买地钱分成了两份，一份让我交给银川城的叶芙蓉，一份留作他的埋葬费。"

"叶芙蓉，又叫花儿掌柜。人漂亮，有头脑。"党春喜说。

"我把宋义的地钱全给她了，并且让她给我写了收据。"刘保定望着苍乌山上埋葬宋义的方向说，"宋义的后事是我给办的。他临死那天对怀德说，告诉你大，让他记得给我睡一副好棺材。"

"你知道刘林子为什么要杀宋义？"党春喜问。

"为了叶芙蓉？"刘保定恍然大悟，"我以前从没想到。当年田存信一定以为只要跟宋义盘在一起他就不会被处死，毕竟宋义是宋诚的亲弟弟。"

"田存信是你的儿女亲家吧？"党春喜说，"他女儿叫田云兰，是怀德的妻子。"

"怀德跟你去了台湾，把云兰丢下了。"

"也许是没办法带走，也许是来不及。"

"云兰那娃娃心实，一年一年盼他回来，不肯改嫁。"

"怀德后来离开了台湾定居在了西雅图。他去年秋天跟我通过电话，说准备回来一趟。"

"他回来过了，带着婆姨娃娃一起回来的，还领两个小孙孙。"

"你高兴吧？"

"说不成了。"刘保定用手背揩眼泪，"自从怀德走后，云兰一直住我家，帮银彩做这做那，出门也紧跟着她，像个童养媳一样。因为有怀德那层关系，她非常谨慎，说话先看别人的脸色。除了在生产队上工，她很少出门，有时间就坐在自己房子里做针线。生产队大会战加夜班，因为她做饭做得好，人又干净，队里就经常派她跟另外几个女人给社员们做饭。夜里别的女人都睡在场上有说有笑红火热闹，她却在灶台下面的柴堆上摺个羊皮袄子，就睡在那里。"

"怀德回来给她带了啥礼物？"党春喜细心地问。

"银彩前些年给她买过一块上海牌手表。"

"怀德婆姨应该给她礼物了吧？"

"怀德那天在我家住下了，他的婆姨娃娃坐了一会儿，就坐县政府的车去天桥镇住宾馆了。"

"云兰见到怀德，没提出要跟他一起走吧？"

"听说怀德回来，她就从我家搬出去了，留下她这些年给他做下的两箱鞋，每年一双单一双棉。"

"她没跟怀德见面？"

"怀德去看云兰，她不开门。她在屋里说只要知道你活着，我就满足了。你回去好好过你的日子。如果想起我，就当我死了。怀德回来把这些话说给我和银彩。当时天已经黑了，我和银彩都坐在炕上。银彩叹了一口气，说她困了，在后炕躺下来。怀德和我拉了半夜话，想叫他妈起来脱了衣服再睡，才知道她已经殁了。"

"人都有那么一天嘛，"党春喜说，"怀德能赶上抬埋他妈，也是一件好事。"

"怀德赶上了，怀民没赶上。怀民一直在部队上，那几年正执行一项保密任务，回不来。我大女儿爱贤早就殁了，过黄河渡船失了事。这件事直到最后都瞒着我妈，没让她知道。我二女儿爱珍娃娃多，六二年难坏了。小女儿爱静也赶上了。爱静嫁到了苍乌山里，一年四季都有做不完的活儿。那天太阳落了她才从家里起身，骑一头驴回两河湾想见她大哥怀德一面。

进我家门的时候，我们刚把她妈抬到了地下。"

"你有两个儿子。"党春喜说，"我只生了三个女儿。"

刘保定说："你要是生了三个儿子，我家怀德可能就去不了台湾了。"

"怀德都告诉你了？"

"我猜到的。我第一眼见到怀德婆姨就看见她长一对你小时候的眼睛，又黑又亮，不笑也像在笑。"

"是我大女儿，小名叫艾儿，艾儿河的艾儿。"党春喜说，"她跟怀德结婚的事，是我不让他们告诉你的。怀德一家准备回来的时候，我在电话里特意嘱咐过他们。"

"跟你攀亲，我还能不愿意？"

"没办法。千丝万缕的，不如不说。"

"咱俩成亲家了。"刘保定说完，笑了笑。

"保定，你在天桥镇住得好好的，为什么又回到了两河湾？"

"我是跑生意的，在天桥镇只有房子没铺子。我二儿子怀民在银川城上学的时候就偷偷参加了共产党，后来又参加抗美援朝。我手中有点儿钱，捐献给抗美援朝了。"

"你后来还做那个梦吗？"

"哪个梦？"

"你小时候常做的那个嘛！你曾经对我说过，好像是有多少个什么宝罐子一类的东西追着你跑，要跟你死在一起。我当

时认为那一定就是你大你爷爷给你留下的财宝，是你命中注定
该有的东西。"

刘保定哈哈大笑，像是听到了一个笑话。党春喜也大笑起
来。

汽车驶过五谷河大桥。刘保定听见了五谷河的澎湃声，闻
到了两河湾六月特有的温润又热烈的气味。他举起手轻轻按在
车窗上，把脸也凑上去。

"爷爷，我们要在这里停一下吗？"刘建成问。

"建宇，你从哪儿弄来的马？"刘保定突兀地说。

刘保定看见刘建宇站在他面前，他坐在两河湾旧房子的院
子里。刘建宇的司机小唐从菜畦中间的小路上拉进来一匹枣红
马。这是我给你买的马。我给你在天桥镇盖了房，让你骑着马
住到天桥镇去。

"我不去天桥镇。我还能种地哩，我就住两河湾。"刘保
定说。

你不种地了，爷爷。两河湾的人都不种了，都迁出去住好
房过好日子去了。我们要在地上钻井。

"建宇你不懂。两河湾是水地，不用打井。"刘保定说。

我们钻的是油井石油，跟金子一样值钱的石油。爷爷，你
老了，是你不懂。

"我是不懂。我只知道土地用庄稼和果实养活人。"

爷爷，上马来，我送你到天桥镇。

"你把马拉走，我不骑。记住，我是被你这个孙子赶出两河湾的。"

"哪儿有马？"刘建成问刘保定，"爷爷，你自言自语地在说什么？"刘建成把车停在艾儿河畔的观景台上，把刘保定从车里扶出来。

刘保定呆呆地望着艾儿河与五谷河交汇处两河湾的复耕的生机勃勃的土地，刘建宇从小到大的身影在他眼前交替出现，不知为什么总是下雪天，刘建宇站在不同的地方，用不同的逐渐成熟的声音在他耳边说着话，语气总是欢快高昂。刘保定摇了摇头，那些声音立刻化成一地碎珠子。他单膝跪地，想把那些珠子捡起来的时候，刘建成扶住了他。他指着遍地的珠子，叫刘建成拿个碗来。又看见那些珠子像艾儿河清早的鱼一样在水面上飞腾着，又对刘建成说："宇！"

刘建成抱住了他，说："宇好着呢。"

刘保定说："错了。"

"他是错了。"

"你说的是建宇。"刘保定明白过来了。建宇和建成都是他的亲孙子，是他二儿子刘怀民的儿子。刘建宇曾经是让他引以为傲的人，那座位于天桥镇的独幢洋房就是几年前建宇特意为他建的。听刘建成刚才的话语，他准定是探望过他了。不知道他弟兄二人隔着那道森严的铁栅栏都说了些什么。刘保定在心口抓了抓，在刘建成的搀扶下上车坐下，系好了安全带。

"建成，这次回到两河湾，我不走了。"刘保定说。

"爷爷，你是不是想我奶奶了？"刘建成发动了汽车。

"不想。"刘保定笑呵呵地说，"她是一个离过婚的女人，胆子肥大。"

"她也是你最心爱的女人吧？"刘建成问。

刘保定顺着自己的思路说："她从小跟葛明堂定了亲。葛家以前在天桥镇做皮毛生意，生意做大了，举家搬到了银川城。葛明堂一表人才，在日本留过洋，回到银川城在税务局做事。你奶奶结婚的时候，他父亲菜山菜掌柜委托我代表她的娘家兄弟，和一众送亲的人把她送到了银川城。新式婚礼，你奶奶的父母都去了。葛家排场很大，你老外爷给的嫁妆也不少，两家大人欢欢喜喜，你奶奶也暗暗高兴。但是，人家葛明堂心里不愿意，拜过堂就跑了。"

"我奶奶不丑呀，还上过新学。"

"你奶奶也不俊。"刘保定说，"后来葛明堂回到了银川城，住在外面一年多不回来，他想跟你奶奶凑合着就那样过。你奶奶夹了包袱找到了他，说而今早就民国了，我们去离婚吧。葛明堂发愁地说民国又管什么用，离了婚谁还要你。你奶奶说你愁你自己的事，我不要你管。"

"你是不是已经向我奶奶承诺了什么？"

"啊？"刘保定停了一会儿，有些尴尬地说，"呃，跟你说实话，当时你奶奶已经怀上了你大爸怀德。"

汽车走在了两河湾大路上。刘建成再次停下车，将刘保定扶下来。边墙新贴了仿旧的城砖，几百年的两河湾大路拓宽了，上面铺了柏油。刘保定突然有些失落。五德庙几十年前就被破"四旧"拆除了，当年的王家大院却还保留着，刘建成说这些年经常有游客去那里参观。他家老房子那里，建起一个新居民区，两层一院，白墙灰瓦。

刘保定拄着拐杖，望着两河湾大路两边绿色的漫无边际的庄稼地，问道："建成，你们地里现在种什么？"

"主要是玉米和土豆。"刘建成回答说。

刘保定高兴地笑了笑，想起那时候，六月的两河湾是洋烟的海。

图书在版编目（CIP）数据

重归两河湾 / 梁慧贤著 . -- 西安 : 陕西人民出版社 , 2024.11

ISBN 978-7-224-15256-2

Ⅰ . ①重… Ⅱ . ①梁… Ⅲ . ①长篇小说 – 中国 – 当代 Ⅳ . ① I247.5

中国国家版本馆 CIP 数据核字（2024）第 013778 号

责任编辑： 朱媛美
责任校对： 周惠侠
装帧设计： 杨亚强

重归两河湾

作　　者	梁慧贤	
出版发行	陕西人民出版社	
	（西安市北大街 147 号 邮编：710003）	
印　　刷	西安雁展印务有限公司	
开　　本	890 毫米 × 1240 毫米　1/32	
印　　张	11	
字　　数	210 千字	
版　　次	2024 年 11 月第 1 版	
印　　次	2024 年 11 月第 1 次印刷	
书　　号	ISBN 978-7-224-15256-2	
定　　价	68.00 元